Tonari no Gorilla ni koi shiteru
隣のゴリラに恋してる
上月 司
［イラスト］
がんこchan
※現実を元にしたイメージです。

CONTENTS

隣のゴリラに恋してる

Tonari no Gorilla ni
koi shiteru

上月 司

〔イラスト〕がんこchan

プロローグ

人は外見よりも中身——なんてよく聞く言葉だ。

特に芸能人なんて、結婚《けっこん》の時に芸能記者の『お相手のどこが決め手になったんですか？』というインタビューに『やっぱり、人柄《ひとがら》ですね』と当《あ》たり障《さわ》りのない返しをよくしている。

けど、俺は声を大にして言いたい。反感を買うのを百も承知で言いたい。

——いや絶対顔だろ！　顔で選んだだろ！

勿論《もちろん》、美人だからイケメンだからで百パー決めた訳じゃないんだろうけど、『顔が良くて、しかも性格も良かったから』が本音だと確信している。

というか、美形じゃないにしてもだ。好みの顔はあると思うんだよ。

純朴《じゅんぼく》そうな顔がタイプだとか、キツめの顔がいいとか、ハーフっぽい顔立ちが好きとか。

その入り口があって興味を惹《ひ》かれて、話してみたら楽しかったとか面白《おもしろ》かったとかドキドキさせられたとかで、軽い好きから本格的な好きになっていくんだと思う。全員が全員じゃないにしろ、大半の人はそうだろうと。

普段《ふだん》と違《ちが》う笑顔《えがお》や真面目な表情を見て好きになった、みたいなパターンもあるよな。あれだって『いつもとは違《ちが》う一面』みたいに言うけど、大体は顔のことを指していると思う。

つまり俺が言いたいのは、あくまでも好きになる取っかかりは外見で、いくら中身が良《い》いとしても完全に好みと違《ちが》う場合は恋愛《れんあい》感情にまで発展しないんじゃないかってことだ。

……それが俺の意見だと踏《ふ》まえた上で、告白する。正気を疑うような内容だが、とりあえず聞いて欲しい。

——どうやら俺は、隣《となり》の席のゴリラに恋《こい》をしかけている。

一・隣《となり》の席にはゴリラがいる

木曜の五時間目の授業は、一言で表すと拷問《ごうもん》だ。

まず、昼飯を食った後なので、シンプルに眠《ねむ》くなる。既《すで》に何時間も勉強に頭と体力を使った後だし、これはもう仕方ない。

次に、俺は世界史が苦手だ。いつ何がどこで起きたかを覚えるのも大変なのに、キーパーソンが似たような名前ばっかなのはどうかしている。なんたらティヌスだのなんとかセウスだの多すぎだろ。エジプトのファラオなんて同名の何世が何をしたかみたいな天然引っかけ問題が酷《ひど》いし。ただでさえ単純に記憶《きおく》するのが苦手な俺にとって、世界史はマジでキツい。

そんな訳で頭に入ってこない世界史の授業な上に、肝心《かんじん》の教師が高齢《こうれい》の笹森《ささもり》先生ときた。声が小さい、質問タイムは特に設けず、ひたすら板書と解説をしていくスタイルの笹森《ささもり》先生は、字が大きいのでガンガン黒板を使っては消していく。しかも消す直前に「ここはね、試験に出ますね」と呟《つぶや》いてから一掃《いっそう》するという油断ならない人だ。

なので俺は子守歌《こもりうた》みたいな笹森《ささもり》先生の解説に眠気《ねむけ》を誘《さそ》われながら、重い瞼《まぶた》を持ち上げて、どうにか黒板の内容をノートに書き写していた……が、意識が飛びかけていたせいもあって、ふと気付いたら二列くらい飛ばして書いていていた。

しかも結構手前の文で、下手をするとすぐに消されてしまいかねないから、俺は慌《あわ》てて消しゴムを……消しゴム……

「……………ん……………あれ……？」

机の上に出しておいたはずの消しゴムが、ない。どこを探しても、やっぱりない。

どっかに忘れ……いやない、さっき使ったから、どこかに絶対あるはず……

そうこうしている間にも笹森《ささもり》先生はどんどん書き進めていき、迫《せま》るタイムリミットに俺は焦《あせ》りながら机の周りを探し、

「……………ぁ」

俺が落ちた消しゴムを見つけたのとほぼ同時に、それを拾い上げてくれる人物がいた。

右隣《みぎどなり》の席に座る彼女はイスに座ったまま最小限の動作で消しゴムを拾うと、そのまま俺へと差し出してきて、『はい、これ』と口パクで言ってくる。

親切な彼女に対し、俺は同じく口パクで『サンキュ』と返して、大きくて黒い手に乗った消しゴムを受け取る。

そして毛むくじゃらの腕を引っ込めた彼女は何事もなかったように正面を向いて、細いシャーペンを握《にぎ》り、板書をノートに書き写していく。目に入ったノートには俺が全力を尽《つ》くしても到底及《とうていおよ》ばない綺麗《きれい》な文字が並んでいた。

字だけでなく座る姿勢もシャンとして美しい隣《となり》の席の彼女は――ゴリラだ。

ゴリラに似ているとかそういうことじゃなく、あのゴリラだ。紺色《こんいろ》のラインが入った半袖《はんそで》のセーラー服を着て、熱心にノートを取っているけど、ゴリラだ。黄色い髪飾《かみかざ》りを付けてオシャレもしているけど、分類としてはニシローランドゴリラだ。

……と、俺の視線に気付いたのか、隣《となり》のゴリラさんがチラリとこっちを見て、

「…………」

今度は口パクじゃなくて、視線で『何ですか？』と訴《うった》えてきた。出会ったばかりの頃《ころ》なら絶対に分からなかっただろうけど、この二ヶ月強の蓄積《ちくせき》が僅《わず》かな違《ちが》いを読み取らせてくれる。というか、我ながらよく分かるなと自画自賛したくなる。

だってゴリラが目配せしてきても、普通《ふつう》は意図なんて分からないって。『あ、餌《えさ》が欲《ほ》しいのかな』って思うのが関の山だろ。

とりあえずゴリラさんにはほんの僅《わず》かに首を横に振《ふ》って『何でもないよ』と返し、俺は彼女に拾って貰《もら》った消しゴムでノートの間違《まちが》えた部分を消す。マッハで書き写さんと。

彼女の存在には慣れた。あの顔がアップになると流石《さすが》にうおっとなるけど、重厚《じゅうこう》すぎる存在感も今となっては些細《ささい》な問題だ。

じゃあ何で意識してしまうかというと、それはやっぱりゴリラだから――なのか、それともこのゴリラさんだからなのか。これが実に深刻な悩《なや》みになりつつある。

ゴリラさんは良《い》い人だ。落とした消しゴムを拾ってくれる優《やさ》しさもだし、意外と話し易《やす》いし、

成績はそこまで良くないけど勉強熱心なところも……挙げていくとキリがない。

兎《と》にも角《かく》にも、ゴリラさんが気になる。話した後は心がふわふわするし、つい姿を目で追ってしまうし……これがどの手の感情なのか、正直俺は持て余していた。

だって相手がゴリラだもんよ。


——さて、何事もなかったみたいに話を進めたら意味不明にも程《ほど》があるので、とりあえず状《じょう》況《きょう》を整理しよう。

俺の隣《となり》の席にいるのはゴリラだ。ゴリラっぽい、じゃなくて、しっかりゴリラ。

ただし正真正銘《しょうしんしょうめい》のゴリラかというと、それは違《ちが》う。第一、異常なのは彼女だけじゃない。

教室には他にもパンダがいれば犬もいるし、カンガルーもいる。しかも全て人間サイズだ。

ざっくり言うとクラスの半数——いや、学校の半数は何らかの動物で、その全てが人間同様に喋《しゃべ》ったり勉強したり遊んだりする。

それもこれも、全部原因は俺の方にある訳だが……断じて言うけど、悪いのは俺じゃない。

俺は完全に被害者《ひがいしゃ》側だ。

先祖が呪われたから——なんていうのが原因だなんて、悪い冗談《じょうだん》にも程《ほど》があるけど。

残念ながら、俺の目に映るわくわくアニマルランドが、『異性が動物に見える』という呪《のろ》いが現実だと非情にも訴《うった》えかけてきていた。

先祖の影響《えいきょう》で俺が呪《のろ》われているという事実はさておき、話を戻《もど》そう。

眠気《ねむけ》と焦《あせ》りを誘《さそ》う世界史の授業が終わり、本日最後になる六時間目の授業が始まるまでの、短い休み時間。心身ともに消耗《しょうもう》して机に突《つ》っ伏《ぷ》した俺は、顔を横に向けて死んでいた。

特に見るでもなく自然と視界に入ってくるのは隣《となり》の席のゴリラさんで、世界史の教材を机横に引《ひ》っ掛《か》けた鞄《かばん》に仕舞《しま》った彼女は、机の中から水色の巾着袋《きんちゃくぶくろ》を取り出していた。

袋《ふくろ》から出て来たのは弁当箱で、太い指で器用に箸《はし》を使い、いそいそと食べ始める。

さっきの昼休みはどこかに行っていたみたいだけど、昼飯も食わずに遊んでいたんだろーかとぼんやり思いつつ眺《なが》めていると、視線を感じたのかゴリラさんがこっちを見た。

「…………何です？」

箸《はし》を持つ手で口元を隠《かく》しつつ、見た目にそぐわない涼《すず》やかで落ち着いた声音《こわね》で訊《たず》ねられ、俺は机と仲良くしたままの体勢で答える。

「や、どうして今になって食ってんのかなー、って」

「……大したことじゃないですよ。昼休みに部活のミーティングがあったのですが、お弁当に手をつけている暇《ひま》があまりなかったんです。半分近く残っていたので、それで……」

「だからか。なるほどなー…………ん……？」

会話をしながらぼんやり眺《なが》め続けていると、不意に気付いたことがあった。

「ごっさん、前からその弁当箱だったっけ？」

直方体の弁当箱を使っているけど、前は二段重ねのちまっとした弁当箱だったような。

ちなみに『ごっさん』は俺だけが呼んでいる彼女のあだ名だが、一応ゴリラ由来じゃなくて、本名から取ったものだ。俺からするとついゴリラさんと呼んでしまいそうになるから、そこを誤魔化《ごまか》す意味でもこう呼ばせて貰《もら》っている。

ともあれ、俺の質問にごっさんは凜々《りり》しい顔を僅《わず》かに歪《ゆが》め、

「……変えました。前は二つ持ってきていたのを止《や》めて、これ一つにしたんです」

「へっ？　なんでまた二つもあったん？」

「……あまり言いたくないのですが……女子が大きなお弁当箱だと目立つから、お母さんに頼《たの》んで二つ作って貰《もら》っていたんです。でも、『やっぱり面倒臭《めんどうくさ》い』と先月末にこれを買ってきて、早起きして作ってくれているお母さんには逆らえなくて……」

「なるほどなー……てか、前はもう一つの弁当、どのタイミングで食べてたんだ？」

「朝練の後と、部活の始まる前に。だから一時間目の授業は凄《すご》く眠《ねむ》くなってしまったり、部活中にお腹《なか》が痛くなったりと大変だったんです。なので結果としてはこれがベストみたいですね」

小声かつ口早に説明してくれたごっさんは、更《さら》なる速度で箸《はし》を進めていく。言葉遣《ことばづか》いといい、ゴリラとは思えない行儀《ぎょうぎ》の良さだ。いや事実ゴリラじゃないんだけど。

にしても、ゴツい手との対比で、弁当箱も箸《はし》も子供用サイズに感じる。ついついそのチグハグな光景をぼけーっと見てしまっていると、不意に現れたセーラー服が視線を遮《さえぎ》った。

「こぉら、ダメだよ斎木《さいき》くん。女の子がご飯食べているところをそんなマジマジと見てちゃ。こわーい顔で睨《にら》まれてるよ？」

「ん……ああ、そっか。悪いな、ごっさん」

「……いえ。顔は元々ですし」

別に他意はなかったんだが、指摘《してき》はご尤《もつと》もなので素直《すなお》に謝る。あとごっさんは『元々』と言ったけど、元々ゴリラな訳じゃなくて、怖《こわ》い顔の方だろう。

ちなみに俺に注意をしてきたセーラー服は、眼鏡を掛《か》けたハクビシン——斜《なな》め後ろの席の柳谷《やなぎや》さんだ。下の名前が雅《みやび》で、俺は『やっさん』と呼んでいる。

女子の中では比較的《ひかくてき》男子ともよく話す、明るくて気も利く皆《みな》のまとめ役的な小動物だ。当然人間サイズだが、背はかなり低い方になる。

愛らしさと獰猛《どうもう》さを同居させた容貌《ようぼう》のやっさんは、小さな鼻をピクピクさせて振《ふ》り返《かえ》り、

「ところで、何故《なぜ》に今になってご飯タイム？　早弁はともかく遅弁《おそべん》は珍《めずら》しいね？」

「あー、それさっき俺も訊《き》いた。なんか部活の用であんま食う時間取れなかったんだってさ」

止めることなく箸《はし》を動かし続けているごっさんに代わって答えると、やっさんは再びこっちを振《ふ》り向《む》いて「ああ、そういうこと」と呟《つぶや》く。

「そろそろ夏に向けて本戦が始まる時期だもんね。我が卓球部《たっきゅうぶ》はもう新体制になったけど」

「へー、そうなんか。でも、大会前に色々変えんの？」

「うちはもう敗戦しちゃったからね。三年の先輩方《せんぱいがた》は引退してしまったのよ」

「はやっ。え、まだ六月になったばかりだぜ？」

「試合数が多いスポーツだとよくあるよ。バレー部も地区予選は終わったんじゃない？」

ハクビシンからの問《と》い掛《か》けに、口をもごもごさせながら頷《うなず》くゴリラ。なるほど、そんなもんなのか。確かに、一日に一試合か二試合しかやれないようなスポーツだと早め早めに予選やっとかないと夏の大会に間に合わないな。基本は土日にやるんだろうし。

「んじゃ、運動部は引退早いんだなぁ。ああでも、一年からすればそっちの方がいいのか？レギュラーになり易《やす》いし」

「卓球部《たっきゅうぶ》やバレー部はそこそこ人数いるからいいけど、人気のない部は大変だと思うよ。練習相手に欠くし、下手したらメンバーが足りなくて試合に出られないところまであるもん」

「そういやそうか。卓球《たっきゅう》は二人いればとりあえず出来るけど、バレーなんて…………あれ？一チーム五人だっけ、六人だっけ？」

「…………コートに出るのは六人です。でもバレーはサーブ権が移る毎《ごと》にローテーションするので、何人か交代する選手がいないと不安ですね。怪我《けが》することも少なくないですし」

「そういうもんか。チームスポーツだもんなぁ」

「卓球《たっきゅう》だって団体戦はあるよっ。時として仲間の為《ため》に実力以上の——って、話してたら長くなっちゃうね。あたし日直だから職員室行かなきゃなのさ」

「また開幕小テストかぁ……コバ先、問題作るの好きすぎね？」

「あたしは嫌《きら》いじゃないよ。少なくとも持ち帰りの課題が出るよりはマシ！」

力強く断言すると、ハクビシンのやっさんは「んじゃねっ」とごっさんに手を振《ふ》って、慌《あわ》ただしく教室から出て行った。

それを見送ってからごっさんに視線を戻《もど》すと、いつの間にか食べ終えていた弁当箱を鞄《かばん》に仕《し》舞《ま》い、代わりに教科書を取り出す。わざわざ教科書を持ち帰っている辺り、ごっさんは真面目なゴリラだ。不真面目な俺はロッカーに置きっぱだし。

「ごっさん、今日の小テストの範囲《はんい》ってどの辺だっけ？」

机と仲良しな状態から体を起こしてごっさんを見ると、太い指でペラペラとノートを捲《めく》り、

「……たぶんですけど、教科書の三十二ページから四十ページまでの間です。マストで出題されそうなのは……」

「ふむふむ………ん？」

横から身を乗り出してノートを覗《のぞ》き込んでみると、俺の千倍くらい綺麗《きれい》な文字が並んでいる

だけでなく、あることに気付く。

「ごっさん、わざわざ日付まで入れてんの？　それに最後まで使ってなくね？」

「余白がないと見難《みにく》いですし、授業毎《ごと》にまとめた方が復習し易《やす》いですから」

「はー、そういうもんか」

俺は前回の続きから何行か空けて使うやり方なので、新鮮《しんせん》だ。確かにこっちの方がスッキリしていて見易《みやす》い…………ん？

「あれ、これって……」

「どうかしましたか？」

どうしたと言われても、言葉に困るものを発見してしまった。

「ごっさん、これ…………なんの……？」

「あ……誰《だれ》かに見られるとは思わなかったので、つい手慰《てなぐさ》みに絵を描《か》いてしまって。子供っぽくて恥《は》ずかしいです」

「…………」

恥《は》ずかしいのはそこなのか。俺としては、この正体不明の妙《みょう》な怪獣《かいじゅう》の存在を知られたことなのかと思ったが。なんかやたらとうねうねしてるし。

「……ちなみに、これ何を描《か》いたんだ？」

「見ての通り犬です」

全然見ての通りじゃないよ。犬という概念《がいねん》が崩《くず》れるくらい別物だ。

これは、どうなんだ。突《つ》っ込んでいいのか？　触《ふ》れないと逆に白々しくないか？　ごっさん、イラストを隠《かく》そうとしてないし。

どうしよ、これ以上触《ふ》れずにそっとしておくのが優《やさ》しさなんだろか。流石《さすが》にゴリラフェイスからそこまで細かい判断は難しいし……ここは一つ俺とごっさんが隣《となり》の席で培《つちか》った経験値で正解を導き出してみせるか。うむ。

「ごっさんごっさん。俺、思ったんだけどさ」

「はい？　何をです？」

「この絵、ちょいとSNSに挙げてみないか？　新種のクリーチャーとして、もしかするとバズる可能性も——ぁいだあっ⁉」

素敵《すてき》な提案をした直後、ゴリラの左手が強烈《きょうれつ》に俺の背中をぶっ叩《たた》いた。

「ば、バレー部のスパイク慣れした一撃《いちげき》はマジで痛すぎるんだけど……⁉」

「無邪気《むじゃき》なからかいの言葉で刺《さ》された私の心の痛みもそれくらいなのでおあいこです」

「俺痛すぎて泣きそうなんだけど、ごっさん全然そんな気配なくね？」

「淑女《しゅくじょ》は平静を装《よそお》い、心でひっそり涙《なみだ》を流すものですから。あと大袈裟《おおげさ》に痛がりすぎですよ」

これが全然大袈裟《おおげさ》じゃないんだ。平手の一撃《いちげき》はシャツ越《ご》しなのに『バヂィィイ！』って音がしたし、マジで涙《なみだ》が出そうだし。もうちょっとで床《ゆか》を転がり回るところだったし。

※現実を元にしたイメージです

ジンジンする背中を後ろ手で擦《さす》り、

「あと、一応言っとくけど。からかってはないぞ。ガチ提案だったんだ」

「尚更《なおさら》性質《たち》が悪いです。全くもう、人の描《か》いた犬をなんだと……」

「いやでも、それを犬って主張すると愛犬家の過激派から訴《うった》えられかねないぞ？　大体、犬なのになんで指生えてんの？　しかも二本だし」

明らかにおかしなポイントを突《つ》っ込むと、ごっさんは一度ノートに視線を落としてからそそくさとページを捲《めく》った。

「……そういう犬もいるかもしれないじゃないですか」

「いたとして、たぶんそれはもう犬って呼ばれないナニかだと思うんだがなぁ……尻尾《しっぽ》からトゲみたいなのも生えてたし」

「あれは毛のフサフサ感を表現しただけです！」

「ブスブス感はよく出てたけどなー、っと……！」

ごっさんの左手がピクリと動いたので、俺は慌《あわ》てて自分の席に退避《たいひ》して二発目を食《く》らうのだけは防げた。ふう、危ない危ない。

ゴリラ特有の張り出した眼窩《がんか》上《じょう》隆起《りゅうき》の奥からこっちを睨《にら》み付《つ》けたごっさんは、振《ふ》るわなかった左手でノートを閉じ、

「意地悪を言う人にはこれ以上教えません。自業自得《じごうじとく》というやつです」

「うえ……マジで悪気はないんだけど……」

「分かってます。あると思っていたら背中じゃなくて顔を打《う》ち抜《ぬ》いてました」

打《う》ち抜《ぬ》くって。超怖《ちょうこえ》ぇ。ゴリラの一撃《いちげき》を顔面に食らったら首がもげそうなんですけど。

本当はゴリラじゃなくて人間の女の子だけど、さっきの威力《いりょく》は正にゴリラパワーといった具合で、男でもなかなか出せない一撃《いちげき》だった。バレー部凄《すご》い。

「くっ……新たな可能性を示したつもりが、まさかこんなことになるなんて……おかしいな、ギャルゲーの選択肢《せんたくし》ならまず外さないのに」

「二次元と一緒《いっしょ》にしないでください。現実は過酷《かこく》なんです」

ピシャリと言い切られた。その通りだとは思うけど、俺の目に映るのはゴリラなので、全然説得力がねぇ……。

「現実は意外と摩訶不思議《まかふしぎ》なんだぞ、ごっさん。ゲーム以上にバグだらけなんだ。まあ……これ以上は、今のお前には届かない、か……」

「唐突《とうとつ》な訳知り風の語り、イラッとします。もう一発ぶち込んでいいですか？」

「ノー、ノー」

海外のコメディ映画に出てきそうな感じで大袈裟《おおげさ》に両手を振《ふ》って断ると、心なしかゴリラが舌打ちしたげな表情に見えた。麗《うるわ》しのゴリラ令嬢《れいじょう》かおしとやかな優等生ゴリラみたいな喋《しゃべ》り方をするごっさんだけど、攻撃《こうげき》射程内でぼんやりしていると危険だ。

……と、暴力反対の構えからお前の攻撃《こうげき》など通じんの構えに移行していると、不意に授業開始を告げるチャイムが聞こえてきて、思わず俺はごっさんと顔を見合わせた。

「やっべ、全然出題範囲《はんい》のチェックしてねぇ！　つーか教科書、まだロッカーに……！」

「……時間を無駄《むだ》にしてしまいました。もう復習は……やっぱり殴《なぐ》らせて貰《もら》えません？」

「ストレスを俺で解消するのは止《や》めとこう！　暴力じゃ成績は良くならないぜ！」

「スッキリしたら少しは頭の巡《めぐ》りが良くなるかもしれないじゃないですか。だから——あっ、こらっ、逃《に》げないでくださいっ」

ごっさんの声を振《ふ》り切《き》り、俺はそそくさと教室の後ろに設置してある生徒用ロッカーへと向かう。ゴリラパワーを思わせる強烈《きょうれつ》な張り手を食らったら、今度こそ泣くかもしれん。

しかしごっさんに叩《たた》かれなくても小テストの結果次第《しだい》では泣く羽目になるので、俺は少しでも足掻《あが》こうと急いでロッカーから教科書を取り出して復習を——と思って振《ふ》り向《む》いたら、プリントを抱《かか》えたハクビシンが教室に入ってくるのが見えてしまった。

「はいはーい、プリント配るよー。教科書とノートは机の中に仕舞《しま》ってねー」

「…………終わった」

まだ始まってもいない小テストの結果を予感して、俺は肩《かた》を落として自分の席に戻《もど》った。

イスに座る前にチラリと横を見ると、同じタイミングでこっちを見たごっさんと目が合う。

『自業自得《じごうじとく》です』と言わんばかりにそっぽを向くゴリラに返す言葉もなく、俺は深々とため息を吐《つ》いた。

二・ゴリラさんとの出会いからこれまで

――隣《となり》の席の女子生徒がゴリラに見えるように、俺の目に異性が動物に映るようになってしまったのは、小六の夏休みからだ。

今でもハッキリと覚えている。八月十一日という日付もだ。

その前日は昼から当時入っていた野球チームの練習で、夕方からは他の友達と神社の縁日《えんにち》に行く約束をしていた。

集合時間の午後六時、待ち合わせていた神社の近くにある橋にやってきたのは初顔の浴衣《ゆかた》女子一人だけだった。話によると、仲間の一人と同じ塾《じゆく》で誘《さそ》われて来たものの、他の皆《みな》は揃《そろ》ってプールに行っていたが、人身事故で電車が止まりすぐには戻《もど》れなくなったらしい。彼女は出掛《でか》ける直前にその連絡《れんらく》が来て、俺へのメッセンジャー役を頼《たの》まれてしまったんだとか。

初対面の彼女からそれを伝え聞いて、俺はどう思ったんだっけか。真っ先に『ヤバい』と思った気がする。知らない女子と二人きりになったことじゃなく、楽しみにしていた縁日《えんにち》に行けなくなるんじゃないかってことに。

野球やサッカーやゲームといった遊びを男女関係なしに夢中でやっていたガキ真《ま》っ盛《さか》りな俺は、帰ろうとしていた彼女を『一人で縁日《えんにち》に行ったのがバレたら怒《おこ》られるから、一緒《いっしょ》に来てくれ』と引き留めた。あまり活発そうじゃなかった彼女だが、熟考の末に頷《うなず》いてくれた。

そして俺は彼女と神社に行き、縁日《えんにち》を楽しんだ。食べたい物もやりたいこともたくさんあったから、お金を出し合って満喫《まんきつ》した。

たこ焼きに焼きそば、わたがしやチョコバナナと食べまくって、三回挑戦《ちょうせん》出来る射的は俺が二回やらせて貰《もら》って、代わりにじゃないけど賞品のりんご飴《あめ》は彼女にあげて。

混んでいるから『はぐれないように』と手を繋《つな》いで、盆踊《ぼんおど》りや無料で配っていた線香《せんこう》花火もやった。我ながらよく覚えているもんだと思う。それだけ印象深いってことなんだろうけど。

財布《さいふ》の中身が数十円になるまで遊び尽《つ》くした俺達は、帰り道も自然と手を繋《つな》いであれこれ話しながら待ち合わせた橋まで行き、親が車で迎《むか》えに来た彼女と別れ……途《と》端《たん》に寂《さび》しさに襲《おそ》われて、俺は走って帰った。

そして息を切らせて家に着いて、縁日《えんにち》でのことは殆《ほとん》ど家族には話さず、ぼんやりしながら風《ふ》呂《ろ》に入り……そこでようやく、彼女の名前を訊《き》いていなかったことに気が付いた。我ながらビックリだ。あんなに楽しく長く一緒《いっしょ》にいて、そんなことも知らないとは。

後悔《こうかい》が押し寄せてきたものの、それこそ後の祭り。彼女の笑《え》顔《がお》や射的で失敗して残念そうな表情や、帰《かえ》り際《ぎわ》の後ろ姿を思い出しながら布《ふ》団《とん》に入り、自分でもよく分からないもやもやを抱《かか》えたまま、いつの間にか眠《ねむ》りに落ちた。

たぶんあれは俺の初恋《はつこい》だったんだろう。今にして思えば、だ。

——で、ここからが肝心要《かんじんかなめ》の話になる。

翌朝、問題の八月十一日。母親の『ほらもう、ラジオ体操の時間よ！』という声に目を覚ました俺は、ぼんやりしながら重い瞼《まぶた》を開いた。

そして目の前にどアップで迫《せま》る牛の顔に、近所まで響《ひび》く大絶叫《だいぜっきょう》を上げてしまった、と。

いやー、無理もないって。牛だよ？　牧場に行ったことないからテレビや図鑑《ずかん》でしか見た経験のない牛が、寝起《ねお》きに顔を覗《のぞ》き込んできたんだよ？　そら叫《さけ》ぶわ。

完全にパニクった俺はラジオ体操ではなく時間をおいてから病院に連れて行かれ、『特に異常なし』と診断《しんだん》された。看護師さんや患者《かんじゃ》が動物だらけで悪い夢を見ている気分だったのに、どこが異常なしなのかと泣《な》き叫《さけ》びたかったのは覚えている。

そして帰宅すると、いつの間にやらやって来ていた他県に住む祖父《じい》ちゃんと伯父《おじ》さんが俺を見て憐《あわ》れんだ目を向けて『浩太《こうた》もこの日がきてしまったか』と残念そうに言った。

訳が分からず、相変わらず牛に見える母親に促《うなが》されて親族の囲むテーブルに着いた俺は、そこで衝撃《しょうげき》の一言を告げられた。

曰《いわ》く——『それは我《わ》が家《や》を蝕《むしば》む呪《のろ》いなんだ』、と。

それから聞かされたのは、ハッキリ言ってくだらないにも程《ほど》がある話だった。

明治初期にうちの先祖が山本饅頭太《やまもとまんじゆうた》とかいうふざけた名前の呪術師《じゆじゆつし》と揉《も》めて、その結果『斎木家の長男は年頃になると異性が人外の生き物に見えるようになる』という呪《のろ》いを掛《か》けられたんだとか。しかもその経緯《けいい》が、結婚《けっこん》間近だってのに呪術師《じゅじゅつし》が『一目惚《ひとめぼ》れした！　我と夫婦《めおと》になろうぞ！』とご先祖様に迫《せま》ってきて、当然振《ふ》られて逆ギレした挙げ句に『貴様等《ら》の血筋など呪《のろ》い潰《つぶ》してくれるわ！』と捨《す》て台詞《ぜりふ》を吐《は》いていったんだとか。

それが単なる負け犬の遠吠《とおぼ》えじゃないと分かったのは十数年後、すくすく育っていた長男がある日突然《とつぜん》『母さんがのっぺらぼうになった！』と言い出してからだったそうな。

色々と手を尽《つ》くして高名な神主《かんぬし》に視《み》て貰《もら》った結果、判明したのは『斎木家《さいき》を継《つ》ぐ長男は呪《のろ》われ、それは次代に引《ひ》き継《つ》がれる』ということで、残念ながら呪《のろ》いを解く方法は分からなかった。次男には呪《のろ》いが掛《か》からず、その次男に男の子が生まれて呪《のろ》いが発動すると長男の呪《のろ》いが解けるのは、せめてもの救いといっていいものなのかどうなのか。

結論として、うちの家系は代々次男が継《つ》ぐことになり、長男は呪《のろ》われる前提で早急《さっきゅう》に次男の誕生が望まれることになった……らしい。

これを聞かされた俺の心境よ。噛《か》み砕《くだ》いて説明されたけど、だからこそ余計に思ったわ。

――いや俺がこんな目に遭《あ》う理由、ないじゃん！

先祖だって逆恨《さかうら》みされただけだし、何もかも呪《のろ》いやがった変な名前の呪術師《じゅじゅつし》が悪い。そもそも呪《のろ》いの効果が出るのが早くても十年以上先って、掛《か》けた本人もとっくに忘れてる頃《ころ》だろ。

しかも呪《のろ》いの言葉を吐《は》いてから呪術師《じゅじゅつし》が現れることはなかったそうだ。『呪《のろ》いを解いて欲しくば～』って展開にすらなってない。やりっぱなしで結果の確認《かくにん》もしないってどうなんだ饅《まん》頭太《じゆうた》。お前含《ふく》めて誰《だれ》も得してないぞ饅頭太《まんじゆうた》。おかしなのは名前だけにしとけよ饅頭太《まんじゆうた》。

……とまあ、溢《あふ》れんばかりに顔も知らない饅頭太《まんじゆうた》へのヘイトは溜《た》まったけど、モテない呪《じゆ》術師《じゆつし》はとっくの昔に死んだはずだ。なのに呪《のろ》いは消えていない。その最悪な事実が問題だ。

単に名字を捨てたら済む話なのか分からないし、次男が家督《かとく》を継《つ》ぐからその長男が呪《のろ》われるのか、次代の中で一番早く誕生した男の子が呪《のろ》われるのかも分からない。何しろ呪《のろ》いが発動するのは思春期くらいまで育った後な訳で、呑気《のんき》に結果待ちしてから対処するには時間が掛《か》かりすぎている。

代々呪《のろ》われた長男達は、かなりいい歳《とし》になってから呪《のろ》いが解けた影響《えいきよう》もあって、子供はいない。伯父《おじ》さんもまだ独身のままだ。

そしてもう一つ重要なのは……俺の場合、妹を挟《はさ》んでから弟が出来た。待望の斎木《さいき》家次男の正晴《まさはる》君は来年から小学生で、すくすく育って早めに結婚《けつこん》したとして……その子供が大きくなる頃《ころ》、果たして俺はいくつなのか？　アラフォーならまだマシ、って感じがする。

そんな歳《とし》までこの異性アニマル化のままなら、伯父《おじ》さん達みたいに独身一直線の人生になりかねない。とはいえ、人間サイズのリアルな動物相手に恋愛《れんあい》しろって、それも無理な話だ。

——ちなみに、例の二人で縁日《えんにち》を回った女の子とのその後はというと、進展どころかどこの誰《だれ》か不確かなまま終わった。他校の小学生だっていうのは本人から聞いていたけど、それ以上は知らない。名前やどこの誰《だれ》かは一緒《いつしよ》に行く予定だった連中に訊《き》けば分かったんだろうが、結局訊《き》かず仕舞《じま》いだ。

だって記憶《きおく》の中の彼女と違《ちが》って、再会したところでアニマルだもの。会ったところであの子かどうかも分からんし。

今ではアニマルズにも普通《ふつう》に対応出来るようになったものの、異性というよりは別種の人間って感じだ。少なくともキャッキャウフフな甘酸《あまず》っぱい想《おも》いを抱《いだ》くのは無理です。当時はアニマル女子と話すのに、しばらくは戸惑《とまど》っていたし。

そんなこんなで周囲の男共は恋愛《れんあい》にエロに花を咲《さ》かせて盛り上がる中、俺は楽しいけれど女っ気はまるでない中学時代を過ごした。せめて呪《のろ》いをどうにかする方法が見つかれば——と願いながらも、その糸口さえ全くないまま、高校生になり……

入学初日、いきなりやらかしてしまったのだった。

◇　◆

さして高くもない自分の学力で受かる中で、家からギリ自転車で通える距離《きょり》にある高校を受験してどうにか第一志望の私立千羽鶴学院《せんばづるがくいん》というなんかやたらと折り紙の消費が激しそうな高校に入学した俺は、真新しい学ランに身を包んで校舎内を歩いていた。

入学式は一度教室で集まってからクラス毎《ごと》に移動する運びらしい。なので緊張《きんちょう》気味に背筋を伸《の》ばした連中に、高校デビューなのか明らかに脱色《だっしょく》しすぎでそわそわしている男子、同じ中学出身なのか早くも廊下《ろうか》でキャイキャイ高い声で話し込むアニマルズなどとすれ違《ちが》いながら自分の教室へ向かった。

普通《ふつう》科一年の教室は本校舎の三階で、俺が所属するのは八クラスある中のＢ組。階段から二番目の教室だから遅刻《ちこく》しそうな朝に有利だぜひゃっほうと思っていたら、奥からＡＢＣと並んでいるという事実に早速挫《さっそくくじ》けそうになった。でも購買《こうばい》にはむしろ近いみたいなので、朝は不利、昼は有利だ。ぶっちゃけ遅刻《ちこく》より昼飯争奪戦《そうだつせん》の方が重要だし、喜ぶべきかもだな。

そんなことを考えながら開いたままの入り口から教室に入ると、まだ集合時間には早いのに既《すで》に半数は来ているみたいだった。黒板には在校生がしてくれたらしい花飾《はなかざ》りと『入学おめでとう！』の字が、でかでかと。意外と嬉《うれ》しいなー、こういうの。

そして黒板にはもう一つ、何やら紙が張られていた。近付いてみると、そこには教室の図があって、並んでいる机らしき四角の中に数字が書かれている。数字は、あれか。出席番号か。

予《あらかじ》め知らされていた俺の出席番号は六番。クラスの人数は三十五人で男女はほぼ半々で、男子は十八人。席は男女別に六席六列。

……つまり、一番後ろの窓側席！　なんという当たり席！　これは勝ち組ですわ。

もし五席七列体制なら最前列になりかねなかったので実は冷や冷やしていたから、これは嬉《うれ》しい。マジでテンション上がる。

俺はウッキウキで自分の席に向かい窓側の最後尾席《さいこうび》に辿《たど》り着《つ》くと、机には丁寧《ていねい》なことに『6・斎木《さいき》』とテープで貼《は》られていた。うん、間違《まち》いなく特等席だ。

右隣《みぎどなり》の女子列の席は、まだ来ていないようで空いている。机には………『強羅』……うーん……きょうら、かな？　随分《ずいぶん》と珍《めずら》しい名字だ。字面《じづら》のインパクトが凄《すご》いし格好いい。

どんな女子か分からないが、とりあえず美人かどうかはどうでもいい。俺の目に映るのはどうせアニマルだし。なので話し易《やす》いタイプの子だと有《あ》り難《がた》いな、くらいの感覚だ。

さて、最高の席から教室の中を見渡《みわた》してみると、今のところ男子の中に知った顔はいない。女子はまるで分からん。珍《めずら》しい動物ならまだしも、同種の動物なんて山ほどいる。毛並みとか顔つきとかで簡単に見分けがつくのはそういない。

しかもアニマルさんは髪型《かみがた》や化粧《けしょう》が反映されないから余計に困る。アクセサリーや小物なら見えるし、付《つ》け爪《づめ》なんて一発で見て分かるんだけど。中学時代は噂《うわさ》によると『学年で一番髪《かみ》が長くて読モをやっているスタイル抜群《ばつぐん》の女子』が俺の目にはダックスフントに見えていた。長いの髪《かみ》や手足じゃなくて胴《どう》じゃんか。事実とはまるで関係ないはずだが。

クラスメートになった女子のことは覚えていく必要があるけど、俺のビジョンと実際の人物がどう違《ちが》うかもちゃんと把握《はあく》しなければ。うっかり変な発言で傷付けてしまいかねないから、注意しないと。しばらく時間が掛《か》かるだろうな。

にしても、特等席スタートとは幸先良《さいさきい》いなー。もうずっと席替《せきが》えがなけりゃいいのに……いや待てよ、冬だと窓側は寒いか。じゃあ冬は廊下《ろうか》側になればベストかな。

窓の向こうに目をやればこっちは裏門側で、ちょい離《はな》れた先に三階建ての横長の建物と古い校舎があった。

運動部と一部の文化系部活が使っている部室棟《とう》と旧校舎か。学校案内に書いてあった部室棟《とう》はまだ新しい感じだが、旧校舎はマジで古臭《ふるくさ》い。流石《さすが》に木造じゃないけど、あの黒ずみ方は歴史を感じさせる。今でも使われているらしいから、中はちゃんと掃除《そうじ》されている……と思いたい。

千羽鶴学院《せんばづるがくいん》はそこそこ大きくて歴史もあるからか、部活動も充実《じゅうじつ》しているらしい。今日は入学式で他の学年は授業がないと思うけど、それでも野球部や吹奏楽部《すいそうがくぶ》っぽい人とすれ違《ちが》ったし、グラウンドから練習する声も聞こえてきた。朝から頑張《がんば》っている人達がたくさんいる。

「部活かー……俺もなんか入るかなー……」

呟《つぶや》きながら部室棟《とう》を出入りする上級生を見ていると、不意に後ろに気配を感じた。横を向いているので、つまり隣《となり》の席だ。

イスを引いて座る音も聞こえてきたから間違《まちが》いない、隣《となり》の女子がご到着《とうちゃく》したらしい。

よし。少なくとも一年は同じ教室で過ごす訳だし、ここは一つ俺から挨拶《あいさつ》しておこうか。

そう思って、俺は爽《さわ》やかフレンドリーな笑顔《えがお》を作って振《ふ》り向《む》く。

——そこに、ゴリラがいた。

「ゴリラっ……!?」

驚《おどろ》きのあまり思わず声に出してしまい、慌《あわ》てて手で口を塞《ふさ》ぐ。大声ではなかったけど、まあまあの声だった。

聞こえていなければ幸い…………ってのは、うん、無理だね。ゴリラさん、すっげぇこっち見てる。セーラー服を着たゴリラが俺を見てるよ。

にしても……今までゴリラな女性はあんまり見たことなかったし、こんな至近距離《きょり》は間違《まちが》いなく初めてだけど……ゴリラのインパクト、凄《すご》いな……

短めの体毛は褪《あ》せた黒というか茶系にも青みがかっても見えて、肌《はだ》の色もそれに近い。真っ黒じゃないって知らんかった。グレーな部分もあるし。

座っているから身長は分からないが、頭は人間より一回り以上大きくて、がっしりしている。動物園で遠目からしか見たことないけど、こんな強そうなのか……しかも目鼻立ちはなんかキリッとしていてイケメン風だ。

まあ、女子だからメスゴリラだけども。頭にリボンの付いた黄色い髪飾《かみかざ》りもしてるし。

「…………」

そしてそのメスゴリラさんから、強烈《きょうれつ》な視線が突《つ》き刺《さ》さっていた。

厳《いか》めしい目つきで無言の圧力。敵意をビシビシ感じる。

ヤバい、第一印象最悪だ。そりゃそうだ、女子にゴリラて。実際の顔は分からないけど、もしニアピンでそっち系に近い顔立ちだったらとんでもない暴言を吐《は》いたことになるし。

傷付けていたらどうしようとか誤魔化《ごまか》しの利《き》く方法はないかとか頭の中でぐるぐる高速回転して動けなくなる俺に対し、じっとこっちを見据《みす》えていたゴリラさんが口を開いた。

「……あなた、どこかで会ったことありますか？」

「へっ？　い、や、たぶんない……」

唐突《とうとつ》な質問に、反射的に首を振《ふ》って答える。

するとゴリラが眉《まゆ》を顰《ひそ》め……顰《ひそ》めたのか、あれ？　というか、あれ眉《まゆ》なのか？　ゴリラだとなまじ人間に近いから逆に分《わ》かり難《にく》いな……！

謝るタイミングは今でいいのか窺《うかが》う俺に、隣《となり》のゴリラはこっちの机……たぶん出席番号と並んで書かれている名字を確認《かくにん》してから、

「……小学校や幼稚園《ようちえん》は、こちらの地域の？」

「お、おう。地元っ子だ。引《ひ》っ越《こ》しの経験はないな」

「………塾《じゅく》や習い事などは？」

え、なにこれ？　アンケート攻《ぜ》め？　でもこれ、『おうコラ、キリキリ素直《すなお》に吐《は》かんかい。あぁ？』って取り調べか尋問《じんもん》の雰囲気《ふんいき》っぽいぞ？

当然茶化す空気じゃないので、ここは素直《すなお》に答えるしかないが……なんだろ、これ？

「……塾《じゅく》は、受験前の中三の冬に少しだけ。習い事は……野球とかサッカーのチームに入ってたことはあるけど、稽古《けいこ》事《ごと》はないな」

「……そうですか。では、どうして私を見て『ゴリラ』と？」

はいきたどストレートに一番返しが難しい質問が。

丁寧《ていねい》というか落ち着きの中に厳しさも感じられる口調の相手に、どう応じればいいんだろう？　冗談《じょうだん》っぽくするのは、無理。俺にそんな巧《たく》みなスキルはない。

かといって『キミがゴリラに見えるから』なんて正直に答えるのは論外。嘘《うそ》も方便じゃないが、相手を傷付けかねないのに信じて貰《もら》えない事実を言ってどうするんだ。

……となると……やっぱり、ここは……

「……ご、ゴリラのことを考えていたら、つい口に出てしまって」

限りなく真実に近いこの言い訳に、ゴリラさんの眉間《みけん》に皺《しわ》が寄った……気がする。ほぼ人間と同じ顔の造りだけど、反応も同じ解釈《かいしゃく》でいいのかが分からん……！

少なくとも他のアニマル女子の場合、本物の動物みたいに喜怒哀楽《きどあいらく》を行為《こうい》でアピールする訳じゃない。犬の人は喜んでも尻尾《しっぽ》を振《ふ》らないし、猫《ねこ》の人は気が立ってても威嚇《いかく》して鳴かないし。

と思ったら同じ反応で合っている子もいるから余計に難しい。

目の前のゴリラがさっきより険しい表情をしているように見えるのは、実際にそんな顔をしているからだと思うが……動物の顔って細かい変化が分《わ》かり難《にく》いんだよなぁ……！

ええい、もう勢いでいくしかないか。

腹を括《くく》り、俺はパンと両手を合わせてゴリラさんに向けて頭を下げ、

「不愉快《ふゆかい》な思いをさせたんなら悪いっ、他意はないから許してくれ！　この通り、これで足りなきゃ……えーっと……一発殴《なぐ》ってくれれば！」

俺に出来る精一杯《せいいっぱい》の誠意を見せると、ゴリラさんはさらに表情を険しくした。うわまずい選《せん》択肢《たくし》ミスったか、と内心冷《ひ》や汗《あせ》の俺に、ゴリラさんはため息らしきものを一つ零《こぼ》す。

「しないですよ、そんなこと。どんな乱暴な女だと思ってるんですか。叩《たた》きますよ？」

「え、すんごい矛盾《むじゅん》した発言してない？」

「矛盾《むじゅん》じゃないです。心外すぎてムカついたから、抗議《こうぎ》の訴《うった》えをしたくなっただけです。秘めた私を無理矢理起こした……ええと……」

言《い》い淀《よど》んだゴリラさんの視線が俺の机に向けられて、そういやそうかと初歩的なことに気付く。真っ先にやるべきコミュニケーションをまだやれてなかった。

「俺は、斎木《さいき》。斎木《さいき》浩太《こうた》、浅川《あさかわ》第二中出身な」

「……なるほど……やっぱり知らない名前……」

俺の名乗りに、てっきりゴリラさんも自己紹介《しょうかい》してくれるのかと思いきや、また何やら考え込む様子。『森の賢者《けんじゃ》』は確かオランウータンの異名だけど、マジ顔のゴリラも賢《かしこ》そうだ。

……と、ゴリラさんは自分の机に貼《は》られていた出席番号と名字の紙を指さして、

「これ、なんと読むか分かりますか？」

「うん？　自信ないけど、『きょうら』じゃないか？」

「違《ちが》います。同じ漢字と読みの地名もあるんですが、知りませんか」

質問というよりは確認《かくにん》のニュアンスだったので素直《すなお》に頷《うなず》くと、ゴリラの太い指は『強羅』の字の下をなぞり、

「『ごうら』、と読むんですよ、これ」

「………………なるほど」

よもやのゴリラにニアピンだった。そうか、『強力』と書いて『ごうりき』って読み方もあったっけ。

せめてそれを知っていれば、さっき『いやー、「ごうら」って言ったつもりが、つい間違《まちが》えて』という言い訳も――

「ちなみに、下の名前は里穂《りほ》といいます」

「ほほう。強羅《ごうら》さんちの里穂《りほ》さんと」

「ええ。なので小学生の時は男子に名前の並びを入《い》れ替《か》えて『ウホゴリラ』とからかわれた苦い思い出が」

「…………ほほう」

そんな過去をゴリラの口から聞くとは。シュールすぎる。

……というか、今の話からすると……もしかして、名前とゴリラを関連付けて答えていたら、最悪を通《とお》り越《こ》した最低だった……？

……………やっべ、間一髪《かんいっぱつ》セーフ……！　ちっともセーフラインは守れてない気がするけど、まだマシだ。デッドラインを飛《と》び越《こ》えて落ちるところだった……！

それにしても、強羅里穂《ごうらりほ》をウホゴリラて。女子を相手になんてこと言うんだ小学生。そしてそんなトラウマ持ちをピタリ賞でゴリラに見せるって何してくれてんだクソ呪《のろ》い。

内心焦《あせ》りまくる俺を、隣《となり》のゴリラさんはじっと見つめてきて、

「てっきり同じ小学校か習い事が被《かぶ》っていたかだと思いましたが……面識なし、ですか」

「お、おう。いきなりゴリラは悪かったと思うし、まさかそんな事情があるとは……知らんかったとはいえ、すまないな」

「いいえ、故意でなく悪意もなく言ったのなら、仕方ありませんから。高校生にもなって目くじらを立ててるようなことでもありません」

「そう言ってくれると助かるわ。マジで悪かった、今度ジュースの一本でも奢《おご》らせてくれ」

頭を下げて感謝を告げると、ゴリラさんの口元が綻《ほころ》んだ……気がした。もしかしたら微笑《ほほえ》んだのかもしれない。

助かった、このゴリラは良《い》い人みたいだ。入学早々に女子と揉《も》めて、しんどいスクールライフになるのを回避《かいひ》出来たのは素晴《すば》らしい。日頃《ひごろ》の行いの良さが出たかなー。

「ところで、ゴリラのことを考えていたとのことですけど」

「ん？　あ、うん、それが？」

「何がどうなれば入学初日の教室でゴリラに思《おも》い耽《ふけ》るのか、教えてくれません？」

「…………」

まずい。なんも考えてなかった。つーか何だよ、ゴリラに思《おも》い耽《ふけ》るって。

一瞬《いっしゅん》にしてまた王手を掛《か》けられた俺は、しどろもどろになりそうなのをどうにか耐《た》え。

入学初日からこれっぽっちも頭になかったゴリラに関する疑問やイメージや憧《あこが》れなどを、さも考えていましたよみたいな感じで喋《しゃべ》りまくるという地獄《じごく》の時間を、チャイムが鳴って担任が来るまで五分近く過ごす羽目になった。

◇　　　◆

——思えば最悪に近い出会いだったが、俺と隣《となり》のゴリラさんこと強羅里穂《ごうらりほ》は、バッドスタートになりかけた割にはそこそこ良《い》い隣人《りんじん》付き合いが出来ていた。あくまでも俺目線だけど。

クラスではとりあえず顔と名前を一致《いっち》させる意味もあって、一学期の間は出席番号順の席のままで過ごすと決まり、俺は新しいクラスメートを覚えるのに尽力《じんりょく》した。

幸いにもクラス内に見分けがつき難《にく》いアニマル女子はいなかったので、頑張《がんば》って名前と動物名と毛並みの特徴《とくちょう》を把握《はあく》する。身長はそのままだが、顔や手足を見たらでっぷりしたサイなのに制服を着た胴体《どうたい》はスレンダーだとすると、その子は実際には太っていない。

アニマル化して見えるのは露出《ろしゅつ》している素肌《すはだ》の部分だけ。だから制服の着こなしや本来の体型は、同種のアニマル女子を見分ける大きなヒントだ。

そもそも、俺の目に映るアニマルの状態は、本来の姿とはほぼ関係性がない。

例えば隣《となり》のゴリラさんは、ゴリラなだけに厚みのある体で首も腕《うで》も指も太いけど、ジャージ姿を見るに全然太っていないどころかスタイルはいい。髪《かみ》は腕《うで》とかの体毛と変わらない短さだ。でも髪飾《かみかざ》りやリボンを付けていることが多いし、耳に入る女子同士の会話から察するに、髪《かみ》は結構長いらしい。長髪《ちょうはつ》のゴリラは存在感がありすぎるのであんまり見たくないが、実物と俺の目に映る情報が違《ちが》いすぎるのは本当に困る。

……まあ、アニマルに見えている段階で別物にも程《ほど》があるんだけどな！　目や口や手足の本数が同じならいいとでも思ってんのかって文句が出るくらい適当に外見割《わ》り振《ふ》りやがって。呪《のろ》いさんのそういうアバウトなところ、マジで嫌《きら》い。早く別れて欲しい。

そんな訳で一方的に絡《から》みつかれている呪《のろ》いのせいで異性間コミュニケーションは特に難航するが、もうある程度は諦《あきら》めている。最低限、クラスメートの名前と特徴《とくちょう》は覚えて、あとは適当！　ろくに絡《から》んだことのない相手なら『ごめん、名前なんだっけ？』も許されるし。

幸いにも男子に同中出身のがいたので、そこと話《はな》し掛《か》け易《やす》そうな数人を切《き》っ掛《か》けにしてクラス内に友達は出来た。女子とも多少は話すが、まずは様子見しつつだ。

とりあえず交流するクラスの女子は隣《となり》のゴリラさんだけなのだが、二週間も経《た》って授業も一通り受けた頃《ころ》にはいくつか分かってきたことがある。

まず、ゴリラさんは背が高い。これは勿論《もちろん》、初日で気付いた。座っていると俺の方が少し高いかな、くらいの感じだったけど、入学式で体育館に向かう為《ため》に立ち上がると、明らかに俺より背が高かった。女子の中ではクラスで一番高いっぽい。

次に気付いたのは、数日後。休み時間に他の男子とダベって席に戻《もど》ると、いつも通りゴリラさんは自分の席で本を読んでいた。スマホじゃなくて、文庫本だ。

文学少女感を漂《ただよ》わせるゴリラ……知的ゴリラ……ベレー帽《ぼう》と眼鏡のセットを与《あた》えたい……

まあそんな欲求はともかく、ゴリラさんはあまり女子同士の付き合いをしないというか、自分から話《はな》し掛《か》けにいくタイプじゃないみたいだった。何人かの女子、たまに男子が近寄ってきて話《はな》し掛《か》けると、ちゃんと受け答えはする。話が盛り上がっている感じはあんまりないけど、少なくとも孤立《こりつ》しそうなレベルじゃなくて、新入生の親睦《しんぼく》を深める為《ため》のオリエンテーションの時もちゃんと誘《さそ》われていた。むしろ俺がグループに入り損ねてピンチになった。

そんなこんなでクラスメートの名前と顔と何の動物かが一致《いっち》するようになってきた四月の半ば、遅刻《ちこく》ギリギリで教室に飛び込んだ俺は、隣人《りんじん》に軽く挨拶《あいさつ》をしながら席に着いた。

「ごっさん、はよっす」

「おは……………え、私に言いました……？」

険しく眉《まゆ》を寄せて見つめてきたゴリラさんが何かの間違《まちが》いじゃないんかと言わんばかりに確《かく》

認《にん》してくるので、席に着いた俺は走ったせいで汗《あせ》ばむ顔に机の中に入れっぱなしだった下敷《したじ》きでパタパタやりながら頷《うなず》いた。

「そらそうよ。他にいないべさ」

「何故《なぜ》に田舎《いなか》風の口調に……いえ、そんなことより、どうしてそんな呼び方を……？」

「や、ここ数日思ってたんよ。『強羅《ごうら》』って呼ぶの、ちょっち厳《いか》つすぎるなー、ってさ」

「……それはまあ、分かりますが」

「でさ、名前で呼ぶのは距離《きょり》感詰《かんつ》めすぎじゃん？　でもって、『ごっちゃん』というよりは『ごっさん』の方がしっくりくるから、熟慮《じゆくりよ》の結果俺はこの呼び方を選んだ訳ですよ」

「…………」

表情を変えず無言で見てくるゴリラの圧力はまあまあヤバい。この二週間で多少は慣れたけど、命の危機を感じさせる。だが、これは互《たが》いの為《ため》だ。敢《あ》えて空気は読まん。

何しろ『強羅《ごうら》』と呼ぼうとする度《たび》に、つい『ゴリラ』と言いそうになってしまうんだから。だって視界には制服を着たゴリラよ？　そこに『強羅《ごうら》』ってニアピンな名字よ？　『ご』と『ら』の間に『う』がくるよりも『り』がくる方が自然だろうよ？

しかし相手は女子、それも過去にゴリラ扱《あつか》いされたトラウマ持ちだ。うっかり言ってしまうのは絶対に避《さ》けたい。なので苦肉の策として、『ごっさん』と俺の中で定着させることでゴリラから離《はな》れようとした訳だ。名前の方を選ぶのは親密度的に厳しいし。

女子にすれば『ごっさん』というのはちょっと遠慮《えんりょ》したいあだ名かもしれないが、勘弁《かんべん》して貰《もら》いたい。いつうっかりゴリラ呼びしてしまうかどうかの瀬戸際《せとぎわ》なので。

黄色い髪飾《かみかざ》りを付けたゴリラさんは俺をじっと見据《みす》え、怒《おこ》っているのか悩《なや》んでいるのか判断し辛《づら》い表情をしていたが、

「……まあ、お好きにどうぞ。さん付けしている辺りに多少の敬意を感じましたから」

「おお、そいつは良かった。これでも一番しっくりくるのにしたんだよ。やー、お気に召《め》したようで何よりだ」

「気に入ってはいませんが。ちなみに、他の候補というのは？」

「ん？　ああ、強羅《ごうら》の『ご』と里穂《りほ》の『り』を取って『ゴリさん』とか、むしろ里穂《りほ》の『ほ』を取って『ゴッホ』とか……」

「なるほど、よく分かりました――ムカついたので叩《たた》きます」

「え、待っ、あくまで落選候補で……ぁいでぇっ⁉」

言い訳する間もなく、ゴリラの左手がフルスイングで俺の右肩《みぎかた》近くに命中した。

何これ、マジで女の子の一撃《いちげき》なの？　大袈裟《おおげさ》でなく声が出るくらいの痛さだよ？　見た目のインパクトに脳が勘違《かんちが》いした説もなくはないが、そこを差し引いてもこの痛みは本物だ。顔面に食らったらたぶん泣く。

外見ゴリラなのは伊達《だて》じゃなかったのか……と、痛む箇所《かしょ》を手で擦《さす》りながら隣《となり》を見れば、

強烈《きょうれつ》な一撃《いちげき》をかましてくれたとは思えない澄《す》ました横顔のゴリラがいた。さっきの平手打ちが嘘《うそ》みたいだが、ちゃんと音もしたのでクラスの半数以上がすわ何事かとこっちを向いている。皆《みな》の視線も俺のリアクションも全無視で授業の支度《したく》を始めたゴリラさんに、一応抗議《こうぎ》の声を上げてみた。

「なぁ、ごっさん。知ってるか？　今どき、暴力系ヒロインは流行《はや》らないんだぞ？」

「別にヒロインじゃないですし、暴力も振《ふ》るわないので関係ないです」

「…………ん？　じゃあついさっき俺に食らわせたあれは？」

「私の心の痛みを具現化したものです。暴力とは一線を画してます」

「……暴力系じゃなくて暴言系ヒロインだったかー……」

「だからヒロインじゃないです。もう一発いきますよ？」

これのどこが暴力系ヒロインじゃないというのか。まあ俺から見たら乱暴なゴリラなんだけど。荒《あら》ぶる野生に感じられる。

でも…………まあ、そうか。ごっさんの言うことに一理あるな。

「確かに、ヒロイン扱《あつか》いは良くなかったか。ごっさん、ヒロインよりヒーロー感あるし」

「……後学の為《ため》に訊《き》きますけど、その違《ちが》いは？」

「俺的には待ちより攻《せ》めるタイプ、って感じかなー。護《まも》られる側より護《まも》る側、相棒ポジより最初は敵で後に味方になるけど馴《な》れ合《あ》いは嫌《いや》だって孤高《ここう》を貫《つらぬ》くお助けキャラ、みたいな？」

「……なるほど。全然分かりません」

「そっかー。まあ女子には難しいか……ん、ようやく痛みがマシになってきた」

「大袈裟《おおげさ》すぎます。ちゃんと手加減したんですから」

「……マジすか？　え、あれで……!?」

驚愕《きょうがく》でしかない発言に目を丸くするが、ゴリラの不満げな一睨《ひとにら》みが真実と告げている。冗談《じょうだん》抜きで、激怒《げきど》した妹のドロップキックを食らった時以上の痛みと衝撃《しょうげき》だったんだけど。

じゃあ全力だったら……考えたくもないなぁ……！

「ごっさん、空手か何かやってたクチ？」

「何かの範囲《はんい》が広すぎますけど、武道や格闘技《かくとうぎ》の経験はないです。小学生の時、わんぱく相撲《ずもう》大会に出たことはありますが」

「へぇー、どうしてまた？」

「賞品につられたんです。小学生ですから」

「まあそんなもんだよなー。ちなみに結果は？」

「幸運にも優勝しました。おかげで欲《ほ》しかったゲーム機が貰《もら》えて嬉《うれ》しかったです」

ゲーム機とな。それってかなり大きな大会だったんじゃなかろうか。んで、優勝……

「…………もう一つ。ちなみに、中学の時は何部だったん？」

「テニス部です。軟式《なんしき》のですね」

「…………特に経験もなく相撲《すもう》大会で優勝出来るポテンシャルの持ち主が、伸《の》び盛《ざか》りの時期にラケットを振り回《まわ》して得たスイング力……もうそれ、凶器《きょうき》じゃん……」

「……やっぱりもう一発欲《ほ》しいみたいですね？」

ごっさんが不穏《ふおん》な言葉と殺気を放った直後、教室のドアが開いて「いやいや、遅《おそ》くなって悪いね」とちっとも悪いと思ってない口調で担任が入ってきた。遅《おく》れるならちゃんと言っておいて欲しいわ。俺の駐輪場《ちゅうりんじょう》からのダッシュは完全に無駄《むだ》だったじゃん。

だがまあ、おかげでというべきなのか、ごっさんから二度目の攻撃《こうげき》は受けずに済んだ。もうこっちを見てもいない。真面目なゴリラなので教師がいるのにふざけたやり取りの延長戦をするタイプじゃないし。

そんな訳で命拾いした俺は、担任の特に大したことのない連絡事項《れんらくじこう》を聞き流しつつ、中身の少ないバッグから筆記用具などを取り出して授業の準備に入り……

すっかり油断したところで、手短に済ませた担任がそそくさと教室を出て行ったのとほぼ同時にごっさんから強烈《きょうれつ》な二撃目《にげきめ》を貰《もら》い、情けない叫《さけ》び声《ごえ》を上げることになってしまった。

◇　◆

「そういや、ごっさん。部活はどうすんの？」

四月も下旬《げじゅん》に差しかかったある日の、特に課題もなく移動の必要もない、授業の合間の休み時間。暇潰《ひまつぶ》しに何となく隣《となり》に話《はな》し掛《か》けたのは、週明けから各部が体験入部の受け入れを開始するのを思い出したからだ。

カバーを掛《か》けた文庫本を開こうとしていたごっさんは、ゴリラに似合わない花柄《はながら》の栞《しおり》を挟《はさ》み直してこっちを向き、

「どこに入るかは決めてませんが、運動部に入るつもりです。誘《さそ》いも受けていますし」

「へー。友達と同じ部に入ろうって？」

「いえ、見ず知らずの先輩《せんぱい》からです。背の高さに目を付けられたみたいで、バレー部とバスケット部から」

スカウトか。ごっさんクラスの高身長になるとそういうのもあるんだな。

「んじゃ、バレーかバスケにすんの？　中学でやってたっていうテニスは？」

「三年間やったので、もういいかなと。そもそも親に払《はら》って貰《もら》ったラケット代の負い目がなければ一年経《た》たずに辞《や》めていたでしょうし」

「へー、あんまり合わなかったん？」

「テニス自体は嫌《きら》いではなかったですよ。ただ、私が下手だっただけです」

淡々《たんたん》とした口調だが、ゴリラの分厚い唇《くちびる》がほんの少しだけへの字になりかけたのを、俺は見《み》逃《のが》さなかった。どうやらそれなりに悔《くや》しい経験らしいが、高校でリベンジしたい程《ほど》の情熱もな

い、と。テニスラケットをぶん回すゴリラはとても見てみたかったが、仕方ないか。

「私は体験入部をしてどちらか決めるつもりですが、斎木《さいき》くんはどうするんですか？」

「俺も体験入部してから考える。運動部は普通《ふつう》にやってるところ見れる部が多いけど、文化系の部は実際に突撃《とつげき》しないとイメージと全然違《ちが》うってよくあるらしいし」

どこから攻《せ》めるか、いくつか目星はつけている。とはいえ部活か同好会に入るのが義務付けられているせいか、似たような部や同好会も複数ある。どこに入るのが合いそうか、ちゃんと吟味《ぎんみ》しなければだ。

……と、何故《なぜ》かごっさんが怪訝《けげん》そうに俺を見ていた。

「ん？　どうかしたか？」

「……いえ………てっきり斎木《さいき》くんは運動部に入るのかと」

「おおっと、甘いぜごっさん。確かに俺はスポーティーで爽《さわ》やかな印象だろうが、実はインドアで芸術を愛《め》でる一面もあるのだよ」

「そんな、急に知らない人の話をされても。前世ではそうだった、という設定ですか？」

真顔で現世での存在を全否定されたよ。冗談《じょうだん》のつもりだったのに悲しすぎるわ。まあ、ごっさんも多少は冗談《じょうだん》なんだろうからそこまで気にしてないけど。

「中学までは野球やバスケやサッカーその他と色々やってたんだけどさ。ここは同好会を含《ふく》めて珍《めずら》しい部もたくさんあるから、折角だし俺に合ったところに入ろっかなー、ってね」

「そうなんですか。何かしたいことでも？」

「楽しけりゃ何でもいい！　ただ、運動系は割とやってきたから、インドア系にしようかと」

「バイトなどはしないんです？」

「あー、したかったけど厳しそうでさ。条件合うのがあればやりたいんだが」

自由になる金が働き次第《しだい》で手に入るのはとても魅力的《みりょくてき》だけど、俺の場合は女性がアニマルに見えるという超絶《ちょうぜつ》ハンデがある。これが接客業だとかなりのマイナスになる……とは伯父《おじ》さんから教わった。客を怒《おこ》らせる結果に繋《つな》がりまくるんだとか。

夏休み前にどこかで肉体労働系のバイトに応募《おうぼ》するかなー……と思いつつ、そろそろ次の授業の開始時間なので机の中から教科書を探し出し、

「とりあえず候補は絞《しぼ》ったから、いくつか見て回る予定。ごっさんはどっちにしろ体育館に行くんだろうから、鉢合《はちあ》わせにはならなそうなー」

「何の部に行くつもりかは分かりませんが、そうですね。文化系は部室棟《とう》に部室がないところも多いと聞きますし」

「あ、そうなん？　活動場所が旧校舎のところもあるから、そっちを部室にしてるのかもな」

「では夏場の活動が大変ですね。旧校舎にはエアコンが設置されてませんから」

「…………なんという的確に入部意欲を削《そ》ぐ指摘《してき》を……」

苦悶《くもん》といってもいい俺の呟《つぶや》きに、ごっさんの口元が綻《ほころ》んだ——気がした。ゴリラなので非常

に分《わ》かり難《にく》いが、雰囲気《ふんいき》もそんな感じだった。

何がウケたのかは知らないけど……まあ、楽しそうならいっか。

隣《となり》の席でゴリラが心なしか機嫌《きげん》良さげに文房具《ぶんぼうぐ》をチェックする様を横目に見て、俺は俺で何となく嬉《うれ》しくなった。

……それも授業開始直後に小テストが始まったことで、すぐに閉店終了《しゆうりよう》したのだけれど。

◆

◇

——とまあ、そんな会話をごっさんとした一週間後。

俺は放課後の人気《ひとけ》が減った学内の、校舎裏ルートを一人で歩いていた。別に告白や果たし状で呼び出された訳じゃなく、単に用事を済ませて駐輪場《ちゆうりんじよう》に向かっているだけだ。

とはいえ、まだ通い始めたばかりで行ったことのない場所も多い学校内、初めて通る道はそれだけで新鮮味《しんせんみ》があっていい。端《はし》に纏《まと》めて置かれている廃材《はいざい》やイスなんかも、何となく立ち止まってジロジロ見てしまう。

他にもランニング中のラグビー部っぽい集団とすれ違《ちが》ったり非常階段でカップルが肩《かた》を寄せ合って座る前をちょいと気まずく通り過ぎたりして、体育館や格技場のある裏門側にやってくると、水道の所に見知った人影《ひとかげ》がいるのを発見した。

「おっ、ごっさんじゃんか。まだ部活やってたん？」

声を掛《か》けると、水道で顔を洗っていたごっさんはこちらを見ようとする素振《そぶ》りはしたものの、濡《ぬ》れていて目が開けられないからか止《や》めて首から提《さ》げていたタオルで顔を拭《ふ》く。

「……その呼び方は、斎木《さいき》くんですか。よく私と分かりましたね」

「ま、隣《となり》で一ヶ月近くいればな」

ごめん嘘《うそ》です、本当はゴリラだから分かっただけです。学校内で教師込《こ》みでゴリラどころかチンパンジーやオランウータンを含《ふく》めて唯一猿《ゆいいつさる》系の外見だから、後ろ姿でも一発だった。

顔を拭《ふ》き終えたごっさんはいつもの凛々《りり》しいゴリラフェイスで「ふぅ」と小さく息を吐《は》き出《だ》し、チラリと俺を見る。

「こんな時間までいるところからすると、斎木《さいき》くんも体験入部ですか」

「まー、ほぼ入部決定だけど。三日連続だし、今もゴミ捨て手伝ってきたところだし」

返事をしつつ、俺はごっさんを上から下まで見る。

いつもの制服姿とは違《ちが》って、白いTシャツの上から黄色いビブスを着けていて、下は学校指定のジャージに体育館履《ば》きのシューズ。あと教室では付けていた髪飾《かみかざ》りがなかった。

「ごっさんは、バスケ部に？」

「いえ、バレー部です。たぶん来週には本入部していると思います」

「ああ、そうなんだ。何となくバスケの方が似合いそうな感じしたけど」

本物のゴリラダンクが見たかった、とは流石《さすが》に言えない。

けど、躍動感抜群《やくどうかんばつぐん》のドリブルをするゴリラ……誰《だれ》よりもパワフルにダンクを決めて雄叫《おたけ》びを上げるゴリラ……ワンチャン、お金払《はら》ったらやってくれないか……？

俺が夢を諦《あきら》めきれないでいると、ごっさんは顔を拭《ふ》いていたタオルを首に掛《か》け直して、

「バスケット部にも体験入部してみたんですけど、私には肌《はだ》に合わない気がしたんです。シュートは難しいですし、ちょっと動くとファウルになってしまって」

「あー……バスケってちょっとしたことでファウルになるもんなぁ。でもほら、シュートは全部ダンクにしたらいいんじゃね？」

「そんな簡単に出来ません。ゴールの高さ、男子と変わらないんですよ？」

「うぇ、そうなん？　いくらか低いと思ってたわ。じゃあ流石《さすが》のごっさんでも無理か」

「リングに触《ふ》れるくらいなら出来ますけど、上から入れるのは難しいです。助走も、ドリブルしながらだと全然でしたし」

なるほど、試《ため》しはしたのか。百八十センチ近くあるごっさんなら余裕《よゆう》のゴリラダンクかと思ったけど、試《ため》して駄目《だめ》なら厳しいんだろう。

「バレー部かぁ。でもごっさんの格好、バレー部っぽくないよな？」

「そうですか？　先輩方《せんぱいがた》も似たような格好ですよ？」

「え、マジで⁉　バレーってピチピチのユニフォームで、下は短パンかブルマってイメージな

んだけど！」

「試合の時はともかく、練習では普通《ふつう》にジャージやハーフパンツです。あとそれ、セクハラになりますからね？」

「セクハラ……そういうもんなんか……正直、俺としては露出《ろしゅつ》少ない方が好きだから、その意識なかったわ」

「その発言も十分にセクハラですけど……驚《おどろ》きました。斎木《さいき》くん、変態だったんですね」

おおっと、真面目なゴリラフェイスでとんでもないこと言い出したよ。

「へいごっさん、俺のどこに変態要素があったよ？　むしろ紳士《しんし》と絶賛されるべきじゃね？」

「思春期男子なら四六時中異性の裸《はだか》を夢想していてもおかしくないはずです。なのに着衣が好みだなんて、絶対に特殊性癖《とくしゅせいへき》の持ち主に決まってます近付かないでください」

「そこまで言われるような変な性癖《せいへき》ないって！　俺はただの、夏服より冬服の方が好きなだけの男だ！　偏見《へんけん》が過ぎるぞごっさん！」

「私の兄も弟も親戚《しんせき》の人達も、声を揃《そろ》えて『ワンピースタイプよりビキニ水着がいい』と言ってましたよ。逆の意見は女性陣《じん》だけでしたから、つまり斎木《さいき》くんは少数派の変態……」

「単なる好みの話じゃんか！　肉が好きな人もいれば魚が好きな人もいるってだけで！」

「ふむ……そう言われると、確かに……」

多少は受け入れてくれたらしくて良かったが……建て前以上のことは言えんしなぁ。

　俺の場合、露出《ろしゅつ》している部分はアニマル化して見えてしまう。その場合は本来の体とは異なり、もうただの動物だ。なのでエロい意味で一番ぐっとくる格好は戦隊ヒーローが着ているような全身タイツって、それはそれで顔も覆《おお》ってるしどうなんだと言いたくなる感じになる。

「つーかごっさんは親戚《しんせき》とどんな会話してんのよ？　むしろそっちの方がおかしいって」

「はい、おかしいですよ。なので、あれは曾《ひい》お祖父《じい》さんの三回忌《さんかいき》の席でしたが、男連中は全員天罰《てんばつ》を受けました」

「…………天罰《てんばつ》？」

「そうです」

　もうちょいちゃんとした解説が欲《ほ》しいところだったが、むしろ深掘《ふかぼ》りしない方がいい気もする。ごっさん、意外と凶暴《きょうぼう》だしな……それが血筋なら、他の親族と熱烈《ねつれつ》タッグで天罰《てんばつ》という名の何かをしたのは確定的に明らか……うん、下手に突《つ》っつくと俺の身が危《あや》うそうだからやっぱり流そう。俺も大人の判断が出来るようになったもんだよ。

「ごっさんはもう部活終わりなん？」

「全体練習は終わりましたけど、上級生は個人練習をするそうなので、そこに交ざらせて貰《もら》います。どうやら先輩方《せんぱいがた》に期待もされているみたいですし」

「その身長だもんなー。まあ頑張《がんば》ってくれ。俺はもう帰るわ」

「斎木《さいき》くんは自転車通学でしたっけ？」

「そそ、駐輪場《ちゅうりんじょう》が向こうだから、今度部活終わりに見物していくわ」

うちの学校は二ヶ所駐輪場《ちゅうりんじょう》があって、俺が主に使っているのは裏門側にある格技場横のだ。

この位置からすると、体育館をぐるっと回り込んだ先になる。

「気を付けてくださいね。無関係な男子が覗《のぞ》いていると、バレーボールとバスケットボールとピンポン球が飛んできますよ」

「迎撃《げいげき》システムにしては過剰《かじょう》すぎん……？……まあピンポン球はどうでもよさげだけど」

「たまにラケットの方が飛んでくることもあるらしいですよ」

「それは普通《ふつう》に危ないな！　まあいいや、冷やかす時は気を付けるわ」

「……来ない、とは言わないんですね」

「スポーツ見るの好きだしなー。ごっさんがスパイク空振《からぶ》るところとか見てみたいし」

「そうですね。うっかり斎木《さいき》くんの顔面を叩《たた》いてしまうかもしれませんが、初心者にありがちなミスですから仕方ないです」

「まー、ミスなら仕方ないな。だが、ごっさん。一つだけ注文を付けよう」

「はい？　何に対してです？」

「やるならバレーボールをぶつけて来いよ！　バレーで空振《からぶ》りが俺に当たるって、完全に俺目《め》掛《が》けて突進攻撃《とっしんこうげき》してるじゃんか！」

「……ふむ、一理あります。では渾身《こんしん》のサーブを顔面レシーブして貰《もら》う方針で」

「そうそう、それなら…………うん？」

納得《なっとく》の頷《うなず》きをするも、何かがおかしい気がした。説得成功したはずなのに。根底から大きく間違《まちが》えている、ような……？

「まあいっか。んじゃ、俺は帰るわ。またな、ごっさん」

「はい。車に気を付けて」

あれだけ暴力の匂《にお》いがする発言が多かったとは思えない心配りの利《き》いた挨拶《あいさつ》をして、ごっさんは体育館の方へと歩いていった。俺もそっちが最短ルートなんだけど、別れてすぐに追いかけるのも気まずいので、少しだけ遠回りして駐輪場《ちゅうりんじょう》へ向かう。

「にしても、ごっさんはバレー部か……」

適材適所、ってヤツなのかもだ。長身でも気弱でスポーツ苦手なタイプと違《ちが》って、男子を叩《たた》けるくらいのファイティングスピリッツの持ち主だし。

ゴリラダンクが見られないのは残念だが、ゴリラがスパイクを決めるシーンもなかなかに迫《はく》力《りょく》ありそうだ。想像するだけで楽しみになって、絶対一度は見学しようと決めた。

宙を舞《ま》うごっさんのイメージでにやけてしまったせいか途中《とちゅう》すれ違《ちが》った男子生徒に変な顔をされつつ、俺はわくわくしながら帰路に就いた。

◇

◆

高校に入って初めての大型連休も終わり、五月も中盤《ちゅうばん》に入ったある日の放課後。

俺は強い決意を胸に、帰《かえ》り支度《じたく》を整えているごっさんの正面に回り込んだ。

「ごっさん、折り入って頼《たの》みがあるんだけど」

「……もう既《すで》に嫌《いや》な予感しかしないですけど、何です？」

露骨《ろこつ》に関わりたくないですと言わんばかりの反応をするゴリラさんに、俺は机に両手を着いて、頭突《ずつ》きする勢いで頭を下げる。

「この愚《おろ》かな男にノートを貸しておくんなまし！　英語と世界史だけでいいんで、是非《ぜひ》に！」

「……ちゃんと授業中にノートを取らなかった人に、我慢《がまん》して起きていた私が貸してあげる理由とは？」

「そこを何とか、お願いしたい訳ですよ。勿論《もちろん》お礼はするし、コピーして五分で返すからさ」

「別に私じゃなくてもいいでしょう？」

「頼《たの》むだけならいけるけど、ちゃんとノート取ってるか分からんしさ。ごっさんみたく見易《みやす》くてちゃんと仕上げてるノートがいいんだ！」

必死の懇願《こんがん》に、他のクラスメートが奇異《きい》の視線を送ってくるのが分かる。だがそんなの構っていられない。テストと期末の成績は俺の小遣《こづか》いに響《ひび》くから、マジで死活問題だ。

正面からの長い沈黙《ちんもく》と推《お》し量《はか》るような視線が俺を刺《さ》す。プラスでゴリラの存在感。それでも両手を合わせ頼《たの》み込む姿勢を崩《くず》さない。

「…………分かりました。でも、条件があります」

「おおっ。いいぜ、ノートの為《ため》なら腹踊《はらおど》りでもブレイキンでも決めてみせるぞ!」

「踊《おど》りなんて見たくないです。私が望むのは――」


魂《たましい》の交渉《こうしょう》から小一時間後。

俺は学校最寄《もよ》りの駅に近い喫茶店《きっさてん》で、テーブルを挟《はさ》みごっさんと向き合っていた。

ただしごっさんの前にはデラックスイチゴパフェとストレートティー、俺の前には広げたノート二冊に水という凄《すさ》まじい格差が存在している。

「まだ終わらないんですか? そろそろこれ、食べ終わりますよ?」

「ちょっ、早いよ! ごっさんもっと味わって食べて!」

「十分に味わってます。でも私、アイスが溶《と》けすぎるのもフレークがふにゃふにゃになるのも好きじゃないので、自然と早めにスプーンを運んでしまいますね」

つまりペースダウンする気はないのか。まだ英語のノートが終わったばかりだってのに。

ノートを貸す代わりにごっさんの出した条件は二つ。一つはコピーではなく自力で書き写すこと。そしてもう一つは、写し終わるまで好きな物を食べさせるというものだった。ゴールデンウイークに友達とバイトしたから金は多少あったし、ごっさんの指定した店が喫茶店《きっさてん》だったから大したことにはならないだろうと高をくっていた過去の自分を殴《なぐ》りたい。

既《すで》にごっさんはパンケーキとガトーショコラを食べ終えた後だ。紅茶も二杯目《はい》で、しかも普《ふ》通《つう》のより高いヤツだった。おかげで俺の財布《さいふ》は瀕死《ひんし》寸前、自分のコーヒー代すら惜《お》しい。

「くっ……コピーさせてくれれば、こんなことには……！」

「自分の書いた物を他の人が所有するのは嫌《いや》なんです。それに丸々写さなければもっと早くに終わっていたでしょう？」

「だって改めて自分のノート見たら読み返す気起こらないんだもんよ！　折角高い代償《だいしょう》を払《はら》うんだから、少しくらい良《い》い点取りたいし……！」

「向上心があるのはいいですね。さて、次は甘い物が続いたので少し塩気のあるものに……」

「まだ食うん!?　ごっさん、流石《さすが》に食べすぎじゃね？　夕飯入らなくなるぞ？」

「ご心配なく。これくらいなら少しご飯の量を減らすだけで済みますから」

なるほど。つまりただじゃ済まないのは俺の財布《さいふ》だけか。グッバイ俺のバイト代。

仕方ない、これはテストの結果で取り返そう。もう既《すで》に取り返しが利《き》かない金額になってる説もあるけど。

俺は涙《なみだ》を呑《の》んで世界史のテスト範囲《はんい》を片《かた》っ端《ぱし》から書き写しつつ、

「ところでごっさん。テスト前で部活休みじゃん？　遊びに行く約束とかしてないの？」

「……何の為《ため》に部活がないと思ってるんですか。ちゃんと勉強に当てますよ」

「んじゃ、テストの後は？」

「テスト最終日の後から部活があるので、特に予定はないです」

「あー、そうなんか。中学の時、うちの学校はテスト最終日も部活動禁止だったんだよ。通常運転は翌日からで、最終日は大体クラスの皆《みな》で遊び行ってたなー」

ノートを写す手は止めず思い出を交えて話していると、視界の端《はし》でゴリラの手がティーカップを持ったまま不自然に止まっているのが見えた。

「……そういえば、この前遊んだ私の友人も斎木《さいき》くんと似たようなことを話していました。もしかしたら同じ学校なのかもしれないですね」

「お、そうなん？　というかごっさん、普通《ふつう》に友達と遊んだりもするんだな。意外だわ」

「物凄《ものすご》く引っかかる言い方ですね。私に友達がいないと思っていたんですか？」

「んや、そうじゃないって。違《ちが》うからそのビンタ準備は止《や》めよう？　俺は単に、ごっさんがクラスの他の女子と遊んだって話を聞いたことなかったからさ」

いつでも殴《なぐ》れるようにスタンバっていたごっさんは、一応納得《なっとく》してくれたのか手を引っ込めて紅茶を飲み、

「……確かに、今のクラスメートとはないですね。遊んだ子は小学生の時からの友人で、違《ちが》う

※現実を元にしたイメージです

学校というのもあっていつも向こうから押しかけに近い形で来るんですよ」

「へー、違《ちが》う学校の……どこで知り合ったん？」

「塾《じゅく》です。何故《なぜ》か一緒《いっしょ》に勉強している思い出はあまりないですけど」

「もし俺と中学が一緒《いっしょ》なら小学校も一緒《いっしょ》かもなぁ。その友達の名前は？　あと学校名」

共通の話題にもなるしなんとなしに訊《き》くと、ごっさんが俺をじっと見てくる。

「……言いません。共通の知り合いだとして、私のことを色々訊《き》かれると面倒《めんどう》ですし」

「おいおいごっさん、俺をどう思ってるんだい？　これでも気配りには定評あるんだぜ？」

「初耳な上に全然そうは思えないので聞かなかったことにしますね。彼女のプライバシーもありますし」

「知り合いの知り合いみっけて盛り上がるのは普通《ふつう》のことだと思うんだけどなぁ……」

「余計な時間を使っているとノート回収しますよ。その前に——すみません、追加の注文いいですか？」

それは俺にではなく通りすがりの店員さんへの言葉で、こっちへの許可なんて端《はな》からなかった。ゴリラじゃなくて鬼《おに》だったとは。ヤバいので俺は急いでノートの写し作業に戻《もど》る。

そしてここにきての小倉《おぐら》トーストを注文しだしたごっさんの声を聞きながら、なんとなしにさっきの会話を思い返していた。

——彼女。つまり女の子、か。まあごっさんなら異性の友達って方がびっくりだけど、やっぱ女の友達だったんだな。うむうむ。

「何をニヤニヤしてるんです？」

「ふぁ？」

唐突《とうとつ》な指摘《してき》に、俺は自分の顔に手を当てて、

「え？　俺、笑ってた？」

「はい。もしかしてまた手慰《てなぐさ》みに描《か》いた絵を見ました？　それで笑っていたならフォークで刺《さ》しますよ？」

「いや全然そんなじゃないっつーか、自覚なかったんだけど……」

割と恐《おそ》ろしいことを言ってくるごっさんだけど、それよりも無意識に自分が笑っていたことの方が気になった。

なんだろ。ごっさんの友達が女の子だってのが、嬉《うれ》しかったのか、俺？　いや、どっちかっつーと、これは……ホッとしてる……？

「……今度は変な顔をして、どうしたんです？　もしかして斎木《さいき》くんも小倉トースト食べたかったんです？」

見当違《けんとうちが》いのことを訊《き》いてくるごっさんにどう返せばいいか分からず、曖昧《あいまい》な返事をする俺をどうやら真剣《しんけん》に心配したようで、ごっさんは運ばれてきた小倉トーストを半分こして分けてくれた。その上、奢《おご》りじゃなくてちゃんと支払《しはら》おうとしてくれたのを、『これはお礼だから』と

気持ちだけ貰《もら》い、心で泣きつつ全額出した訳だが。

どうしてごっさんの友達が女子だったことにあんな反応したのかは分からず仕舞《じま》いだった。自分でも不思議で、帰宅してからもなんだかもやっとしたのが残ってしまい、莫大《ばくだい》な対価を払《はら》ったのにテスト勉強をする気にならず。

机の前でごっさんのことを考えながら、ぐだぐだな一晩を過ごしてしまった。

◇　　　　　　　　◆

——とまあ、そんなこんなで隣《となり》の席に座る長身のゴリラ女子とは近すぎず遠くもない距離《きより》感《かん》で、時に世話になり時に叩《たた》かれと、それなりに上手《うま》くやっていたはずなのだが。

いつの頃《ころ》からか、気が付けばゴリラに視線を奪《うば》われ、ゴリラのことを考え、ゴリラと話すと浮《う》き立《た》つような気持ちになる自分に気付いてしまった。

そうして六月が終わる頃《ころ》には、この捉《とら》え難《にく》い感情をどう定義するかが、俺にとっての最重要課題になっていた。

三・悩《なや》みの相談は相手を選ぼう

「なーなー、かっちん。ちょっと相談いいかい?」

「…………駄目《だめ》、今は駄目《だめ》。ちょうイイトコだから。このページが世界を救うかどうかの瀬戸《せと》際《ぎわ》だから……!」

「……おー、おう。全然分からんけど分かった」

長机に顔をくっつけんばかりに前屈《まえかが》みになってペンを走らせている友人に、俺はそれ以上要求するのを諦《あきら》めて窓の向こうに視線をやった。

開けっぱなしの窓からは弱い風が入ってきているが、少し暑い。もう七月だから当然っちゃ当然で、遠くから吹奏楽部《すいそうがくぶ》の練習が聞こえてくるのも何となく夏っぽい。

今日で期末テストも終わったし、あと二週間で夏休みだ。解放感もあれば、テスト期間中やれなかった部活に精を出す生徒の活気も凄《すご》い。

そんな中、俺がいるのは所属する『新創造文芸部』が使わせて貰《もら》っている、旧校舎二階にある教室だった。

部員は総勢十三人……のはずだが、俺はまだ八人しか見ていない。よくいるのは四人だけ。今日も俺と、同じ一年で隣《となり》のクラスのかっちんこと小野寺勝己《おのでらかつみ》の二人だけだった。

まあでも仕方ない。先輩《せんぱい》達はコミケに出すという原稿《げんこう》で忙《いそが》しかったり、テスト期間中に入れなかったバイトをガンガン入れたり、そもそも幽霊《ゆうれい》部員だったり、色々あるのだ。

俺は専《もっぱ》ら漫画《まんが》を読んでいるが、かっちんは今日も真面目に創作活動をしていた。俺は特になんの創作活動もしていないただの消費者側で、それでもいいよとフランクにオッケーして貰《もら》えたのでここに入部した。オタ系の部は他にもあったけど、あとは何らかの創作か評論かしないと駄目《だめ》みたいだったので、体験入部の時に肌《はだ》が合わず、ないなと思った。

——さて、俺が入ったのは文化系の中でも漫研《まんけん》やゲーム部に近い、二次元にどっぷりな人々が集《つど》う部活だが、これには涙《なみだ》なしには語れない理由がある。

そもそも俺はスポーツをやるのも観《み》るのも好きで、インドアより圧倒的《あっとうてき》アウトドアなタイプだ。今でも運動は大好きだし、体育の授業で球技の時は超《ちょう》張り切る。

だがそんな俺がアホみたいな呪《のろ》いに掛《か》かった後で、とんでもない問題が発生した——思春期さんの到来《とうらい》である。

前にも触《ふ》れたと思うけど、基本的にアニマルに見えるのは肌《はだ》が露出《ろしゅつ》している部分。服を着ていればそこは人間っぽい体格のままだ。なので水着姿は着衣より動物感が凄《すご》くなって、ぶっちゃけ全然エロく感じない。裸《はだか》なんて完全にただの動物だし。

これが最悪なことに、映像や写真でも当てはまってしまう。エロいことに興味を抱《いだ》き始めた矢先に、残酷《ざんこく》すぎる。青少年の溢《あふ》れかえる情動をどうしてくれるんだって話だ。

悩《なや》める中学生の俺を救ってくれたのは、漫画《まんが》だった。それまでは別に気にしていなかったが、新連載《しんれんさい》で絵が好みだったからと読み始めた漫画《まんが》でお色気シーンがあり、そこで天啓《てんけい》を得るかのように閃《ひらめ》いた訳だ。二次元のキャラに呪《のろ》いは関係なく、肌《はだ》が露出《ろしゅつ》していても毛むくじゃらだったり堅《かた》くてザラザラしてそうだったりしていない、と。

それに気付いてからは漫画《まんが》だけでなくアニメやゲームで可愛《かわい》い女の子を積極的に見るようになり、いつしか俺は二次元キャラ大好き少年になっていた……と。

なので高校からは運動系ではなくオタ系、それもユルユルな部を選んで入り、のんびりふんわり楽しく過ごしていた。ちなみに一年は他にもう二人いて、一人は既《すで》に幽霊《ゆうれい》部員。もう一人はちゃんと活動しているが、バイトもあるので毎度来る訳じゃない。

必然的に俺とかっちんはよく喋《しゃべ》るようになり、今日もこうして二人で旧校舎の教室にいた。

「はー……やっぱエアコン欲《ほ》しいな。手汗《てあせ》でページが湿《しめ》りそうだわ」

乾《かわ》かす感じで窓の外に手をやりプラプラさせるも、あんまり意味はなさそうだった。そりゃそうだ、外の空気も暑くてじめっとしている。先輩《せんぱい》達がいないのも、作業するには暑いから自宅かファミレスでやっているらしい。

「はー……夏休みに入ったら海に行きたくなるなー。かっちんも一緒《いっしょ》に行くか？」

「僕はいい。陽キャに囲まれると消えちゃうし」

「そんなシステム搭載《とうさい》してたんか……でも、海浜《かいひん》公園の方には行くって言ってたよな？」

「海水浴じゃないよ。戦場に行くんだよ」

かっちんは先輩《せんぱい》達と同じで、時々訳の分からんことを言う。オタ歴の短い俺には難しい。

眉《まゆ》を顰《ひそ》めていると、かっちんはタブレットから顔を離《はな》して大きく息を吐《は》き出《だ》し、なかなかにいい笑顔《えがお》でこっちを見た。

「ほら、コミケ会場が向こうにあるんだよ。それと別件でコスプレイベントも」

「ああ、そういう……しかしコスプレかー。かっちんもやんの？」

「僕は見て楽しむ側。本当は撮影《さつえい》もしたいんだけど、カメラがないと格好付かないんだよね
……スマホは論外、デジカメも相当ハイクラスなやつじゃないと格下に思われるし」

「プロでもないしスマホで十分綺麗《きれい》に撮《と》れると思うけどなー。遠景撮《と》る訳でもないんだしさ」

「プライドというか、見栄《みえ》の張り合いだからね。マウントを取りたいだけな気もするけど」

ふむ……よく分からん世界だ。素人《しろうと》にはちょっと理解がしんどい。

にしても、漫画描《まんがか》いたりコスプレしたり、オタクも意外と多岐《たき》にわたってるんだなぁ。アニメや漫画《まんが》が好きな人と鉄オタくらいしか認識《にんしき》してなかったわ。俺も妹からはオタク扱《あつか》いされ始めているし、もう少し学んでいかねば。楽しむ為《ため》にも理解は必要だわ。

そう俺が考えていたところで、不意にかっちんが「あっ」と声を上げ、

「普通《ふつう》のコスプレならともかく、女装コスはしてみたいかも……こ、ここだけの話だよっ？」

「えっ？　お、おう。でもかっちん、そういう趣味《しゅみ》とか性のなんたらとかあったっけ？」

意外すぎる発言に驚《おどろ》きつつ訊《たず》ねると、かっちんは頰《ほお》を赤く染めた。童顔かつ小柄《こがら》で、容姿だけなら可愛《かわい》い系のイケメンにも分類されそうなかっちんだ。女装も似合うかもだが、まさかそういう趣味《しゅみ》があるとは。

「うん。今まで言ってなかったんだけど、実は僕ね……」

「……うむ」

「僕、女装した姿を女の子に詰《なじ》られるのが、凄《すご》く興奮するんだ……！　まだ実践《じっせん》はしたことないんだけど、出来れば年下の子だと最高だなって！」

「…………………お、おう……」

これにには思わずドン引きですよ。同じ部の友人が予想以上に変態だった。

「……かっちんの性癖《せいへき》はともかく、一段落ついたんなら相談いいかね？」

「え、うん、いいけど……僕だからあんまり役に立たないよ？」

「説得力が物凄《ものすご》いなー。でもまあ、いいんだよ。自分以外の男子の意見が聞きたいから。そこまで深刻なのでもないし」

確かにかっちんは平均的とも一般的《いっぱんてき》とも言えないが、俺みたいな呪《のろ》いユーザーでもないから、参考にはなるだろう。

「実はさ、最近ちょっと気になる女子がいるんだよ」

「ふぁっ⁉　ま、まさか恋《こい》バナなの⁉」

……物凄《ものすご》い驚《おどろ》かれた。驚天動地《きょうてんどうち》って勢いで目を見開いてるし。

「ん、や、そうともいえないっつーか、たぶん違《ちが》うんだけど」

「ち、違《ちが》うんだ……？……良かった、恋愛《れんあい》の相談なら全く役に立たないところだったよ……この前貸したゲームを参考にしてって言うしかなかったよ……」

「あれ高校生がやっちゃ駄目《だめ》なゲームだったからな？　妹に見られて大変な思いをしたぞ？」

「くっ、超美味《ちょうおい》しいイベント起こしてる……羨《うらや》ましい……！」

そこでガチの目をされても困るんだが。まあいいや、それはそれとして。

「気になる女子ってのがさ、顔は間違《まちが》いなくタイプじゃないんよ。話してて楽しいけど、恋人《こいびと》としたいような行為《こうい》は求めてないっつーか……これ、どう思うよ？」

「どう思うって……漠然《ばくぜん》としすぎだよ。その子のこと、好きかどうかって意味？」

「まあ、うん、そんな感じかね。あれだ、友達としての好きなのか、違《ちが》うステージでの好きなのか、みたいな」

「うーん……普通《ふつう》なら好きな子とは恋人《こいびと》みたいなこと、したいと思うよ。キスしたいとかおっぱい触《さわ》りたいとか」

「それはないんだよなぁ、マジで。格好付けてるとかじゃなく」

何しろ俺の目に映る相手はアニマルなので、その手の行為《こうい》は本気でしたいと思ってない。動物相手にそんなの異常者だし。

好きな二次元キャラにはその手のことしたいって欲求あるから、性欲が死んでるってのもない。だからこそ難しいんだが。

「これが友達としての好きの範囲《はんい》なのかそうじゃないのか、分からんのよ。かっちんは女友達を好きになった経験ないか？　あったら参考までに教えて欲しくてさ」

「ないよ。そもそも僕に女の子の友達がいない」

死んだ魚の目をするかっちんに、俺はマイクみたいに持っていた携帯扇風機《けいたいせんぷうき》を向けて、

「でもかっちん、ネットでは割と交友関係広いじゃんか。ゲームのフレは多いんだろ？」

「あそこに性別を持ち込んだら駄目《だめ》だよ。僕も女性キャラで女性声優のボイス使ってやってるから」

「ふむ。それは、何の為《ため》に？」

「男より女の子を動かす方がいいでしょ。あと上手《うま》いことなりきりプレイすると、男達がちやほやして貢《みつ》いでくれるし」

ははあ、薄々《うすうす》気付いていたけどこの男、変態なだけでなく駄目《だめ》人間だな？　一緒《いっしょ》にゲームやると高確率でダーティーなプレイと暴言が出るから、そうかもと察してはいたが。

「じゃあかっちん、今好きな人はいるん？」

「好きなキャラはいるよ。推《お》しというか嫁《よめ》というか」

「俺、そこまで二次元にはまれないんだよなぁ。可愛《かわい》いしエロいとも思うけど、ふわっと好き

なだけでさー」

「僕も三次元の女の子を可愛《かわい》いしエロいとも思うよ。催眠《さいみん》アプリとか魔術契約《まじゅつけいやく》とかリアルで出来たら最高なのに……」

「それ思いっきりエロ方向に偏《かたよ》ってんじゃん。俺がしてるのは恋愛《れんあい》の話よ？」

「でもさ、小学生じゃないんだし、好意と情欲はワンセットに近いと思うよ？　好きな子じゃなくてもそういうことはしたいんだから、本命ならもっと沸《わ》き立《た》つものがあるんじゃない？」

「……言いたかないが、俺の恋愛《れんあい》経験値なんて小学生で止まってるからなー。手を繋《つな》いでドキドキするレベルかもしれんわ」

「……まあ、大抵《たいてい》の人は手《て》繋《つな》ぎでドキドキすると思うよ。もっと先の触《ふ》れ合《あ》いもしたいだろうけど」

　もっと先と言われても。アニマルさんに欲情する変態ではないからなぁ。マジでこの呪《のろ》い、何とかしたいわ。二次元でしか興奮出来なくなったらどうすんだ。

　伯父《おじ》さん達も同じ苦労を何十年もしてきたと思うと、尊敬と憐《あわ》れみと絶望がミックスされて押し寄せてくる。俺の場合、弟の子供がある程度育つまで解けないとして……早くても二十年以上先のことになるのか。うん、泣ける。

　俺がもう一回ため息を吐《つ》いていると、何か勘違《かんちが》いしたのかかっちんはすまなそうな表情で、

「ごめんね、斎木《さいき》くん。やっぱり役に立たなくて」

「んや、そうでもないぞ。やっぱ普通《ふつう》は好きな相手とそういうことをしたいんだなー、って分かったし」

「なら良かった……あの、ちなみになんだけどさ。気になる子って、誰《だれ》？　うちの部の人じゃないよね？」

「違《ちが》う違《ちが》う、同じクラスの女子だよ」

幽霊《ゆうれい》部員じゃない女子は二人しかいないから、もしそうだったならとんでもない爆弾《ばくだん》を見つけた気分だろう。かっちんもあからさまにホッとしてるし。

「あ、でも、累先輩《るいせんぱい》とマキやん先輩《せんぱい》は付き合ってるぞ。こないだ二人が手を繋《つな》いでるの目撃《もくげき》して、訊《き》いてみたらそうだって」

「ぃいっ⁉　そ、そんな……牧瀬《まきせ》先輩《せんぱい》、僕にも優《やさ》しくしてくれる数少ないリアル女子だったのに……ぅぅ……」

……いかん、思いの外ダメージのでかいブッコミだったらしい。先輩《せんぱい》は『別に秘密じゃないし他の一年に言ってもいいよ』と話してたから、流れで伝えただけなのに。

「なんかごめんな、かっちん。帰りに甘い物でも奢《おご》ろうか？」

「…………ううん、いい。今日は深夜のギルド戦に備えて仮眠《かみん》取らなきゃだし、ダウンロードしたゲームも早くやりたいから。また今度、普通《ふつう》に食べに行こう」

「まあ、かっちんがそれでいいなら」

俺に不満は特にない。でもかっちん、そのゲームは本当に高校生がやっても大丈夫《だいじょうぶ》なものなのか？　触手《しょくしゅ》に、さっき判明した女装してあれこれにと、不安な要素しかないんだが。訊《き》いたら凄《すご》くいい笑顔《えがお》で答えてくれそうなので逆に訊《き》けなくて、俺は黙《だま》って扇風機《せんぷうき》からの微《び》妙《みょう》に生暖かい風を浴び続けた。

二人だけだったので適当なタイミングで解散にし、俺はいつも通り自転車で来たので駐輪《ちゅうりん》場《じょう》に向かった。

旧校舎から駐輪場《ちゅうりんじょう》へ行く途中《とちゅう》には体育館があって、熱気溢《あふ》れる声が漏《も》れ聞こえてくる。ドアも窓も全開にしているので、人の声だけでなくボールや着地で床《ゆか》を叩《たた》く音も結構聞こえた。

「テスト明けだし暑いってのに元気だなぁ……どれ」

若者達の青春っぷりを覗《のぞ》いてみるかと、靴《くつ》を脱《ぬ》いで簀《す》の子《こ》に上がり、ドアのところから中を見る。ボールが出ないようにと張られているネット越《ご》しになるが、視界を遮《さえぎ》る程《ほど》じゃない。

ステージのある右手側はバスケ部が使っていて、半面を男女で分かれて利用していた。どっちも汗《あせ》だくだが、片方はアニマル軍団なので毛むくじゃらが多くて余計に暑そうだ。

そして左手側の半面は女子バレー部が占拠《せんきょ》していて、攻撃《こうげき》練習なのか次々とネット際《ぎわ》に上げられたボールを順番にスパイクしていくのが見える。カンガルーが意外とジャンプ出来てなかったり猫《ねこ》がネットに突《つ》っ込んだりしている中、一際《ひときわ》目立つのが——

「次っ、強羅《ごうら》さんレフトっ！」

「……ふっ！」

気合いと共に走り込んだ勢いのまま、高々とジャンプして左腕《ひだりうで》一閃《いっせん》。力強くボールを叩《たた》きつけるゴリラの勇姿がそこにあった。

「おー……凄《すご》いな、ありゃ」

素人目《しろうとめ》にもごっさんが他の選手と違《ちが》うのは見て取れる。高いし、鋭《するど》い。

何よりボールをスパイクする音よ。他の人達が『バシィッ』って感じの音なのに、ごっさんの時だけ『ズバァンッ！』って重めの音が鳴《な》り響《ひび》く。何度も叩《たた》かれたことのある俺にはボールの気持ちがよく分かるわ。でもあれを見ると、普段叩《ふだんたた》かれる時はマジで手加減してくれていたっぽいなぁ……フルスイングはヤバいわ。赤くなるどころじゃ済まないよ。

それにしても、宙を舞《ま》うゴリラってのは凄《すご》い光景だなー。躍動感《やくどうかん》もあるし。

……と、ごっさんの力強いスパイクに魅入《みい》っていると、

「こらこら、そこの男子。関係者以外の見学はお断りだよー？　それとも、何か用？」

いつの間に近くに来ていたのか、汗《あせ》で毛並みが濡《ぬ》れたシマウマが、ネット越《ご》しに俺の視界を遮《さえぎ》ってきた。一年でシマウマは見たことないから、たぶん上級生だな。

注意を受けた俺は軽く頭を下げて、

「そりゃすいません。特に用はないんすけど、通りかかったついでに、ごっさんがどんな感じ

でやってるか見たくて」

「ごっさん？　誰《だれ》？」

「ああ、ほら、そこにいる強羅《ごうら》っす」

指を差して示すと、ごっさんもこっちを見ていた。何だろう、普段《ふだん》から厳しめの表情がデフォだけど、そこに殺気も加わっているように感じられるな？

「……強羅《ごうら》さん、ね。どういう関係？　まさか彼氏《かれし》じゃないっしょ？」

「ただのクラスメートっすよ。隣《となり》の席だからよく話はしますけど」

「へぇー…………でも強羅《ごうら》さん、すんごい睨《にら》んでるよ？　本当にただのクラスメート？」

「あー、そういや前に見に行くって言ったら、ガチめの拒絶食《きょぜつく》らった気が」

「キミ、それでよく見学しようと思ったね!?」

「や、忘れてたんで。駐輪場《ちゅうりんじょう》に行くがてら、何となく見てみようって思っただけだから、特になんも考えてなかったし」

話しながらごっさんを見ると、丁度また順番が回ってきて、アタックを決めるところだったが……え、今のボールを叩《たた》いた音なの？　本当に？　鉄板を床《ゆか》に叩《たた》きつけた音じゃなくて？

着地したごっさんは、チラリと刺《さ》すような視線をくれる。口は動いていなかったが、何故《なぜ》か脳内に『次はあなたの頭がこうなる番です』と聞こえてきた気がした。

「………………うん、めっさ怒《おこ》ってるみたいだから、そろそろ行きますわ。お邪魔《じゃま》しました」

「追い出すようでごめんねー。あ、でも、強羅《ごうら》さんと仲良いのなら試合の応援《おうえん》に来てよ。さっきのスパイク、本番でもやったら中途《ちゅうと》半端《はんぱ》なブロックなんて吹《ふ》き飛《と》ばせちゃうだろうし」

シマウマ先輩《せんぱい》は朗《ほが》らかに言う。だが本当に試合を見に行った場合、その日か次に教室で会った時が俺の命日になるんじゃなかろうか？

……俺の頭はボールみたいに衝撃《しょうげき》吸収してくれないだろうなぁ。受けるのが背中でも数日は痕《あと》が残りそうだ。

あまりからかいすぎないようにしとこ……と教訓を胸にして、靴《くつ》を履《は》いた俺は体育館を後にする。少し離《はな》れただけで涼《すず》しく感じるんだから、中はもっと暑いんだろう。

手《て》の甲《こう》で首筋の汗《あせ》を拭《ぬぐ》い、ガシガシと頭を掻《か》いて、

「……やっぱどうかしてるな……暑さのせいに出来ないもんかねー…………はぁ……」

ゴリラのスパイクする姿を格好良いと思うのはまだ分かるとして、だ。こっちを意識してくれたのを嬉《うれ》しいと思うのは、友達としての好意のラインを越《こ》えている気がする。

「はー、どうしたもんか…………いやどうもしないんだけど……」

もうすぐ夏休みだし、会わない期間にある程度落ち着くかなぁ。それに休み明けには、たぶん席替《せきが》えがあるだろうから、隣《となり》でなくなれば……

「って、こんなこと考えている時点でドツボだよな…………はぁ……」

もしこれがマジの恋心《こいごころ》だったとしても、告白する気も付き合いたい気もない。だから余計に

もやもやする。

普通《ふつう》の恋愛《れんあい》と違《ちが》うので相談する相手もいないし……

「どうしたもんだかな、マジで……あー、くそっ」

胸のもやもやを振《ふ》り払《はら》えず、俺は駐輪場《ちゅうりんじょう》でマイチャリに乗ると、ストレスと迷いを吹《ふ》き飛《と》ばすべくがむしゃらにペダルを漕《こ》いで、帰宅はせずに駅前の繁華街《はんかがい》へと繰《く》り出《だ》した。

そして遊んでもスッキリせず消化不良で帰った我《わ》が家《や》には、意外な人物が待っていた。


「ただいまー、っと」

大して特徴《とくちょう》のない、やや広めのマンションの一戸が斎木《さいき》家の住まいだ。４ＬＤＫで夫婦《ふうふ》の部屋と子供達一人一人に個室がある。といっても、次男がまだ幼いので寝《ね》る時は親と三人で寝《ね》ることが多い。

リビングと夫婦《ふうふ》の部屋は奥、後の三部屋は玄関《げんかん》側にあるので、俺はとりあえず自分の部屋に荷物を置いてから冷蔵庫から麦茶でも飲もうかと思った……が、その前に、向かいの部屋のドアが開きっぱなしで、中の光景が目に入った。

「あれ？　澪《みお》、珍《めずら》しいな」

「んー？　あ、兄さんお帰り。でも、何が珍《めずら》しいの？」

ベッドに寝転《ねころ》がってスマホを弄《いじ》っていた妹は、顔だけこっちに向けて訊《き》いてくる。

ただし俺の目には、ベッドにカピバラが寝転《ねころ》がっているようにしか見えない。顔だけでなく、まんまカピバラだ。マジで本物と見分けがつかない。ただし本物のカピバラにパンツを穿《は》かせる動物園はないだろう。

つまり妹はパンイチの状態でベッドに寝転《ねころ》がっていた訳だが、

「いつもならリビングでゴロゴロしているのに、部屋にいる上にパンツ穿《は》いてんじゃんか。裸《ら》族《ぞく》は卒業したんか？」

そう、妹の澪《みお》は部屋にいる時は全裸《ぜんら》が多い。食事の時や家族団欒《だんらん》の時には最低限の礼儀《れいぎ》みたいにパンツだけ穿《は》いて登場し、それでよく母親に怒《おこ》られている。

だらしなく寝転《ねころ》んだカピバラは鬱陶《うっとう》しげに俺を見て、

「人が来てるから仕方なくだよ。あたし、別に気にしないのに」

「向こうが気にするわ。んで、客？　母さんに？」

「さあ？　来てるの、伯父《おじ》さんだし」

「……！」

さして特別な感じはなく言われたが、俺にしてみれば渡《わた》りに船だ。図《はか》ったようなタイミングで、これを逃《のが》す手はない。

俺は持っていた鞄《かばん》を自分の部屋に放り投げて、着替《きが》える間も惜《お》しんでリビングに向かう。

するとリビングではまだ幼い次男がパズルで遊んでいて、それを見守るようにしてソファーに腰掛《こしか》けている金髪《きんぱつ》の男が一人。

「ジョー伯父《おじ》さん、来てたんだっ？」

「ん？　ああ、浩太《こうた》も帰ってきたか。また少し大きくなったね？」

　正月に会ってからそんなに変わってないと思うけど、伯父《おじ》さんはわざわざ立ち上がって俺の肩《かた》をポンポンと叩《たた》く。

　父親より三歳年上の丈一郎伯父《じょういちろうおじ》さんは、アロハシャツを着ているせいもあって実年齢《じつねんれい》よりずっと若く見える。脱色《だっしょく》した髪《かみ》も遊んでいる風にワックスを効かせたセットだし、三十そこそこでも通りそうだ。実際はもう四十半ばだけど。

「伯父《おじ》さん、急にどうしたの？」

「ちょっとハワイに行ってたんだよ。その土産《みやげ》と、あとはまあ仕事のついでに寄ったのさ。ホテルから依頼《いらい》が入っててなぁ」

　得意気な笑《え》みが子供っぽいジョー伯父《おじ》さんの仕事は、画家だ。国内外でそれなりに評価されていると本人が言っていた。事実、海外で個展やデザインの仕事もあるのだとか。

　ちなみに伯父《おじ》さんは擬人化した蛙の絵で有名になった人で、仕事の殆《ほとん》どがそれ関係らしい。

　特に人気なのは、蛙《かえる》の美人画だ。

　そんな伯父《おじ》さんだからこそ、俺は相談したい件がある。

「ジョー伯父《おじ》さんっ。実は俺、どうしても伯父《おじ》さんに聞いて貰《もら》いたい話があるんだよ！」

「んん？　よく分からないけど、いいよ。今日の夕飯は有り難《あがた》くご相伴《しょうばん》にあずかることになったから、時間はあるしね。浩太《こうた》の部屋で話そうか？」

「助かる、マジで！　正《まさ》、お前は姉ちゃんの部屋で遊んで貰《もら》ってな」

「えー。みーちゃん、すぐ知らんぷりするんだよ？」

就学前の次男から辛口《からくち》評価を食《く》らう長女。良くないわ、兄弟の仲が問われる。

「あいつはあれだ、本当は構って欲しいのに恥《は》ずかしくて言えないんだよ。だから正《まさ》の方からお願いし続けたら、『仕方ないなー』って感じで受けてくれるぞ」

「みーちゃん、恥《は》ずかしがり屋さんなの？　いつもはだかなのに？」

「そうだぞ。あれは性格というか性癖《せいへき》の話になるから、別問題だ。正《まさ》がもうちょっと大きくなったら分かる」

「そうなんだ！　じゃあぼく、みーちゃんに遊んでもらってくる！」

言うが早いか可愛《かわい》い弟は走ってリビングから出て行った。うむ、一件落着。澪《みお》は面倒《めんどう》くさがりだけど責任感は強いし押しに弱いから、あれで上手《うま》くいくだろう。

……と、何故《なぜ》かジョー伯父《おじ》さんが気まずそうな目でこっちを見ていた。

「なぁ、澪《みお》ちゃんってそういう趣味《しゅみ》の子になっちゃったの？　可愛《かわい》い姪《めい》っ子のそんな事実、知りたくなかったんだけど」

「さあ、どうだろ。裸族《らぞく》なのは間違《まちが》いないけど、そこまで特殊《とくしゅ》な癖《へき》はないんじゃないかな。あ

「そこまでいってたら伯父《おじ》さん寝込《ねこ》むわ……うーん、まあいい、相談ね。じゃあ浩太《こうた》の部屋に行こうか？」

伯父《おじ》さんに促《うなが》され、俺は奥のキッチンにいた母親に一声掛《か》けて、「もうちょっとしたら夕ご飯だからねー？」との知らせに適当な返事をしつつ自室に戻《もど》った。

向かいの部屋が賑《にぎ》やかなのをさくっと無視し、先に入っていた伯父《おじ》さんにイスを勧《すす》めてドアを閉める。普段《ふだん》はそこまで気にしないが、話の内容が内容だ。外に漏《も》らす訳にはいかない。

そんな俺の態度で察するものがあったのか、イスに腰《こし》掛けたジョー伯父《おじ》さんは神妙《しんみょう》な顔つきでこっちを見上げ、

「さてさて、浩太《こうた》から内密の相談とは珍《めずら》しいな。こっそり小遣《こづか》いが欲《ほ》しいとか？」

「んや、そういうのではなく。くれるんなら欲《ほ》しいけど、それはそれとして、伯父《おじ》さんに訊《き》きたいことがあってさ」

「ふむ？　改まって、何をだい？」

「あー………や、それが、さ」

ドンと来いと懐《ふところ》深く構えてくれる伯父《おじ》さんに対し、俺は言葉を濁《にご》してしまう。

いざ話そうとしたら、妙《みょう》に緊張《きんちょう》するというか、気まずく感じてきた。普通《ふつう》なら親族相手に話すようなことじゃない。

しかし俺の場合は普通《ふつう》のケースじゃないし、逆に言うと伯父《おじ》さん以外に最適な相手はいないので、意を決して口を開く。

「………その、さ。最近クラスに、ちょっと気になる相手がいて」

「む………なるほど、そうか……」

俺の言葉にジョー伯父《おじ》さんは驚《おどろ》いていたが、すぐに重く頷《うなず》く。

「呪《のろ》いのことがあるからね。確かに、他の人には分からないかもしれないなぁ」

「そうっ、そうなんだよ！　明らかに普通《ふつう》じゃないんだろうなって自覚はあるから、なかなか他の人には言えなくてさ」

「ああ、分かるよ。伯父《おじ》さんも色々と悩《なや》んだ経験がある」

同意をくれた伯父《おじ》さんは俺の肩《かた》をポンポンと叩《たた》き、とても優《やさ》しい目で訊《き》いてきた。

「女の子が女の子に見えないからな――男を好きになったんだろう？」

「違《ちが》うよ⁉　え、やっ、全然違《ちが》うっ、そっちで悩《なや》んでないよ⁉」

「……うん？　あれ、違《ちが》った？　女顔の男にときめいたとか元男なら普通《ふつう》に見えるからそっちに惹《ひ》かれたとかじゃないのかい？」

予想が外れたのが意外だったのか目を丸くする伯父《おじ》さんに、俺は全力で首を横に振《ふ》る。

「…………ありゃ、違《ちが》ったのか。てっきり新たな道を開拓《かいたく》したのかと……」

「……むしろその発想に辿《たど》り着《つ》いた伯父《おじ》さんの過去が気になるんだけどさぁ……」

「おう、言いたかないが色々と人生の迷走《めいそう》があるよ。彷徨《さまよ》いまくったせいで、呪《のろ》いが解けてからは女遊びしまくってるしね。いやー、貯金しといて良かったよ」

「あんまし聞きたくない話題だなぁ……じゃなくて、俺はクラスの女子が気になってるの！」

勢いに任せて言い切ると、伯父《おじ》さんはまじまじと俺の顔を見て、

「……え、でも、浩太《こうた》は異性が動物に見えるんじゃ……まさか、その子のことは特別で女の子に見える？　だとしたらそれは罠《わな》だよ⁉」

「何の罠《わな》かは知らんけど、他と一緒《いっしょ》でアニマルに見えてるよ」

「そ、そうなのか……でもまあ、浩太《こうた》は幅広《はばひろ》く色々な動物に見えているみたいだからね。可愛《かわい》らしい犬猫《いぬねこ》なら或《ある》いは……で、何に見える子なの？」

「あれ。ゴリラ」

「…………あの？　ウホウホの？」

「ウホウホ言ってるところは見たことないけど、そう。しっかりゴリラ。見た目だけだとオスかメスかも分からん。俺にそう見えてるから確実に女の子だけど」

俺の説明に、ジョー伯父《おじ》さんは微妙《びみょう》極《きわ》まりない表情になる。どう整理すればいいか困っている感じだった。呪《のろ》いの経験者である伯父《おじ》さんなら理解して貰《もら》えることもあるけど……そうか。経験しているからこそ戸惑《とまど》うってのもあるのか。

それでも伯父《おじ》さんは真《ま》っ直《す》ぐに俺を見つめ、

「……浩太《こうた》、一つだけ教えてくれないか。もしかして動物園の住民達に、性的に興奮するなんてことは——」

「ない、全くないよ。そんな真剣《しんけん》なトーンで訊《き》かれても、重大な真実とか出て来ないよ」

「ありゃ、違《ちが》うのか。でも浩太《こうた》、外見ガチゴリラの子を好きになっている時点で全否定は出来なくないかい？」

「好きなのかどうかはまだグレーなんだって。それに外見は全く好みじゃないから悩《なや》んでいるというか……」

「まあ、そうか。そうだよなぁ」

「伯父《おじ》さんはそーいう感じの、なかったの？」

俺の質問にジョー伯父《おじ》さんは殆《ほとん》ど間を置かず手を横に振《ふ》り、

「ああ、ないない。だって俺に見えていたの、蛙だよ？　髪型《かみがた》の違《ちが》いも分からないし、誰《だれ》が誰《だれ》なのかも判別が難しいから、学生時代は最低限しか女子と会話してないさ」

「……………見分けがつかないのは大変だ」

「輪郭《りんかく》とか模様とか微妙《びみょう》な違《ちが》いはあるんだけど、ぱっと見じゃほぼ分からないんだよ。同じ制服着てるから難易度がさらに上がってねぇ……」

しみじみと語る伯父《おじ》さんの表情には苦労が滲《にじ》んでいた。俺も気持ちは分かる。同じ種類の動物で毛並みも一緒《いっしょ》だと、もうお手上げだし。

それでも多種多様の動物が入り交じっているからある程度の判別が出来る俺と違《ちが》って、蛙《かえる》オンリーの伯父《おじ》さんは相当に厳しい日々だったはずだ。そもそも蛙《かえる》自体が割と苦手な人多いし。基本は頭だけとはいえ人間サイズで見えるんだから、伯父《おじ》さんの呪《のろ》いはマジでキツい。

「まあ、それが元で蛙《かえる》の美人画なんて戯《ぎ》画《が》を描《か》いていたのが注目されることになったんだから、人生は分からないもんだよ。塞翁《さいおう》が馬《うま》の故事じゃないけどね」

「……なるほど。呪《のろ》いを受けて悪いことばかりでもないと？」

「いや悪いことばっかだよあんなの百億パーセント必要ないよ。俺はたまたま絵が好きでそこの才能があったけど、そうじゃなきゃただの地《じ》獄《ごく》だって。それが大事な十代から三十年続くとかないわ。今の成功は全部なしでいいからまともな状態で生きてきたかったよ」

自棄《やけ》気味な口調で半笑いを浮《う》かべて語るジョー伯父《おじ》さんだが、目は完全に死んでいる。俺も呪《のろ》いを受けた身だが、掛《か》かっている時間と種類が違《ちが》うから、きっと俺より何倍も何十倍も辛《つら》い思いを重ねてきたんだろう。

「伯父《おじ》さん………だからいい歳《とし》になってからキャバクラとかガールズバーとかにハマって、見合いも断って……」

「だって遊んできてないんだよ!?　絵以外の仕事もしてきたから金はあるし、家を継《つ》ぐのは弟に任せたし、もうやりたい放題やるしかないじゃないか！」

「じゃ、若い頃《ころ》に恋愛《れんあい》の経験はないの？」

「ないなぁ……いい感じになった子はいたけど、顔を見たらとてもじゃないけどキスやその先にチャレンジする気力は湧《わ》かなかったし」

「それは物《もの》っ凄《すご》く分かる……！　だから俺も悩《なや》んでて」

「だろうね。あと恋人《こいびと》となると、流石《さすが》に呪《のろ》いのことを説明しなくちゃならないからね。信じて貰《もら》える可能性は低いと思っていたしなぁ」

「……そっか、それもあるかー……やっぱ簡単じゃないなぁ」

話していて改めてハードルの高さを実感した。ハードルというか壁《かべ》に近いか。越《こ》えるか、ぶち壊《こわ》すか。どちらにしても相当な覚悟《かくご》とパワーが要《い》りそうだ。

そもそも、本気で好きになっているのか分かんないしなぁ。ちゃんとした恋愛《れんあい》経験ないから判断がつかん。

問題の厄介《やっかい》さに途方《とほう》に暮れていると、俺の頭を伯父《おじ》さんの手がワシワシと撫《な》でてきた。

「悩《なや》め悩《なや》め、伯父《おじ》さんは出来なかった類の経験だ。結末はどうあれ、しっかり考えないと後悔《こうかい》が残るぞ」

「あー……まあ、うん、そうする。相談乗ってくれてありがと」

「いいってことさ。ま、役に立てたか微妙《びみょう》だけどね。いっそ呪《のろ》いの解き方でも教えてやれたら良かったのに、これぱっかりは誰《だれ》も知らないからなぁ」

「はー……これもそれも饅頭太《まんじゅうた》の呪《のろ》いのせいか……」

とっくの昔に死んだはずのふざけた名前の男へのヘイトだけが増したところで、ドアの向こうから母親の「ご飯出来たわよー」の声が聞こえてきて、話は終了《しゅうりょう》となった。

——まさかこの翌日に呪《のろ》いを解くヒントが見つかるとは、この時の俺は全く予期していなかった。

◆

◇

期末テストが終わると、いよいよ夏の気配が濃《こ》くなる。

一学期はあと二週間ちょいで終わり、運動部は三年が次々と引退して受験ムードに死んだ目をし始め、気楽な一年二年は長期休暇《きゅうか》を遊びに恋《こい》にバイトにと全力で青春を謳歌《おうか》する助走段階に浮《う》かれ始め……

そこに釘《くぎ》を刺《さ》す訳じゃないんだろうが、今日の午後はLHRの時間に体育館で全校集会があり、ゲストで警察関係者や教育関係者が来て、有《あ》り難《がた》くも退屈《たいくつ》な話を聞かせてくれた。実に小一時間にわたって、だ。

「…………はー、かったるぅ……」

「同意。教室で映像を流す形にして欲しかったね」

俺の呟《つぶや》きに同意してくれたのは後ろに座るオタク仲間の橋本《はしもと》だ。

チラリと振《ふ》り返《かえ》り体育座りをする橋本《はしもと》に「なー」と頷《うなず》き返し、

「暑いし長いし、せめて夏休み前日か終業式の時にやって欲しかったよなー」

「たぶんさ、夏休み前は依頼《いらい》が重なるんじゃない？　どこの学校でもやってそうだし」

「ああ、それはありそうなー。話終わったらさっさと帰ったし、梯子《はしご》の可能性まであるか」

もう集会自体は終わったので俺らもさっさと解散したいが、残念ながら後ろの三年生から順に出て行くのでそうもいかない。出入り口付近が混雑しているのは、靴《くつ》の履《は》き替《か》えがあるからスムーズに進まないのが原因だ。見ればまだ二年も半分以上残っているし、この分だともう五分はこのままだろうな。

……と、後ろを見ていたら、女子列の最後尾《さいこうび》に座るゴリラと目が合った。睨《にら》まれた気がするのは、果たして俺の勘違《かんちが》いか、ゴリラだからそう見えただけなのか、それとも……

「……斎木《さいき》、また強羅《ごうら》さん怒《おこ》らせたの？」

橋本《はしもと》がそう言うってことは、やっぱ睨《にら》んでいるのか。全然心当たりはないけども。

「んや。まー、ごっさんはあんま注目されるの好きじゃないみたいだから、それかも」

「よく叩《たた》かれてるからもっと他にも理由がありそうに思えるけどね……というか、強羅《ごうら》さんって近付き難《にく》い雰囲気《ふんいき》あるのに、よくあんなに絡《から》んでいけるよね？」

「まあ冷たくされることもあっけど、こっちから話《はな》し掛《か》けたら大抵《たいてい》応えてくれるし、割と親切だぞ？　すぐ叩《たた》くのは止《や》めて欲しいけどさー」

「たまに後ろで聞く分には大体斎木《さいき》に問題があるから、同意は難しいかなぁ」

「マジか。今もほら、イライラしてきてるっぽいぞ。たぶんまた後で叩《たた》かれるわ」

ずっとごっさんの方を見たまま橋本《はしもと》と話しているから、自分のことを言われていると思っているんだろう。正解だけど、だからってあからさまに殺気を放つのは止《や》めて欲しい。

このままだとバレーで鍛《きた》えた一撃《いちげき》を食《く》らう羽目になりそうなので、俺はごっさんから視線を外して退出する上級生達を何となく眺《なが》める。まだ四クラスは残っていて、教師の誘導《ゆうどう》に従い一列毎《ごと》に順番で動いていた。

そして今、新たに動き出そうと次の列が立ち上がり…………？

「…………なあ、橋本《はしもと》ちゃんよ」

「うん？　どうしたのさ？」

「…………どうして男子の列に女子がいるんだ？」

二年何組だかの、男子列の前から二番目。そこに、茶虎の猫が交ざって並んでいた。

まだ立ったまま待機している猫頭《ねこあたま》の生徒を凝視《ぎょうし》していると、俺の目線を追った橋本《はしもと》が「あ」と納得《なっとく》の声を上げ、

「違《ちが》う、あの人は男子だよ。背が低くて美形だけど、あんまり間違《まちが》える感じじゃなくない？」

「……そうなのか？　いやでも、あれは……」

「女顔っていうより格好良い系だしさ。他学年の女子からも人気あるみたいだよ。恋愛《れんあい》系漫画《まんが》

やゲームのライバルキャラみたいな人だよね」

偏《かたよ》っているけど個人的には分《わ》かり易《やす》い橋本《はしもと》のオタクらしい寸評はともかくとして、だ。

実際問題、俺には前から二番目のあの人が、アニマルに見えている。なので少なくとも生物学的な性別は女性のはずだ。

これが少しややこしいのは、性と心の不一致《ふいっち》のケースや、後天的に性別を変えた場合も、俺には生まれた時の性別で呪《のろ》いが判別される。テレビで性転換《せいてんかん》した美女が出ていてもちゃんと人間に見えるし、逆のパターンはアニマルに見える。

まあそれはさておき、あの二年生……どんな顔をしているのかは分からないし、特別な事情があって男の振《ふ》りをしているか、もしくは心と体が一致《いっち》せず男として生きているのか——

「……じゃ、あの人は男なんだ？　マジで女じゃなくて？」

一応、橋本《はしもと》に再度訊《き》いて確認《かくにん》すると、やや不思議そうに頷《うなず》かれる。

「そうだよ。アニゲー部の先輩《せんぱい》が同じクラスで、名前は……三戸来那《みとらいな》先輩《せんぱい》、だったかな」

「ふむ……」

なるほど。俺的には茶虎《ちゃとら》の猫《ねこ》だからトラ先輩《せんぱい》ってことで覚え易《やす》……………い……

「…………………なぁ、橋本《はしもと》ちゃん」

「何？　僕も上級生のことはあんまり詳《くわ》しくないから、これ以上は——」

「じゃなくて、そのモテモテ先輩《せんぱい》……なんかこっちを見てね？」

俺の言葉に「ぇ」と小さく驚《おどろ》きの声を上げた橋本《はしもと》は、目立たない動作で後ろを振《ふ》り返《かえ》る。

件《くだん》のトラ先輩《せんぱい》がじっとこっちを睨《にら》み付《つ》けている気がするんだけど、生憎《あいにく》と俺に見えているのは人間じゃなくて、猫《ねこ》だ。あの独特の目が、瞳孔《どうこう》——といっていいのか分からんけど、縦に細くなっていた。本物の猫《ねこ》なら警戒《けいかい》しているってことなんだろう。

ただ、あの目が捉《とら》えているのが俺達なのかは確信がない。少し離《はな》れているし、何より猫《ねこ》の視線だもの。

……と、振《ふ》り返《かえ》っていた橋本《はしもと》が逆再生みたいに顔を戻《もど》し、不安げな表情で呟《つぶや》く。

「……凄《すご》く睨《にら》んでる……僕らの話、聞こえてたのかな……」

「……かもしれないけど、だとしたらターゲットは女扱《あつか》いした俺の方だろ。背が低いって意味で捉《とら》えたのかもしれんし」

「……髪《かみ》も少し長めだから、後ろ姿だけだと間《ま》違《ちが》われるかもね。正面から見て勘違《かんちが》いするのは斎木《さいき》くらいだろうけどさ」

そこまで言うくらいハッキリと男なのか。じゃあ何か訳ありな人の可能性が高くなったな。見間違《みまちが》いの線はない、男女ならともかく人と猫《ねこ》の顔を間違《まちが》えるのはどうかしてる。

とりあえず前を向いてトラ先輩《せんぱい》からの視線をやり過ごし、時が過ぎるのを待ちつつ、少し考えてみた。あの先輩《せんぱい》が訳ありとして、問題はそこに触《ふ》れてもいいのかどうかだ。

性別を偽《いつわ》っているなんて結構な大事だし、興味本位で訊《き》くのはまずい気がする。そもそもあの先輩《せんぱい》とは接点がないし、知らん後輩《こうはい》がいきなり『どうして女なのに男の振《ふ》りしてるんですか？』なんて失礼を通《とお》り越《こ》していて極刑《きょっけい》コースでもおかしくない。

……と、考えていたところで、ようやく俺達の移動順が来たらしく周囲のクラスメートが立ち上がる。一呼吸遅《おく》れて俺も立って、動き出す前に一応後ろを確認《かくにん》しておくと、当たり前だが二年生は全員いなくなっていた。

さっきのトラ先輩《せんぱい》に関しては、情報を集めてからどうするか決めよう。もう一学期も終盤《しゅうばん》だから、二学期になってからでもいいか。……俺が忘れてなければ、だけど。

「……斎木《さいき》、前、前。進んでるよ」

「っと、悪い」

橋本《はしもと》に促《うなが》され、いつの間にか動き出していた列に慌《あわ》てて付いていく。クラスメートと共に蒸《む》し暑《あつ》い体育館から出ると、風が吹《ふ》いていてちょっとした爽快感《そうかいかん》があった……のは一瞬《いっしゅん》のことで、靴《くつ》の履《は》き替《か》えでごった返す入り口付近の人口密度にむげっとなる。

ご丁寧《ていねい》に座って履《は》き替《か》えている生徒もいるから時間と場所が必要になるのは仕方ない中、スペースを探す級友達を後目《しりめ》に俺はさっさと校舎に向かう。体育館シューズは待っている間に脱《ぬ》いであるから、上履《うわば》きには校舎に移ってから履《は》き替《か》えればいい。靴下《くつした》が汚《よご》れるのは貴い犠牲《とうとぎせい》ということで。

……が、校舎に続く簀《す》の子《こ》を敷《し》いた通路の途中《とちゅう》、

「──そこの一年男子。ちょっと顔を貸してくれ」

突然《とつぜん》声を掛《か》けられたが、その前に俺は自然と足を止めていた。校舎の入り口の前に待ち構えるように立つ、ズボンを穿《は》いた猫頭《ねこあたま》の生徒に気付いていたからだ。

近くで見ると茶虎《ちゃとら》の毛並みにシュッとした美猫《びねこ》が、真《ま》っ直《す》ぐに俺を見据《みす》えている。身長は、百七十ちょいの俺より明らかに十センチ以上低い。

そんなトラ先輩《せんぱい》のキャッツアイが鋭《するど》く光り、無言で近付いてきたかと思うと俺の手首を鷲掴《わしづか》みにした。

「え、いきなり何を、」

「いいから、来るんだ！」

「ちょっ⁉　靴《くつ》っ、俺まだ上履《うわば》きも履《は》いてないっ」

「そんなの、後だっ！」

問答無用とはこのことか。手を引っ張って校舎の中へと連れ込まれ、靴下《くつした》のまま廊下《ろうか》を早歩きさせられる。

俺的には猫《ねこ》の手がパシッと当たってるだけなのに、感触《かんしょく》は完全にホールドされているから変な感じだ。あと、勢いの割に力はそうでもない。やっぱり女の子だから……まあごっさんみたいな例外もいるけど。

ともあれ、俺を連行するトラ先輩《せんぱい》は、各学年の教室がある階上へは上がらず、そのまま一階を進んでいき、誰《だれ》にも声を掛《か》けられないまま普段《ふだん》はあまり使われない校舎端《はし》まで連れられた。

そこでようやく手を離《はな》してくれたが、代わりに肉球のついた手は俺の胸座《むなぐら》を掴《つか》み、猫《ねこ》特有の瞳《ひとみ》は至近距離《きょり》から鋭《するど》く睨《にら》み上《あ》げてくる。

「——さっきのは、どういうことだ？」

「えーっと………どういう、とは？」

「目と耳には自信がある。さっきボクを女呼ばわりした一年は、キミのはずだぞ」

あ、やっぱり聞かれてたのか。そしてこの対応。つまり訳あり確定、と。

そこまでは想定内として……じゃあどうしよう？　すっとぼけるべきか、適当に嘘《うそ》を吐《つ》くか。

正直に言ったところでどうせ信じて貰《もら》えないから、それはそれで構わない気もする。

俺よりかなり背が低い上に顔は猫《ねこ》で、摑《つか》まれていても別に痛くはないから、その気になれば強引《ごういん》に外して逃《に》げることも可能だろうが……そうしたところで同じ学校に通っている以上、意味はないよなぁ。

……よし。なんかもう分かんないから、とりあえず正直に答えつつ相手の出方次第《しだい》にしよう。

たぶんどうにかなる、うん。

「あー、はい、そうっす。センパイが女みたいに見えたんで」

「っ……どこがなんだ？　ボクはどこからどう見ても男だろう？」

「や、どう見てもと言われても、それはちょっと……」

アニマルだから女だと判断しただけだしなぁ。体型は……女子っぽい凹凸《おうとつ》はあんまないから、そっちじゃ判断出来ないし。

ここで『猫《ねこ》に見えます』と言ったら怒《おこ》って殴《なぐ》られそうな気がするし、どうしたもんかと迷っていると、

「――正直に言うんだ。怒《おこ》らないから。遺恨《いこん》は残さないと約束する」

……『怒《おこ》らないから』で白状して本当に怒《おこ》られないことってあるんかな？　つーかそもそも怒《おこ》られる方が理不尽《りふじん》だけども。

今にも飛びかかってきそうな雰囲気《ふんいき》で言われても説得力は皆無《かいむ》だが、追《お》い詰《つ》められているような必死さは痛い程《ほど》伝わってくる。

これで『女とバレたなら殺すしかない』みたいな展開になったらマジで俺の人生クソゲー確定なんだが。バッドエンドフラグが多すぎるんよ。

「言えっ、言うんだ！　この距離《きょり》で、キミはボクがどう見えるっ⁉」

「う……それは、その……なんと言いますか……」

「ええい、ハッキリしろ！　これでも女に見えると言うのかっ⁉」

「…………や、女に見えるというか…………」

「――男に見えるのか？」

それまでの熱が一瞬《いっしゅん》で冷めたような、諦《あきら》めに似た声音《こわね》。

意外すぎる反応に啞然《あぜん》とした俺は、つい口走ってしまっていた。

「いや、男には見えない……か、な？」

「っ、何なんだその中途半端《ちゅうとはんぱ》な答えは！」

「あー、や、その、なんだ。男というか女というか……」

「いうか⁉　つまり、どうなんだっ⁉」

「その……猫《ねこ》に見える」

「ねっ…………………ね、こ？　にゃんこのことか？」

やたら可愛《かわい》い言い方で呆気《あっけ》に取《と》られるトラ先輩《せんぱい》に、俺は重く深く頷《うなず》いてみせる。

と、瞬時《しゅんじ》にくわっと尖《とが》った歯を剝《む》き出《だ》しにして、

「どういう誤魔化《ごまか》し方なんだっ⁉　男でも女でもなく、猫《ねこ》とはっ」

「いや怒《おこ》るのはご尤《もっと》もだと俺も思うけど、マジで！　猫《ねこ》！　茶虎《ちゃとら》の猫《ねこ》に見えてんの！　呪《のろ》いのせいで！」

今にも引《ひ》っ搔《か》くか嚙《か》みつくかされそうだったので慌《あわ》てて弁明するけど、これ弁明になってるんかな？　火に油を注ぐって言う方が正しくない？

当然、トラ先輩《せんぱい》は激昂《げきこう》して暴れまくる……と、思いきや。

何故《なぜ》か俺を絞め殺《ころ》さんばかりに手に力を込《こ》めたまま、フリーズしていた。

目を白黒させるとは言うが、トラ先輩《せんぱい》の場合、キャッツアイの瞳孔《どうこう》が細くなったり大きくま

※現実を元にしたイメージです

ん丸になったりと異様な反応をし、

「まさか………キミも、なの？」

掠《かす》れた声で紡《つむ》がれた言葉に、今度は俺が驚愕《きょうがく》する番だった。

――トラ先輩《せんぱい》の身の上に何か特別な事情があるのかもと思ったのに、その可能性は無意識に選択肢《せんたくし》から除外していた。

そんなことまずないだろう、俺がそうだからって、普通《ふつう》なら有り得ないことだと。魔法《まほう》で女から男になったと言われてもある程度信じたが、実例があっても今まで同類に会ったことはなかったから、自分が激レアなケースだと思い込んでいた。

だが……今の口振《くちぶ》りと、自分と橋本《はしもと》達との認識《にんしき》の違《ちが》いが指し示すことは、つまり……

「――先輩《せんぱい》も、呪《のろ》われてるのか……？」

常人なら鼻で笑うか怪訝《けげん》な顔で『ハァ？』と返してきそうなとんでもワードに対し、トラ先《せん》輩《ぱい》は無言の頷《うなず》きで応えた。

四・呪《のろ》われた猫先輩《ねこせんぱい》

「事の始まりは明治時代まで遡《さかのぼ》るらしいわ」

そうトラ先輩《せんぱい》が話し出したのは、飲み物を運んできた店員が退室した直後だった。

――あの後、すぐには片付かない問題だと理解した俺達は、改めて放課後に話し合うと決め連絡先《れんらくさき》を交換《こうかん》し、急いでLHRのある教室へと戻《もど》った。

既《すで》に担任は来ていたので説教されるかと思いきや、何人かのクラスメートが『斎木《さいき》は上級生にかなり強引《ごういん》に連れて行かれた』と証言してくれていたようで、怒《おこ》られずに済んだ。

俺以外にさしたる問題も連絡《れんらく》もなく差《さ》し障《さわ》りないLHRとなり、迎《むか》えた放課後。すぐに教室を出た俺は、自転車を引っ張ってトラ先輩《せんぱい》と別《わか》れ際《ぎわ》に決めていた通り正門前に向かい、少し待って無事先輩《せんぱい》と合流した。

そしてバス通学の先輩《せんぱい》と改めて駅前で待ち合わすことになり、落ち着いた先がこのカラオケ店だ。俺がたまに友達と行く格安店と違《ちが》って結構高いしドリンクバーもない。だからこそ高校生の利用客が少なくて、知り合いと鉢合《はちあ》わせする可能性もあまりないのだとか。

相手が年上というのもあって向こうの提案に『じゃあそれで』と従い、のこのこ付いて来た訳だが、こうして二人きりになると変な感じだ。今日が初対面の、しかも自分以外の現在進行形で呪《のろ》われている人と一緒《いっしょ》にいるってのは。

俺が落ち着かずにいると、トラ先輩《せんぱい》は抹茶《まっちゃ》ラテというカラオケで頼《たの》む人なんているのと思っていた飲み物を口にして、心なしか憂鬱《ゆううつ》そうな猫顔《ねこがお》で喋《しゃべ》り出した。

「今から百年以上も昔の話ね。当時ボクのご先祖は結婚《けっこん》を間近にして変な男に好きだと付きまとわれていたらしいの。急に男が『一目惚《ひとめぼ》れしたから結婚《けっこん》してくれ』と騒《さわ》ぎ立《た》てて……ねえ、ちゃんと話聞いてる？」

「……………や、話の内容もだけど、口調変わってるの気になって」

俺の当然すぎる感想に、トラ先輩《せんぱい》は「あー……」と面倒《めんどう》そうに声を漏《も》らし、

「外では男口調だけど、家族にはこんな感じで喋《しゃべ》るのよ。……へ、変かな？」

「んや、別に変じゃないっすよ」

俺からしたらアニマルさんが話している訳だし。まあその時点で十分変だけど。

と思っていたら、トラ先輩《せんぱい》がまじまじと俺を見つめてきて、

「でも、そっちは変ね。敬語がぎこちないっていうか……無理しなくていいわよ」

「え。いやでも、上級生相手だし、タメ口って訳には……」

「構わないわ。込《こ》み入《い》った話をするんだし、浅くない関係になるんだから」

「そっか……んじゃ、お言葉に甘えるわ」

正直、めっさ助かる。女性は動物に見えるせいでつい敬語を忘れがちになるから。

「なら話を戻《もど》すわね。変な男の申し出はキッパリお断りして、ご先祖は問題なく結婚《けっこん》した……で、済むはずだったんだけど……」

「……というと、そいつが？」

「そう、当然振《ふ》られたその男がご先祖に呪《のろ》いを掛《か》けたの。しかしすぐには発動せず、生まれた子供がある程度育ったところで、ある日いきなり呪《のろ》いの餌食《えじき》になったんだって」

トラ先輩《せんぱい》の猫耳《ねこみみ》がヒョコヒョコ揺《ゆ》れる。どんな感情でそうなっているのかは不明だが、鋭《するど》い目を見れば負の感情なのは一発で分かる。

「つまり、その呪《のろ》いが、先輩《せんぱい》にも掛《か》かっている……？」

「『本家の長女は男としてしか認識《にんしき》されないようになる』――それがボクに掛《か》けられた呪《のろ》いなのよ。正確には、ボクの一族に掛《か》けられた呪《のろ》いね」

「なるほどなー……似たような話はどこにでもあるっつーか、世の中狭《せま》いんだなぁ」

「そういえばキミの呪《のろ》いはどういうものなの？」

「発動のタイミングは一緒《いっしょ》で、俺は『女性が動物に見える』って呪《のろ》い。女なら歳《とし》に関係なく色んな動物に見える。別に性格や特徴《とくちょう》関係なしで」

「……んー……他者ではなく自分に作用するタイプ？」

「っぽいわ。例えば服で覆《おお》われていなければ――」

興味津々《きょうみしんしん》みたいなので細かい部分まで説明すると、トラ先輩《せんぱい》は腕組《うでぐ》みをして小さく唸《うな》る。

「んむぅ……共通点は、ある程度育ってから呪《のろ》いが発動することと、個人ではなく家系が呪《のろ》われていることとね。触《さわ》った感じはどうなの？」

「あ、それは普通《ふつう》。あと、尻尾《しっぽ》とかウサ耳とかは見えても触《さわ》れなくて」

「キミが幻覚《げんかく》を見ているだけで実在はしないんだから当然かな。でも、そうなると……ボクが人間の女の子に見える訳じゃなくて……」

「俺には茶虎《ちゃとら》の猫《ねこ》に見える。声も普通《ふつう》に女声だし」

「他の人達には落ち着いた低めの声に聞こえるらしいけど………既《すで》に呪《のろ》いが発動しているから、ボクの呪《のろ》いは弾《はじ》かれた……のかな」

納得《なっとく》と落胆《らくたん》が混ざったようなトーンで呟《つぶや》き、トラ先輩《せんぱい》はため息を零《こぼ》す。

俺にしてみれば全く予期せぬ同類の被害者《ひがいしゃ》というか仲間が見つかったみたいな感じなんだけど、先輩《せんぱい》はどうも違《ちが》うらしい。何が期待に添《そ》えなかったのかは分からんが、気になる反応だ。

トラ先輩《せんぱい》が腕組《うでぐ》みして考え込むような姿勢になったので、俺はコーラで喉《のど》を潤《うるお》してから質問してみた。

「そういや、先輩《せんぱい》はどうやってうちの高校に入ったんだ？」

「……うん？　どういう意味よ？」

「や、呪《のろ》いっつっても後から発動したんだから、戸籍《こせき》は普通《ふつう》に女なんじゃ？　男子生徒として入学するのは無理じゃね、と思ってさ」

「……ふ。そう思うのは呪《のろ》いの厄介《やっかい》さを理解していないからよ」

どことなくやさぐれた顔でそう言うと、トラ先輩《せんぱい》はスマホを手に取り、斜向《はすむ》かいに座っていた俺の横へ来ると、カシャリとインカメで自撮《じど》りした。

そしてスマホを弄《いじ》って画面を俺に見せてくる。

「ご覧の通り、呪《のろ》いのせいで写真でもボクの姿は男に写るのよ。自分では普通《ふつう》に可愛《かわい》い女子高生が写っているようにしか見えないのにね」

「……はぁ、なるほど」

「むっ。何よ、不満そうに」

「や、俺には猫《ねこ》にしか見えないから、全然共感出来なくて」

「……ああ、そっちの呪《のろ》いも効果範囲《はんい》が広いのね。けど、ボクの呪《のろ》いは本当に厄介《やっかい》なのよ？何しろ以前のボクの写真も男に見えるらしいんだから。元のボクを知っている人達は混乱しちゃうし、呪《のろ》いなんて説明しても余計に面倒《めんどう》な事態にしかならないから、学校を辞《や》めるしかなかったのよ」

「え……!?　じゃ、呪《のろ》いのせいで転校したのか……？」

「そうよ。それどころか、元の友達とは連絡《れんらく》を取れないわ。地元ではそこそこ幅《はば》を利《き》かせられる家だから、戸籍《こせき》も元のもの以外に男としてのものを用意して貰《もら》って、今はそっちを利用してるのよ」

……ヤバい、俺とスケールが違《ちが》う。明らかに主人公格の環境《かんきょう》だよ。戸籍《こせき》を用意するってマジである世界なのか。

取り巻くスケールに驚《おどろ》くしかない俺に、トラ先輩《せんぱい》は抹茶《まっちゃ》ラテのグラスを手にして続ける。

「呪《のろ》いが発動して以来、ボクは母方の『三戸《みと》』の名字と戸籍《こせき》を使って、実家を離《はな》れて暮らしてるわ。といっても、困ったことがあったら駆《か》け付《つ》けられるように、車で三十分程度の距離《きょり》なんだけどね」

「はぇー……んじゃ、先輩《せんぱい》は一人暮らししてるんだ？」

「ううん、お手伝いさんと一緒《いっしょ》。去年までは母も同居してくれてたの」

――お手伝いさん！　メイドじゃなさそうだけど、お手伝いさん……！　もう紛《まぎ》れもなく完《かん》璧《ぺき》にブルジョアジーだよ！

おかしい、どうして同じく呪《のろ》われている家系なのに、うちは普通《ふつう》の一般《いっぱん》家庭なんだ……俺の小遣《こづか》い、高校生にもなって月に二千円しかないし……

「ん？　どうかした？」

「…………いや……格差社会と現実の厳しさに直面して……」

「そうね……確かに、現実は甘くないわ。奇跡《きせき》的にボクの呪《のろ》いから逃《のが》れている男子がいると思ったら、別の呪《のろ》いを受けてるんだもんね。しかも異性が動物に見えるだなんて……」

ショックを受ける俺を全然違《ちが》う解釈《かいしゃく》で納得《なっとく》したトラ先輩《せんぱい》は、抹茶《まっちゃ》ラテを一口飲んで、ため息を吐《つ》く。

「やれやれだわ……この忌々しい饅頭太の呪いから解放される絶好の機会なのに、上手《うま》くいかないなんて……」

「…………………………うん？」

──今。さらりと言ったが、トラ先輩《せんぱい》はとんでもないことを口にしなかったか？

「…………え、と…………先輩《せんぱい》、今なんて言った？」

「んっ？ どうしたの、大好きなドラマの最終回直前に盛大《せいだい》なネタバレで結末を知ってしまったような顔しちゃって」

「すんごい有りそうな喩《たと》えはともかくとして！ 今っ、トラ先輩《せんぱい》が言ったヤツ！ えらい衝《しょう》撃《げき》事実じゃなかったか⁉」

「…………トラ先輩《せんぱい》とは、また変な呼び方をするのね」

「そんなんどうでもいいから、ワンモア！ さっきなんて言ったよ⁉」

天然なのか滅茶苦茶《めちゃくちゃ》祭しが悪いのかはともかく、鬼気迫《ききせま》る俺の勢いにトラ先輩《せんぱい》は持っていたグラスをテーブルに置き、首を傾《かし》げる。

「……忌々《いまいま》しい饅頭太《まんじゆうた》の呪《のろ》い？」

「それもすげぇ衝撃《しょうげき》発言だったけど！ そっちじゃなくて、その後のっ」

「…………ああ、なるほど。つまりキミは知らないのね」

得心がいったとばかりに大きく頷《うなず》いた先輩《せんぱい》は、猫耳《ねこみみ》をぴょこんと跳《は》ねさせて、

「ボクは知っているのよ――この呪《のろ》いを解く方法を」

「…………っ……」

それは間違《まちが》いなく、ここ数年で一番の――それこそ初めて呪《のろ》いが発動した時以来の、驚愕《きょうがく》の知らせだった。

「――ボクとキミのご先祖に呪《のろ》いを掛《か》けた男は、恐《おそ》らく同一人物ね」

驚《おどろ》きと興奮が醒《さ》めやらない中、俺とトラ先輩《せんぱい》は改めて自分の呪《のろ》いについて話し合い、そういう結論になった。

まさかの名前が飛び出して、まだ動揺《どうよう》が収まらない。

「饅頭太《まんじゆうた》なんて変な名前、他にいないだろうな。先輩《せんぱい》の家にも呪《のろ》いを掛《か》けていたとは……」

「名前を継《つ》いでいる可能性もなくはないけど、呪《のろ》う切《き》っ掛《か》けがどちらも色恋沙汰《いろこいざた》の逆恨《さかうら》みだし、時期的にもそうズレてないんじゃないの？　確定で良さそうね」

「でも、俺の先祖は呪《のろ》いの解き方なんて知らされてなかったみたいだぞ。トラ先輩《せんぱい》の方だけ教えてたのかな？」

「……その前に。ボクはその変な呼び方で固定しちゃうの？」

「三戸来那《みとらいな》って名前だし、俺には茶虎《ちゃとら》の猫《ねこ》に見えるんで。良《い》い感じじゃね？」

「うー……あまりあだ名なんて付けられたことはないから勝手が分からないわ。女の子扱《あつか》いだった頃《ころ》は普通《ふつう》に『来那《らいな》ちゃん』って呼ばれてたし」

「ちなみに、今は？」

「……あんまり親しい友達はいないわよ。男子のノリは未《いま》だに慣れないし、女子の輪に入っていく訳にもいかないし」

なるほど、呪《のろ》いでコミュニケーションが難しい弊害《へいがい》か。距離《きょり》感《かん》って大事だもんな。

「で、肝心《かんじん》の呪《のろ》いを解く方法ってのは？」

「ボクのご先祖も呪《のろ》いが発覚して以来手を尽《つ》くしたけど、神職や祈禱《きとう》師《し》はお手上げで、饅頭《まんじゅう》太《た》の所在も摑《つか》めなかったって。でも奴《やつ》の同門という呪《まじな》い師《し》を見つけたところ、解呪《かいじゅ》の方法は分からないものの解けない呪《のろ》いはないと断言されたらしいわ」

「……そんな希望だけ持たせられてもなぁ……」

「そうよね。結局、いくら探しても肝心《かんじん》の方法や条件は分からなかったんだけど、二十年ちょっと前――ボクの前に呪《のろ》いに侵《おか》された伯母《おば》は、思いがけず呪《のろ》いが解けたのよ」

「おお…………マジか……！」

単に『こうすればいいかも？』くらいのあやふやな方策かと思いきや、実例があるとは。これは期待も膨《ふく》らむな……！

けど、トラ先輩《せんぱい》が呪《のろ》われたままってことは、簡単に済む話でもないのか。

「順を追って説明するわね。まずボクの伯母《おば》なんだけど、なかなかに肝《きも》の据《す》わった人で、呪《のろ》いに身を侵《おか》されながらもとても気丈《きじょう》に学生生活を楽しんでいたらしいの。恋《こい》に部活に一人暮らしにと満喫《まんきつ》していたんだって」

「ふむふむ」

「周囲には男と思われているから運動部は避《さ》けて吹奏楽部《すいそうがくぶ》に入って、そこで一学年上の男子生徒と仲良くなったそうよ。同じ担当楽器だったから接する機会が多くて、その先輩《せんぱい》が引退する頃《ころ》にはハッキリ好意を自覚してたみたい」

「同じ部活の先輩後輩《せんぱいこうはい》なー……」

とはいえ、向こうからしてみればトラ先輩《せんぱい》の伯母《おば》さんは男だ。報《むく》われない恋《こい》、ってヤツになるんだろうか？

「伯母《おば》さんは常識的な面もあったから、好意を相手には伝えないままだったんだけど……卒業式前日に、向こうから呼び出されて告白されたんだって」

「おおっ⁉　マジか、そーいう展開か……！」

こいつは予想していなかった。まさか逆告白とは。

…………ん？　でも、あれ？　その卒業する先輩《せんぱい》からは、トラ先輩《せんぱい》の伯母《おば》さんは……

「……伯母《おば》さんの呪《のろ》い、効いてなかったのか？」

「ううん、あっちは伯母《おば》さんを男だと思っていたの。その上で告白したみたいよ」

「……おお……そういうのもあるのか……」

その発想は俺にはなかった。でも、そうか。同性で結婚《けっこん》出来る国だってあるもんなぁ。

「伯母《おば》さんは呪《のろ》いのことがあるから迷ったものの、告白を受け入れたんだけど……問題はその後に起きたらしいのよ」

「ふむ……？」

「伯母《おば》さんは告白を受け入れた勢いのままに、先輩《せんぱい》と、その……き、キスを、ね？　したんだって！」

「お、おう……まあ若い二人が想《おも》いも募《つの》ってのことだし……」

「そして、きっ、キスをした後……その先輩《せんぱい》は悲鳴に似た叫《さけ》び声《ごえ》を上げ、伯母《おば》さんに問《と》い掛《か》けたらしいのよ――『キ、キミは誰だ？』、って」

「……………う、ん？」

何故《なぜ》か青春恋愛《れんあい》ドラマっぽい流れがサスペンス風になっている。しかもキスした直後に。

これは、まさか……

「……もしかして、呪《のろ》いが……？」

「そう、伯母《おば》さんの呪《のろ》いが解けて、今まで男だった伯母《おば》さんが女子に見えるようになったの。相手の先輩《せんぱい》だけじゃなく、他の人達も同様に呪《のろ》いの効果が消えていたんだって」

「………おぉ……マジで呪《のろ》いが解けたのか………しかもそんな、童話みたいな方法で」

信じ難《がた》いけど、嘘《うそ》を吐《つ》く理由の方がない。マジでキスをしたら呪《のろ》いが解けたんだろう。

俺の感想にトラ先輩《せんぱい》は深々と息を吐《は》き、小さく頷《うなず》く。

「そうなのよ。伯母《おば》さんはそれ以来、ちゃんと女性として認識《にんしき》されてるわ。だからもしかしたらボクも呪《のろ》いは掛《か》からずに済むのかと期待されていたんだけど……」

「完全には解けてなかった、ってことか」

「残念ながらね。でも、伯母《おば》さんのおかげでボクは何十年も呪《のろ》いに苦しむことなく、どうにか解く可能性があるわ。恐《おそ》らくは、キミも」

「……キス、か。古典的だなぁ……でも、キスするだけならさっさと――」

「そこまで甘くはないのよ。まず、相手が同性じゃ呪《のろ》いが解けない」

「なるほど……ん？　え、それ試《ため》したん？」

もう駄目《だめ》だと分かってるってことはそうなんだろうが、そこを試《ため》す流れがよく分からん。一応やってみたんかな？

「……その、伯母《おば》さんはなかなかに奔放《ほんぽう》な方で、中高で複数の女の子と交際経験があるのよ。彼女と、き、キスの経験もあるって……」

「……お、おう、そうか。だから同性じゃ駄目《だめ》って結論なんだな？」

「……ん」

出来れば隠《かく》しておきたい類の身内話にトラ先輩《せんぱい》は気まずげに口をもごもごさせ、

「それから、ただ異性と……その、キスするだけでも駄目《だめ》。ボクの呪《のろ》いが発動してから、嫌《いや》がる親戚《しんせき》の男の子とキスをしたけど、それじゃ解けなかったわ。だから条件は、恐《おそ》らく……」

「好きな相手とのキス、か？」

「たぶん。両想《りようおも》い、こちらか向こうかどっちかが好きならいいのか、それは分からないけど。少なくとも伯母《おば》さんの時は両想《りようおも》いだったから、そのケースが一番可能性が高いかな」

「なるほどなー……他に条件っぽいのはなさそうなのか？」

「検証出来るものはないのよね。伯母《おば》さんの実例だけが手掛《てが》かりだし」

まあ、そりゃそうか。もう呪《のろ》いは解けちゃったんだし、代替《だいが》わりする呪《のろ》いだから他に試《ため》せる人はいなかった訳だし。

しかし、キスかぁ……

「俺の伯父《おじ》さんにも一応訊《き》いてみるかなぁ。好きな相手とキスした経験はあったか、って」

「難しいんじゃない？　ボクの家系は相手が同性と認識《にんしき》しているのがネックだから、恐《おそ》らく伯《お》母《ば》さん以外の前例はないと思うけど……」

「……伯父《おじ》さん、恋愛《れんあい》経験ないって言ってたからなぁ。相手が蛙《かえる》に見えれば仕方ないけど」

「うぐ。それはまた難儀《なんぎ》な……うぅ、ボクなら引《ひ》き籠《こ》もりになりそうだわ……！」

「あれ、トラ先輩《せんぱい》は蛙《かえる》が駄目《だめ》な人？」

「好きな女子は間違《まち》いなく少数派よっ。あのフォルムもぬめぬめ感も、生理的に……」

はー、そういうもんなのか。妹は平気なタイプだし、ごっさんはどうなんだろ？

まあでも、そうか。好きな相手と両想《りようおも》いになってキスしたら、呪《のろ》いは解けるのか……俺とトラ先輩《せんぱい》の呪《のろ》いが同条件で解けるのかは未知数だけど、可能性があるってだけでも有《あ》り難《がた》い。

……………好きな、相手と……

「――いや呪《のろ》い解く条件厳しいな！　両想《りようおも》いの相手とキスって！」

「でしょ？　もしかしたら片想《かたおも》いでも解けるかもしれないけど、これが呪《のろ》いである以上、少なくとも向こうがこちらに好意がある必要性は感じるのよね……」

「ああ、そっか。こっちが一方的に好きになってキスすりゃいいのなら、なんとかなりそうだしなぁ。犯罪者一直線だけど。絶対嫌《きら》われるけど」

好きな相手に無理矢理とか絶対にしたくないけど、呪《のろ》いが解けるならという誘惑《ゆうわく》に負ける瞬間《しゆんかん》もあるのかもだ。特にトラ先輩《せんぱい》の呪《のろ》いなら。

「両想《りようおも》い、もしくは好かれている異性相手と……か。シンプルだけど難題だな、こりゃ」

「……そうなの。少なくとも、ボクの愛犬相手じゃ呪《のろ》いは解けなかったのよ……恋愛《れんあい》の好きじゃないのが原因なのかもだけど……」

「いや動物相手だからじゃないかなぁ。それでいいなら俺もペット飼い始めるわ」

「結局、正攻法《せいこうほう》が一番の近道だとボクは判断したの。伯母《おば》さんは男子校に入れと勧《すす》めてきたけど、流石《さすが》にそれはキツくてね……」

「そっか、トラ先輩《せんぱい》の場合は同性でもいけるって人じゃないと駄目《だめ》なのか」

「でも、やっぱり男子校は無理でさ……今は着替《きが》えもトイレもどうにか隠《かく》れて済ませてるけど、男子校に逃《に》げ場《ば》はないのよ……中学の時に頑張《がんば》ってチャレンジして、無理すぎて一ヶ月と持たずに転校する羽目になったんだもん……」

うなだれて語るトラ先輩《せんぱい》に、俺からは「ご愁傷様《しゅうしょうさま》で」としか言えない。男だけの空間ってノリが違《ちが》うからなぁ。そこに女の身で入るのは、正直厳しいわ。

「そういやトラ先輩《せんぱい》の伯母《おば》さん、呪《のろ》いが解けた後はどうなったんだ？　その先輩《せんぱい》ってのとは」

「……残念ながら、相手の人はガチで同性じゃないと駄目《だめ》なタイプの人で、付き合ったその日に破局しちゃったみたいで……伯母《おば》さんはそのショックで男性との付き合いに遠慮《えんりょ》がちになったと聞いてるわ」

「うわぁ……それは……どっちにとっても不運だな……」

伯母《おば》さんからしてみれば予期せぬ呪《のろ》いからの解放だったが、相手にとっては好きな人の姿と性別が変わったんだから、そりゃあ今まで通りとはいかないか。

「好きになった人と結ばれて呪《のろ》いも解けてハッピーエンド……とはいかないんだな。現実はマジで厳しいわ」

「そうよね……でも、伯母《おば》さんのおかげでボクは希望が持てるの。両想《りょうおも》いの異性と……き、キスをすれば、呪《のろ》いとはおさらば出来るんだからっ」

「…………もしかしてだけど。トラ先輩《せんぱい》、キスって言うの恥《は》ずかしいん？」

「んぁっ⁉ な、何を証拠《しょうこ》にっ……」

「や、だってキスって言う度《たび》にごにょったりもにょったりしてるからさ。言ってたら俺もちょっと恥《は》ずかしくなってきたけど」

こんなにキスキス言うの初めてだし、相手は猫《ねこ》フェイスだが女の子だ。どうにも意識してしまう。

肉球付きの細い両手で顔をごしごし挟《はさ》み、トラ先輩《せんぱい》は猫目《ねこめ》を尖《とが》らせて睨《にら》んでくる。

「……ボクは元々、男の子は苦手だし今だって得意じゃないの。上手《うま》く馴染《なじ》めないし、なのに両想《りょうおも》いになってキスをする仲を目指さなきゃならないし……けどっ！」

「お、ぅ？」

いきなりトラ先輩《せんぱい》が勢い良く立ち上がり、テーブルに手を着いてぐっと顔を寄せてきて、

「キミとボクは仲間であり同志であり、目的の為《ため》に協力し合えるわ！　一挙両得ね！」

「と、と、ちょっと待った！　話の流れが急すぎて全然付いていけてないんですけども？」

「んぬぅ、察しの悪い……だから、つまりねっ」

至近距離《きょより》で、興奮したようにピンと耳を立てた茶虎《ちゃとら》の猫《ねこ》が歯を剝《む》き、

「──キミとボクで互《たが》いを好きになれば、全て解決するでしょっ！」

フーフーと息を荒《あら》らげて、とんでもないことを言ってきた。

　ポカンとしてしまったのは、果たして何秒程度なのか。空白の時間の後でハッとした俺は、

「ちょ、ちょい待ってくれ。フリーズ……じゃないか、ジャストモーメント？」

「何故《なぜ》にそんな発音の悪い英語を？」

「混乱してるんだよっ！　え、そうなんの？　俺と、トラ先輩《せんぱい》で？　キスすんの？」

「だっ、それは最後の締《し》め括《くく》り！　事情を知ってて目的の為《ため》に恋愛《れんあい》関係になって、とどめの儀《ぎ》式《しき》としてやるだけよっ。そこだけクローズアップするとおかしいでしょっ！」

　語気荒《あら》く否定するトラ先輩《せんぱい》は、怒《おこ》ったように腕組《うでぐ》みをして元いた場所に座り直す。距離《きょり》が出来て、俺の方は少しだけ落ち着けた。先輩《せんぱい》の言っていたことも、周回遅《おく》れで呑《の》み込めた。

　確かに、一理あるというか、検討すべき提案に思える。

「……そっか。トラ先輩《せんぱい》の場合、異性に好かれるってハードルが滅茶苦茶《めちゃくちゃ》高いから、呪《のろ》いのことを知ってて効果がない俺が最適なのか」

「そうっ。同性愛者を狙《ねら》い撃《う》ちするのは難しすぎるし、ボクの方から好きになるにしてもターゲットを絞《しぼ》るのが大変だし、失敗したら次の攻略《こうりゃく》を一からやらなきゃだし……」

「けど、俺と恋愛《れんあい》関係ってのも難しくないか？　互《たが》いを好きになる努力をして、どうにかなるものなん？」

「恋愛《れんあい》経験のないボクには分からないわ！　でも、明確な目的があるし、『男子高校生なんてチョロいからすぐ惚《ほ》れたり腫《は》れたりする』って従姉妹《いとこ》の姉さまが言ってたもの！」

「すぐ腫《は》れるってなんかヤな言い方だなぁ……」

しかも間違《まちが》っているとは言い難《がた》いから余計にヤだ。トラ先輩《せんぱい》はあんま分かってなさそうな感じだけど。割と凄《すご》いこと言ってんのになぁ。

まあでも、俺の場合はそんなに簡単じゃない。

「つっても、俺には先輩《せんぱい》が男に見えない代わりに猫《ねこ》に見えるんだぞ？　難易度高いって」

「むぅ……それはそうだけど……でも、出来なくはないと思うわっ。それに、好きな人や付き合ってる相手はいないでしょ？」

「…………………………………イナイヨ」

死角からの全速力特攻《とっこう》チャリくらい唐突《とうとつ》な質問をかわしきれず、俺はそっと目を逸《そ》らした。

……が、数秒としない内にガッと両肩《りょうかた》を摑《つか》まれて、無理矢理視界に入ってきたトラ先輩《せんぱい》がまん丸に見開いた目で見据《みす》えてきた。何となくだが、信じ難《がた》いものを見る雰囲気《ふんいき》で、

「……う、嘘《うそ》でしょ？　好きな相手がいるというのっ？」

「い、いやー、好きかどうかはまだなんとも……その、気になる、くらいの……」

「ただ気になるレベルの反応じゃないわよっ⁉　けど、でも……………ええ…………？……異性が動物に見えるんじゃなかったの？　その子は特別なの？」

「う…………と、特別っちゃ特別なんだけど、普通《ふつう》にアニマルに見えるぞ」

「……………ちなみに、どんな動物に？」

「…………………………………………………………ゴリラ」

躊躇《ためら》いはしたもののちゃんと答えると、目の前で猫《ねこ》の耳が高速でパタパタと動いた。同時に口がわなわなと震《ふる》え、肩《かた》を掴《つか》んでいた手からは逆に力が抜《ぬ》ける。

「……ゴリラ……あの、動物園やジャングルにいる……？」

「……そ、そのゴリラで間違《まちが》いないかと……」

「…………筋肉毛むくじゃら超濃厚《ちょうのうこう》フェイスが好きなの？」

「全っ然好みじゃねぇよ！　俺は正統派の可愛《かわい》い系美少女や音大通ってそうなお姉さんがタイプです！　ゲームだと真っ先に巨乳《きょにゅう》で甘えさせてくれるキャラから攻略《こうりゃく》するし！」

「変な情報を叫《さけ》ばないでよっ！　じゃあ何故《なぜ》ゴリラを好きになっているのよ!?」

「知らねぇよなんかいつの間にか気になってたんだよっ。俺だってゴリラはないと思うわ！」

「うぐ……じゃあキミは、あれね。そのゴリラ女子とキスを――」

「考えたくないから止《や》めてくんないかなぁ！　ヤだよゴリラとキスなんて！　迫《せま》るどころか逃《に》げずにいられる自信がねぇよ！」

自分でも何を叫《さけ》んでいるのかもう分からないけど、魂《たましい》から出た本音をトラ先輩《せんぱい》とぶつけたやり取りは、他のカラオケルームに負けないくらいの大音量になり。

最終的には売り言葉に買い言葉で俺が口にした「ゴリラも猫《ねこ》も大差ねぇし！」の一言が切《き》っ掛《か》けでブチ切れたトラ先輩《せんぱい》による備品タンバリンでの殴打《おうだ》事件が起こり、その日の会合はお開きとなった。

◇

◆

トラ先輩《せんぱい》とは駅前で別れ、チャリを走らせて家に戻《もど》った俺は、家族で夕飯を食う間も半裸《はんら》のカピバラな妹と一緒《いっしょ》にゲームをする間も、今日の出来事をずっと考えていた。

——まさか、自分以外に呪《のろ》われた人間と出会うとは思いもしなかった。それも俺と同じく、先祖が呪《のろ》われたのが継承《けいしょう》される形で。おまけに呪《のろ》った張本人も同一人物ときた。

もしかしたら、他にも呪《のろ》いの被害者《ひがいしゃ》はいるのかもしれない。おのれ饅頭太《まんじゅうた》、迷惑《めいわく》を掛《か》けまくって。ふざけているのは名前だけにしとけよ。

部屋に一人になってからも、イライラというかムカムカというか、どうにも消化出来ないで胃もたれしてるみたいな感覚を抱《かか》えてベッドにゴロゴロしていた。

「はー………全部呪《のろ》いのせいだ、が……」

——解く方法が実際に見つかるなんて、正直思っていなかった。

まあ正確には俺もトラ先輩《せんぱい》と同じ方法で呪《のろ》いが解けるなんて保証はないし、トラ先輩《せんぱい》の方も確かじゃない。けど、ないよりはずっとマシだ。このまま二十年も三十年も待つしかないよりは億倍いい。

「………問題は、なー………キスかぁ………いやそれ以前に、相手に好きになって貰《もら》わんといけない、かぁ……」

呟《つぶや》きながら俺の脳裏《のうり》に過《よぎ》るのは、セーラー服を着たゴリラだ。

俺がごっさんを好きかどうかも不明なままだし、そうだとして俺を好きになって貰《もら》わなきゃならないし、最後にキスをしなきゃ駄目《だめ》という過酷《かこく》な試練が待ち受けている。

そういう意味だと、出会ったばかりのトラ先輩《せんぱい》と意識して恋愛《れんあい》関係になる方がいけそうな気がする、か。俺も向こうも協力態勢だから、少なくとも最後のキスはクリア出来る。

問題は互《たが》いに好きになれるかだが……短時間だけど話した感じ、嫌《きら》いじゃない。男っぽい性格がいいとかじゃなくて、友達感覚で付き合える方が合ってる。

その意味で、トラ先輩《せんぱい》は結構いい感じだった。一人称《いちにんしょう》がボクだし語尾《ごび》がちょい変だけど。タンバリンで殴《なぐ》られもしたけど。

「どうしたもんかなー………んー………考えても、あれか……」

ベッドにゴロゴロしながらあーだこーだと唸《うな》っても、まるで正解ルートが見えてこない。

……よし、一人で悩《なや》んでも仕方ない。報告がてら相談しよう。

そうと決めたらすぐにスマホを手に取り、ジョー伯父《おじ》さんに連絡《れんらく》を取る。幸いにもすぐに電話が繋《つな》がったので、俺はトラ先輩《せんぱい》と出会ったことや呪《のろ》いの件を話し、伯父《おじ》さんに『好きな同性とキスした経験はあるか？』という気まずい質問をして、『キスはそれなりにあるけど恋愛《れんあい》関係ではなかったよ』というとんでもなく気まずくなる返しをされてしまった。

必要な情報が得られたところで会話はそこそこで終わらせて伯父《おじ》さんとの通話を切り、俺はスマホを置いて大きく息を吐《は》き出《だ》した。

——やっぱり、キスで呪《のろ》いが解けるとしたら、異性相手で両想《りようおも》いか相手から想《おも》われているかのどちらかが条件、か。

相変わらずトラ先輩《せんぱい》と同じ条件で解けるかどうかは不明のままだが、これまでは何をどうすりゃいいか一切《いっさい》不明だったんだ。手掛《てが》かりが見えただけでも御《おん》の字《じ》だろう。駄目《だめ》で元々、やる価値はある。

問題は、

「………キスかぁ……トラ先輩《せんぱい》とするにしても、なぁ……」

正直なところ、トラ先輩《せんぱい》の提案は魅力的《みりょくてき》だ。協力プレイになるから、ハードルが努力次第《しだい》でどうにか越《こ》えられそうな高さに下がる。

……でもなあ。そう簡単に好きになれるのかなぁ？　向こうも、俺も。

特に俺は——どうしても、ゴリラが脳裏《のうり》にチラついてしまう。

やっぱりごっさんのこと、好きなんだろうか？　だとしたら俺は、ごっさんに俺のことを好きになって貰《もら》わないといけなくて、最終的にはキスまで漕《こ》ぎ着《つ》けなきゃならないんだけど
………うっわ、想像出来ん。というか、したくない。ゴリラとキスシーンって誰得《だれとく》なのよ？

つーかごっさんに好かれるのって、マジでどうすりゃいいんだ？　もっと積極的に話《はな》し掛《か》けて、連絡先《れんらくさき》教えて貰《もら》って、デートに誘《さそ》えばいいのか？

……成功のビジョンがまるで見えん。ごっさんに嫌《きら》われてはないと思うけど、それだって割とギリな気がするし……

「……………………………………どうしよ？」

考えたところで、やっぱりろくな答えなんて出るはずもなく——

◆

◇

「意中の相手がいるとして、その子に好かれるにはどうすりゃいいと思う？」

色々あった翌日。やはり一人で悩《なや》むよりは誰《だれ》かに相談すべきだろうと、昼休みの学校中庭で俺は質問をぶつけていた。

ただしこんな質問、間違《まちが》ってもクラスメートには聞かせられない。『相手は誰《だれ》だ？』アタックが絶対にくるし、かわしきれる自信もない。

部活の仲間も適役とは言い難《がた》い。俺を含《ふく》めてギャルゲー以外の人間関係攻略《こうりやく》なんて分からんし。オタ仲間同士の恋愛《れんあい》は、それはそれで参考にならんし。

となると、俺に残された手札は一つだけ。

「……それをボクに訊《き》く？　選《よ》りに選《よ》って、ボクに？　昨日のこと覚えてないの？」

トラ先輩《せんぱい》からの呆《あき》れた声と半目が痛い。周りに誰《だれ》もいないから女口調だが、トーンも低い。

そりゃまあそうだ、先輩《せんぱい》からしてみれば『一緒《いっしょ》に協力して呪《のろ》い解こうや！』って持《も》ち掛《か》けたばかりなのに、他の女にアプローチをかける相談なんてふざけんなって思っても仕方がない。

けど、俺にも言い分はあるのだ。

「や、トラ先輩《せんぱい》と頑張《がんば》って互《たが》いを好きになるってプラン自体はいいと思うんだよ。でも俺、恋《れん》愛《あい》経験がなさすぎて、どうすりゃ自分が好きになるかもイマイチ分からないんだよ」

「……んむ？」

俺の言葉に再考の余地があるかもしれないと思ってくれたのか、食べかけの弁当箱を膝上《ひざうえ》に置いて、トラ先輩《せんぱい》は水筒《すいとう》を手に取りつつ「続きを」と促《うなが》してきた。ありがたや。

「言い訳でも何でもなく、俺の女の子に対する意識って小学生で止まってるんだよ。そこから先は動物にしか見えなくて別の意識の仕方になっちゃってるからさ。だもんで、好きな子にアプローチをするってのをやったことがないんだよ」

「むぅ……言われてみれば、ボクもその経験はないかな」

「んで、どうすりゃ自分が好きになるのかも正直よく分からん。好みのタイプは一応あるけど、全部二次元キャラなら、って話だからさ。『巨乳《きょにゅう》のダークエルフがいい』とか『世話焼きなんだけどちょっと抜《ぬ》けてる義妹《ぎまい》』とか」

「…………一気に共感が出来なくなっちゃった」

むう、うちの部の連中なら『あー、いいよね』か『信仰《しんこう》が違《ちが》うわ』って言ってくるところなのに。トラ先輩《せんぱい》は一般人《いっぱんじん》寄りか。

「要はさ、俺の好みってハッキリ言えるのは二次元のだけで、リアルでどういうタイプが好きなのか、トラ先輩《せんぱい》を好きになるってのもどうすりゃいいのか分からないんだよ」

「うぅん……キミからすればボクは猫《ねこ》なんだよね？」

「そうそう。だから視覚的にはちっとも異性として好きになる要素がない。や、トラ先輩《せんぱい》だけでなく、他の女子もね？」

「露出《ろしゅつ》が多くなると動物感が強くなるのは、男子としてはどうなのよ？　それでも、え、えっちな気持ちになるの？」

「俺にとってのエロは二次元世界にしかないよ。着衣でも見えてる顔が邪魔《じゃま》すぎて」

失礼な言い方になるけど、事実だもの。素晴《すば》らしいスタイルの人がピチピチな薄着《うすぎ》という状態でも、上はアニマルなんだもの。激萎《な》えですよ。

俺の真《ま》っ直《す》ぐな意見に、トラ先輩《せんぱい》は「んむぅ……」と唸《うな》る。

「そうなると、キミに好かれる為《ため》にはどうすべきなのかしらね……地道に時間を共にするしかないのかなぁ？」

「そこもよく分かんなくてさー……だから先輩《せんぱい》にどうして貰《もら》いたいとかも分からんのよ。何となく、話してて楽しい相手なら好きになれそうな気はするんだけどさ」

「アバウトな話ね……少なくとも、短期でどうこうなる話ではない……？」

「だと思う。ぶっちゃけ俺が気になる子も、何がどうして気になってるのか分かんないし。初対面の印象が強烈《きょうれつ》だったのは間違《まちが》いないけど、それ以外はなー」

ゴリラのインパクトで好きになったんだとしたら、俺終わってるし。どういう一目惚《ひとめぼ》れだよ。動物園でも発情するとマジで思われかねん。

「だからさ、トラ先輩《せんぱい》の提案はいいと思うけど、俺としては現時点で好きかもしれない相手と進展する方法も探《さぐ》っていきたいんだよ」

「うぅ……一理あるわね。同時進行でボクと恋愛《れんあい》する努力もしてくれればいいんだし」

「初心者が同時攻略《こうりゃく》は失敗フラグっぽいけどなー。でも、不幸中の幸いで先輩《せんぱい》は男だと思われるから、普通《ふつう》の人はそんなことしてるって発想にはならないか」

「……ボクとしてはそっちが上手《うま》くいって呪《のろ》いが解けたらピンチになりそうよ……取り残される危険が……」

「いやまあ、そこまで深刻にならなくても平気じゃないか？　だって俺、今のところ好かれてる気配ゼロよ？　他に何人か女友達枠《わく》いるけど、間違《まちが》いなくそっちの方が好感度良《い》いし」

やっさんを含《ふく》めて、特に用がなくても気軽に話す女友達はいるし、暇潰《ひまつぶ》しにメッセージを送り合ったりもしている。その点でいうとごっさんなんて連絡先《れんらくさき》も知らんし。拒否《きょひ》られたんじゃなくて、訊《き》く流れにならなかったからだけども。

ともあれ、だ。

「男女の仲がどうすりゃ深まるか分からないから、俺としては女子と仲良くなる方法を教えて欲しい訳だよ。ほら、トラ先輩《せんぱい》なら男側も女側も知ってる訳じゃん？」

「……むしろボクは両方から距離《きより》があるわ。友達はいないに等しいし」

「おおっと、ぼっち先輩《せんぱい》だったか……まあでもそうか、変わったのは周りの認識《にんしき》で、先輩《せんぱい》自体は女のままで変わってないから、合わせるのも大変なのか」

「そうなのよ……ボクの場合、伯母《おば》さんの呪《のろ》いが解けていたから、ひょっとしたら呪《のろ》いを受けずに済むんじゃないかと油断して、男として振《ふ》る舞《ま》う練習をしていなかったから……」

「結果、男にも女にも溶《と》け込めないのが現状か……惨《むご》いな」

それもこれも呪《のろ》いのせい、か。にしても、困ったな。

「お互《たが》いに恋愛《れんあい》に関してはクソ雑魚《ざこ》な経験値しかないのかぁ。どうしたもんかな」

「……一応、参考にと教材にしている本はあるわ。それを元に関係性を深めていけば……」

「ほほう。ちなみに教材って？」

「少女漫画《まんが》とレディコミとBL」

「よし解散だ。魔法《まほう》の使い方を練習するのと変わらん」

うちの妹も少女漫画《まんが》ならそれなりに持ってるから多少は読んだことあるけど、参考にするにはファンタジーが過ぎる。こちとら呪《のろ》い以外のステータスは平々凡々《へいへいぼんぼん》としてるんだぞ。

「俺が参考に出来るのはラブコメ漫画《まんが》とゲームくらいだしなぁ……ちなみにトラ先輩《せんぱい》、女子更《こう》衣室《いしつ》でバッタリ遭遇《そうぐう》から好感度ゲージマックスまで跳《は》ね上《あ》げるのって現実で可能だと思う？」

「ゲージと信頼《しんらい》が木《こ》っ端微塵《ぱみじん》に砕《くだ》け散《ち》って終わるだけよ」

「だよなー。リアルは厳しいぜ……と、チャイム鳴ったか」

昼休みの終了《しゅうりょう》を告げる音に、俺はゴミの入った小さなビニール袋《ぶくろ》を片手に立ち上がる。

トラ先輩《せんぱい》はまだ全部食べ終えていなかったはずだが、迷わず弁当箱を片し、

「少しでも解呪《かいじゅ》に向けて動きたいけど、残念ながらボクは放課後に予定があるのよ。キミは、土日のどちらかは空いてる？」

「こっちは特に予定なし。けど、何すんの？」

「当然、デートよっ。親睦《しんぼく》を深める程度になると思うけど、距離《きょり》を縮めるにはなるべく一緒《いっしょ》に過ごすのが一番なはずだからね」

「一理ある。んじゃ、土日のどっちでもいいから待ち合わせて街に繰《く》り出《だ》すか。でも俺、あんま金持ってないぞ。奢《おご》りや高くつくメシは無理です！」

「胸を張って言うことじゃないわね。まあ、別に構わないわ。一応考えはあるから」

そう言うと、昼食セットをまとめ終えたトラ先輩《せんぱい》は立ち上がり、座っていた場所に敷《し》いていた小さなシートを回収する。地べたじゃなくてベンチに座っていたのにあんなのを使う辺り、

モノホンのお嬢様《じょうさま》っぽい。俺には猫《ねこ》に見えるし他の人には男に見えているはずだけど。

……あ、でも、

「そういや先輩《せんぱい》の呪《のろ》い、本当に俺には無効なんかな？　顔と声以外は作用してるとかない？」

「ん、何故《なぜ》なの？　どこか不自然な点があった？」

「や、ほら、あるべきはずのものがないというかペタンコに見えるから、呪《のろ》いの影響《えいきょう》なんじゃ
――ぅおっ⁉」

いきなり弁当と水筒《すいとう》の入ったランチバッグをぶん回して攻撃《こうげき》された。慌《あわ》てて回避《かいひ》したけど、結構な勢いの一撃《いちげき》で、暴挙に出たトラ先輩《せんぱい》は歯を剝《む》いて睨《にら》み付《つ》けてくる。

「これは着物用のブラで潰《つぶ》しているからよっ！　外せばっ……少しは、あるっ！」

「…………お、おう…………それは申し訳ない……」

「マジのトーンで謝らないでよっ！　余計惨《みじ》めになるでしょ！」

「いてっ⁉　暴力行為《こうい》はどうかと思うぞ⁉」

「それくらいで済んで感謝して欲しいくらいだわっ」

頭を下げたところを思い切り平手で叩《たた》かれ抗議《こうぎ》するも、顔を真っ赤にしたトラ先輩《せんぱい》はぶんむくれで言い放ち、荒《あら》い足取りで昇降口《しょうこうぐち》に向かっていく。

その後ろ姿を見つつ、叩《たた》かれた後頭部を擦《さす》る。大袈裟《おおげさ》に反応したけど、多少は痛かった程度だ。やっぱり女子なんだな、って改めて思う。

「……男子の中でやっていくの、大変だろうな……」

つい希望の光が見えて自分のことばかり考えてしまったが、トラ先輩《せんぱい》の呪《のろ》いを解く方を優先すべきなのかもしれない。ただしどうすりゃいいのか、全然見当も付かないけど。俺が好きになってあげるのも、好きになって貰《もら》うのも。

前途《ぜんと》多難《たなん》な呪《のろ》い攻略《こうりやく》に、俺は改めて人生の厳しさを痛感しながら教室へ戻《もど》った。


授業開始数分前。昼飯を食っていた中庭から教室に戻《もど》ると、そこは雪国……じゃなくて、他のクラスメートの姿はなかった。

すれ違《ちが》いで教室から出て行くアニマルが三人いて、忘れ物でもして隣《となり》のクラスの知り合いに借りにいくんかなと思ったら、がらんとしていたというミステリー。

……いや、正確には一人、俺の右隣《みぎどなり》の席だけ座っている女子生徒の姿がある。

「なあなあごっさん、どうして誰《だれ》もいないん？」

「っ……!?」

問《と》い掛《か》けながら近寄ると、何故《なぜ》か慌《あわ》てた風にごっさんが振《ふ》り返《かえ》る。

──片手に剝《む》いたバナナを持ち、口をもごもごさせて。

「おぶごっ……!?」

「…………反応しすぎです。失礼な」

「…………や、うん、ごめん……」

不満げなごっさんに辛《かろ》うじて謝ることが出来たものの、俺の心臓はハイスピードで暴れ回っている。

──だって、ゴリラがバナナ食べてるよ？　動物園でもまず見られないお宝映像だよ？

気まずげにバナナを頬張《ほおば》るごっさんから目線を外せず、俺は「んんっ」と喉《のど》を鳴らし、

「ごっさんは遅《おそ》めのデザートタイムか？　けど、他の連中は？」

「……んっ……ふぅ……先程《さきほど》急に移動教室になると知らせが入って、視聴覚室《しちょうかくしつ》に行きましたよ。私は、これを食べてしまいたかったので……」

「へー、部活前のおやつにすりゃ良かったのに」

「……まだ二本残っているんです。今日は朝食を食べる時間がなくて、母に渡《わた》された物をそのまま持ってきたら、バナナ一房《ひとふさ》だったので……」

「にしても、随分《ずいぶん》とギリまで食べてたんだな？」

「……あまり人前で食べる姿を見せたくなかったので。以前、からかわれたことがありますから」

そうか、名前でゴリラ弄《いじ》りされていたごっさんからしたら嫌《いや》な思い出に繋《つな》がる訳だ。危《あや》うく地雷原《じらいげん》に足を踏《ふ》み入《い》れるところだったか……

喋《しゃべ》りながらごっさんは教科書を持って立ち上がったので、俺も急いで自分の机から教科書を

出して準備をし、

「じゃあごっさん、視聴覚室《しちようかくしつ》まで競争な！　負けたらジュース奢《おご》りで」

「別にいいですけど……斎木《さいき》くん、教科書しか持ってないですよ？　筆記用具は？」

「ほ？　……おおっ、うっかりしてた」

言われて初めて忘れ物に気付き、俺は慌《あわ》てて机の中を覗《のぞ》き込む。そして奥にあった中学時代から使っている筆箱を取り出し、意気揚々《いきようよう》と振《ふ》り返《かえ》り、

「よっしゃ、待たせたなごっさ……ん？」

さっきまですぐ隣《となり》にいたごっさんの姿がなかった。

もしやと思い近くの机に足をぶつけながらも入り口に駆《か》け寄《よ》り通路に出ると、遥《はる》か向こうに走り去るセーラーゴリラの後頭部が見えた。

「うおいっ⁉　マジかこのっ」

慌《あわ》ててダッシュで追うも、隣《となり》の校舎の一つ上の階にある視聴覚室《しちようかくしつ》に着くまでの間、まるで距離《きより》が埋《う》まる感じがしないままにゴール地点に到着《とうちやく》。最後は俺が着く前に視聴覚室《しちようかくしつ》の重いドアが閉まるのを見るという幕切れだった。

「くっ……普通《ふつう》によーいドンでも負けていた可能性あるな、これ……！」

敗北感にやられつつ、俺は上履《うわば》きを脱《ぬ》いで視聴覚室《しちようかくしつ》に入る。丁度でチャイムが鳴って、俺以外のクラスメートは全員集合していたが先生の姿はなく、教室の席順と同じ並びで座る皆《みな》に

そそくさと紛《まぎ》れた。

右隣《みぎどなり》のごっさんは素知らぬ顔で前を向いていたが、先生が来る前にさっきの件を問《と》い詰《つ》めてやらんと。

「……ごっさん、酷《ひど》くね？　あんなん有りなの？　スポーツマン精神はどこに捨てたの？」

「……競争と言い出したのは斎木《さいき》くんですし、男女の差を考慮《こうりょ》すれば妥当《だとう》なハンデです」

「……あんなん金メダリストでも追いつかんって……くっそ、ごっさんがそこまで勝ちに汚《きたな》い

とは……」

「……勝ちは勝ち、ジュースは頂きです。ほら、いつまでもごねていたら授業が始まって先生

に怒《おこ》られますよ？」

最初から最後までこっちを見ることなく淡々《たんたん》と言いのけられ、俺は負け犬らしくうなだれて

「次こそは……！」と呟《つぶや》く。

そうこうしていると『課題も授業時間延長もなし』で生徒から人気の矢野《やの》センが入ってきた

ので、俺は大人しく座り直した。

程《ほど》なくして矢野《やの》センから簡単な説明の後、教室を暗くして資料映像という名の短編ムービー

が始まったのだが……俺はこっそりと何度か、隣《となり》のごっさんに視線をやってしまった。

暗くてもしっかりゴリラで、凛々《りり》しさはあっても可愛《かわい》らしさはない。強そうだし怖《こわ》さもある

し、付き合ったりイチャイチャしたりする想像なんて全然出来ない、というかしたくない。

……でも、さっきのやり取りで妙《みょう》に高揚《こうよう》している自分がいるのは間違《まちが》いなかった。あんなん男同士でもやるし、友達のじゃれ合いみたいなもんだ。恋愛《れんあい》感情に繋《つな》げる方がおかしい。

ただ……自惚《うぬぼ》れなのかもしれないけど、ごっさんは他の男子だったら付き合ってくれなかったと思う訳だ。どちらかというと孤高《ここう》なキャラで、女子同士でつるむこともほぼないし。

そして俺は、『ごっさんが俺だから付き合ってくれた』という夢見がちな妄想《もうそう》を、びっくりする程《ほど》喜んでいる……らしい。なんかドキドキしてるもん。いや走ったせいも多少はあるだろうけど。

やっぱり、ごっさんは特別なんだと思う。だって俺以外の男と同じことをしたら嫌《いや》だし。友達相手にはあんまり抱《いだ》いたことのない感覚だ。独占欲《どくせんよく》ってヤツなのかもしれない。

となると……俺がごっさんを好きだとして、問題がいくつか。

まず、キスしたいとは思えないこと。好きならそれでいいのかもしれないから、これはまあ後回しでいいか。

次、トラ先輩《せんぱい》の件。果たしてごっさんに好意を抱《いだ》いている場合、トラ先輩《せんぱい》を好きになるのは可能なのかどうなのか。ゲームや漫画《まんが》では『どっちも好きだ！』からの『じゃあ今回はこっちのルートで』と同時攻略《こうりゃく》もいけるけど……あれ二次元世界の話だしなぁ……。

そして一番の問題は——ごっさんに好きになって貰《もら》う自信が、やっぱりないってことだ。

しつこくすると嫌《いや》がるだけだしなー。休日にわざわざ会ってくれるタイプでもないし。プレゼント……もキモがられそうな予感するわ。

辛《かろ》うじて『それなりに話すクラスメート』のポジションにいるけど、ここからのステップアップは超《ちょう》難関だよ。ごっさん、ゲームなら絶対に少しでもフラグ管理ミスったら攻略《こうりゃく》失敗する難度のキャラだよなぁ。

ううん、前途《ぜんと》多難《たなん》だなぁ…………にしても、さっきのごっさん…………バナナだもんなー……貴重なゴリラのバナナタイム………っく……

ヤバい、笑いが込《こ》み上《あ》げてきた。暗いせいか、さっきの衝撃《しょうげき》の光景が鮮明《せんめい》に思い出される。教室ってのがまたシュールで、いっそ背景がジャングルなら……いやそっちの方がヤバい、野生とセーラー服とバナナの組み合わせは反則級だわ……！

駄目《だめ》だ、笑いを堪《こら》えてはいるけど限界に近い。肩《かた》が震《ふる》えているのが自分でも分かる。暗くてバレ難《にく》いのが唯一《ゆいいつ》の救いだから、流されている短編ムービーが終わるまでにどうにか整えて………ん？

不意に横から腕《うで》に触《ふ》れるものがあって、見ればごっさんが二つ折りにした小さな紙をこっちに寄越《よこ》していた。あくまでも視線は前のスクリーンに向いたままで、折った紙を指で挟《はさ》み、それで俺の右腕《みぎうで》を軽く突《つ》っついている。

紙のメッセージの回しなんてデジタル時代に真っ向から反発するような古風かつごっさんら

しくない行為《こうい》だが、チラリと見ればゴリラが声に出さず『読んで』と言っている気がしたので、俺はスクリーンの明かりを頼《たよ》りに開いてみた。

愛の告白みたいな浮《う》かれ勘違《かんちが》いは流石《さすが》にしないけど、やっぱりこういうのはわくわくするしドキドキもする。

胸を膨《ふく》らませて確認《かくにん》すると、小さなメモ用紙サイズの紙には小さな文字で、『一人でにやにやして気持ち悪いです』と…………なるほど……

うん、凄《すさ》まじい攻撃力《こうげきりょく》のメッセージだわ。楽しい気持ちは一発で木《こ》っ端微塵《ぱみじん》だよ。

つーかごっさんに見られてたんか…………うっわ恥《は》ずかしい……！　そしてマジでキモいな、俺……！

どうやって好感度を上げようか考えていたのに、的確に評価をだだ下げるアクションを取ってしまうとは。

はー…………終わった…………もしくは、元々終わってた……？

失意でガックリうなだれた俺は切実にセーブ&ロード機能が欲《ほ》しくなったが、まあそんなもんどうにかなるはずもなく。

短編ムービーが終わるまでヘコんでいたら、明かりが点《つ》いた後で先生に寝《ね》ていたと勘違《かんちが》いされるオチまでついて、呪《のろ》い関係なしにお祓《はら》いを受けに行きたい気分になった。

五・仲を深めるにはイベントが一番

学校のない土曜の昼は、普段《ふだん》ならぐうたらしている。深夜までゲームやらアニメやら動画配信の視聴《しちょう》やらで過ごし、気が付けば夜明け前なんてことも珍《めずら》しくない。

昼過ぎに起きることもあるし、土曜の午前から外に出て人と会うのは、結構久《ひさ》し振《ぶ》りだった。それも昼前からとなればいつ以来か、すぐに思い出せない。

七月の暑さはなかなかのものなので建物の陰《かげ》に入ってスマホを弄《いじ》りつつ待っていた俺は、走り寄ってくる人物に気付くのが遅《おく》れてしまった。

「む、少し待たせたか？　悪かったな」

「トラ先輩《せんぱい》、おっす。そんなに待ってない、ってか待ち合わせ時間前だから気にせんでいいよ。それより……」

「む？　何か変か？」

「変っつーか、制服じゃないと、やっぱちょい女っぽいな。ボーイッシュって感じするわ」

私服姿のトラ先輩《せんぱい》だけど、別に女装している訳じゃない。ぶかっとしたTシャツの重ね着と膝上丈《ひざうえたけ》のハーフパンツに黄色のスニーカーという、スポーティーな格好だ。

でも、やっぱり体のラインはどことなく女性的で、制服より女の子感がある。他の人の目にはどう映っているのか分からんけど。

俺の感想に、トラ先輩《せんぱい》はその場でぎこちなく一回転し、

「今日はデートのつもりだからな。本当はミニスカートを穿《は》きたかったが、世間の目が怖《こわ》くなるので自重したんだ」

なるほど。だから口調も外向けに男っぽくしているのか。

「せめて自分がどんな風に見えているかちゃんと分かればやりようもありそうだけどなー。俺もトラ先輩《せんぱい》が周りにどう見えてるか、人に聞いた話でしか分からんし」

「うむ……ただ、脚線美《きゃくせんび》には少しばかり自信があるから、足だけは出してみたんだ。ど、どう思う？」

どことなく恥《は》ずかしそうなトラ先輩《せんぱい》に、俺は残念なお知らせがある。

「ごめん、どうもこうも猫《ねこ》の足にしか見えないんだわ」

「ぬっ……そ、そうか、露出《ろしゅつ》している部分は動物の体に見えるんだったな」

「しかも実際の体とはあんまし関係なく見えるからなぁ。トラ先輩《せんぱい》って細い方だろうけど、猫《ねこ》足程《あしほど》細くはないし毛だらけでもないだろ？」

「あっ、当たり前だろうっ。むうう、ならばタイツを穿《は》いてきた方が……でも男物のタイツとなると完全にスポーツウェアになるな……」

「ちなみにだけど、あんまり薄《うす》いとやっぱりアニマルに見えるぞ。濡《ぬ》れ透《す》けは俺にとってエロ

じゃなくてガッカリなんだわ」

「……何やら余計な情報を叩《たた》き込まれた気がする…………まあいい、暑いから話は後にして行くとするか」

「うい、了解《りょうかい》。どこに行くとか聞いてないけど、徒歩圏内《けんない》か？　駅前の駐輪場《ちゅうりんじょう》にチャリ置きっぱなしで移動すべき？」

「……ふむ。二人乗りにそこはかとなく憧《あこが》れはあるけど、普通《ふつう》に違反《いはん》だからな。大した距離《きょり》じゃないし、置いていこう」

「ういうい、了解《りょうかい》。じゃあエスコート任せた」

出会って間もない年上相手に気安すぎるかなー、とちょっとは思うけど、なる早で仲を深めるならこれくらいの距離感《きょりかん》でいいかもだ。

トラ先輩《せんぱい》の先導で見慣れた駅前の繁華街《はんかがい》を歩き、汗《あせ》もそう出ない内に、どうやら目的地に着いたらしかった。

目前に迫《せま》った俺も何度か来たことのある周囲から浮《う》くくらいでかい建物は、映画館にボウリング場にカラオケにビリヤードにゲーセンにと、揃《そろ》いも揃《そろ》った大型複合施設《しせつ》だ。他にファミレスもあるし、トレーニングジムも入ってるし、なんなら最上階には露天風呂《ろてんぶろ》とサウナまである。詰《つ》め込みすぎ感が半端《はんぱ》ない。

「ここ？　何すんの？」

「とりあえずは映画だな。どれを観《み》たいか決めて、時間があれば他の場所で軽く遊ぼう」

「ふむふむ、定番なコースだな。しかしトラ先輩《せんぱい》、俺に色々と梯子《はしご》する金はないよ？」

情けない財布《さいふ》状況《じょうきょう》を打ち明けると、トラ先輩《せんぱい》は猫耳《ねこみみ》をピクピクさせて、

「任せておけ。ここで使える映画の無料券がある。カラオケやボウリングも割引が利《き》くから半額で遊べるぞ」

「……おお……まさか先輩《せんぱい》の正体がゴッドだったとは……！」

バイトをしていない貧乏《びんぼう》高校生には有《あ》り難《がた》すぎる。大袈裟《おおげさ》でなく輝《かがや》いて見えた。

得意気に尻尾《しっぽ》を振《ふ》ったトラ先輩《せんぱい》は、背負っている小さなバッグをポンポン叩《たた》き、

「中が寒い時用の準備もあるぞ。安心して楽しめるからなっ」

「はー、至《いた》れり尽《つ》くせりか。じゃあ何観《み》るよ？　アニメ？」

「第一選択肢《せんたくし》でそこがくるのか……？　個人的には先週から公開された話題作の『スパイラルダンス』が観《み》たいんだが……」

「どれどれ……お、ラブストーリー……か、これ？　あらすじないからよく分からんなー」

ビルの入り口近くにある映画館の案内板には映画のポスターが貼《は》られているが、分かるのはタイトルと雰囲気《ふんいき》だけだ。これだけだと内容はさっぱりだった。

「恋愛《れんあい》と友情がメインテーマらしい。学生編と社会人編の二部構成みたいだ」

「へー……あ、こっちは？　受賞作で話題沸騰中《ふっとうちゅう》って書いてあるぞ？」

「『森の中の小さな天使』……ポスターだけではよく分からないな。ホームドラマか？」

「どうなんだろうな。ちなみにこの『劇場版アストラゼーガ全滅編《ぜんめつ》』は超面白《ちょうおもしろ》いらしい。俺のオタ仲間が絶賛してた」

「そもそもボクは全滅編《ぜんめつ》の前を知らないから、初見で続編は辛《つら》いものがある」

「あー、そりゃそうか。残念、じゃあ今度テレビシリーズを見てから改めて来ようぜ。今日のところはトラ先輩《せんぱい》の観《み》たいのでいいや」

「そ、そうか？　では、お言葉に甘えて『スパイラルダンス』を観《み》るとしようっ」

弾《はず》んだ声に、パタパタと動く耳と尻尾《しっぽ》。どうやら喜んでいるっぽい。

可愛《かわい》いなー、とは思うけど、これはどっちかというと小動物に対する感情に近い気がする。女子に対するドキッとする感覚とは大分違《ちが》うな。

「今の時間からだと、次の回は……む、二十分くらい後か。いいタイミングだ」

「そうだなー。これくらいなら待ってりゃいいし。とりあえずシアターのある階まで行って、空席あるか確認《かくにん》しよう」

「うむ。チケットカウンターがあるのは……七階だな、行くぞ」

観《み》たかった映画になったからか意気揚々《いきようよう》と動き出すトラ先輩《せんぱい》に、俺は隣《となり》に並んで付いていく。

他にも客は結構いるし、エレベーターもほぼ満員。話題作で先週からの公開なら、混んでいる可能性は大だ。

「満席か、離《はな》れた席しか空いてなかったらどうするよ？」

「次の回の予約をする。先に昼食を済ませて軽く遊んで、改めて来ればいい」

「おっけ、じゃあそのプランで」

そんな話をエレベーター内でしつつ、シアターのある七階で降りる。一緒《いっしょ》に乗っていた半数以上は同じ階で降りたので、チケットカウンターもそこそこ混んでいた。

三分程《ほど》並んでカウンターのお姉さんに目当ての映画の次回上映の状況《じょうきょう》を確認《かくにん》すると、まばらに空いている中で運良く並びの席もあった。端《はし》の方なのは仕方ないので、無料券を提示してチケットをゲットする。

トラ先輩《せんぱい》からチケットを貰《もら》い、俺は深々と頭を下げた。

「へへー、有《あ》り難《がた》き幸せ！　先輩《せんぱい》最高！」

「うむ、苦しゅうないぞ。それで、飲み物はどうする？」

「あー、じゃあそれは俺が出すわ」

「別に奢《おご》りでなくても構わないが……いいのか？」

「おっけおっけ、これくらいなら。あ、でも、ポップコーンはどうすっかな……」

二つ買うと昼飯代がなくなる。むしろ一つでも高いくらいだ。

「ボクは別になくてもいいんだが……でも、良《い》い匂《にお》いする……」

「つーか二時間以上あるから腹減るって。終わる頃《ころ》にはもう二時だろ？」

「うむ。だが、お昼が食べられなくなる危険もあるな」

「じゃあ二人で一つにするか。半額ずつ出して」

奢《おご》ると言えないのが超絶情《ちょうぜつ》けないものの、無理してこの後が持たないよりはずっとマシだ。

俺の出した折衷案《せっちゅうあん》に、トラ先輩《せんぱい》は何やら目をパチパチさせてから鼻をピクつかせ、

「む、むぅ……それはとてもデートっぽいな……！」

「そか？　友達同士でもやると思うけど」

「ええい、中学以降友達との繋《つな》がり全滅《ぜんめつ》のボクに刺《さ》さることを言うのは止《や》めるんだっ」

「おっと、悪い。んで、大きめの一つでいいか？」

地雷《じらい》を踏《ふ》んでしまったので文句ありありな目をされたが、トラ先輩《せんぱい》はチラリとフードカウンターを見て、

「……それでいい。味は、どれにするんだ？」

「俺は塩かバーベキュー味がいいや。先輩《せんぱい》は？」

「チーズかキャラメルがいい」

「四種類しかないのに被《かぶ》らないとは……まあいいや、ハーフ&ハーフなら二種類選べるみたいだし、好きな味を一つずつにしよう」

「うむ、そうするとしよう——と、ちょっと待て」

……と、早速《さっそく》フードカウンターに並ぼうとする俺を、細い猫《ねこ》の手がハシッと掴《つか》んできた。

「ボクはお手洗いへ行ってくる。すまないが、ジャスミン茶のLサイズとキャラメル味を頼《たの》んでいいか？」

「うい、了解《りょうかい》。あ、買ったら座席に行っとくけどそれでいいよな？」

「大丈夫《だいじょうぶ》だ。では、任せたぞ」

言いながら財布《さいふ》から千円札を俺に渡《わた》し、トラ先輩《せんぱい》は気持ち早歩きで去って行った。

一人で列に並んだ俺は、数分待って二人分の飲み物とちょいとしたバケツサイズのポップコーンを買い、トレーに乗せてシアターへと向かう。係の人にチケットを渡《わた》し開いたままの大きな扉《とびら》を抜《ぬ》けて、やや後方左端《ひだりはし》という指定の席に自分の荷物とトレーを置く。

スマホで時刻を確認《かくにん》すると、映画が始まるまであと五分弱。トラ先輩《せんぱい》はまだみたいだが、どうせ本編前に注意やら今後上映する作品の予告やらが流れるんだから、焦《あせ》ることはない……けど、俺もトイレには行っておくか。

そうと決めたら大したものが入ってない荷物は置いたままで座席を離《はな》れ、一番近い横のドアからシアターを出て、案内板を確認《かくにん》しトイレへ向かう。

目当ての場所はすぐに見つかったが、外の通路まで何人か並んでいるみたいだった。問題は、この列が個室の順番待ちかどうかだ。小便器の方は空いていて並ぶ必要ありませんでした、なんてことはよくある。

一度中に入って確認《かくにん》してみるかなー、と動かない列を眺《なが》めてると、

「むっ、キミもお手洗いか？」

「お、トラせ…………？」

トイレから出て来たトラ先輩《せんぱい》と鉢合《はちあ》わせになり、俺はその場で固まってしまった。

いきなりフリーズしたせいかトラ先輩《せんぱい》は手を拭《ふ》いていたハンカチを仕舞《しま》い、こちらの顔を覗《のぞ》き込んでくる。

「どうかしたのか？　もしや、便意が限界に……？」

「……いや違《ちが》くて。トラ先輩《せんぱい》が普通《ふつう》に男子トイレから出て来たから、びっくりしてさ」

半ば放心しつつ返すと、トラ先輩《せんぱい》の猫目《ねこめ》がキュッと細くなった。そして今にも威嚇《いかく》してきそうな顔で、

「し、仕方ないだろうっ。女子トイレに入れば変質者扱《あつか》いだし、多目的トイレもこの手の施設《しせつ》は本当に必要な人達もよく訪《おとず》れるから使えないし……断腸の思いで利用しているんだっ」

語気は荒《あら》いが小声で訴《うった》えてくる先輩《せんぱい》に、俺は「なるほど」と返事するしかなかった。

そりゃそうか、男って認識《にんしき》されてるんだもんな。だから個室を使う為《ため》に、早めの行動でトイレに行っていた訳だ。

「……学校ではどうしてんの？　毎度個室使うとからかうヤツとか出てこないん？」

「……あまり使う人のいない離《はな》れた場所のを利用しているぞ。周りで男の声がするのは未《いま》だに慣れなくて……！」

「そうなんか……っと、悪い、デリカシーなかったな」

動揺《どうよう》してつい訊《き》いちゃったけど、女子相手にこれはなしだわ。特に先輩《せんぱい》は特殊《とくしゅ》な状況《じょうきょう》だし。

「悪いついでに、中がどうなってるか教えてくれないか？　小便器の方は空いてた？」

「……あまり見ていないが、たぶん半分は空いていたぞ。これは個室の列だ」

「おっ、ナイス情報！　んじゃ、先に座席で待っててくれ」

ちょっと強引《ごういん》だけどそう切り上げて、俺は颯爽《さっそう》と男子トイレに入った。なるほど情報通り、個室は全部埋《う》まっているけど小便器の方はぽつぽつ空きがある。

その中の一つを使い、用を足しながら改めてトラ先輩《せんぱい》の日常について想像を巡《めぐ》らせた。

——俺の呪《のろ》いと違《ちが》って、トラ先輩《せんぱい》は周りに影響《えいきょう》が出るタイプの呪《のろ》いだ。女の子なのに男の中に入って男として生活するのは、思っていたよりずっとしんどそうだった。

そう、いい、しんどいが正解な気がする。辛《つら》いでも厳《きび》しいでも大変でもなくて、しんどい。努力してどうこうなる問題じゃないし、慣れたとしてもそれは『多少はマシ』ってだけで全然オッケーって訳じゃないだろう。トラ先輩《せんぱい》は今でも普通《ふつう》に女の子なんだから。

……やっぱトラ先輩《せんぱい》の呪《のろ》いを優先的に解いてやりたいなー……けど、トラ先輩《せんぱい》を好きになる……好きになる、か……

そうしようそうなろうとして、果たしてどこまでいけるもんなのか。正直、まるで分からん。猫《ねこ》に見えるし、異性って感覚があんまないしなぁ。

問題のややこしさを再認識《さいにんしき》しながら手洗いも済み、シアター横の扉《とびら》から中へと戻《もど》る。もう明かりは消えていたけど、スクリーンには注意事項《じこう》が流れている段階だからか、まだぼんやりと座席は見える。

おかげで迷わず自分の席に戻《もど》ると、先に座っていたトラ先輩《せんぱい》が手招きしている姿が微《かす》かに見えた。猫《ねこ》の手招き。超縁起《ちょうえんぎ》良さそう。

そんなことを考えながら自分の席に着き、スマホの電源を落としていると、横からツンツン肘《ひじ》を突《つつ》かれた。

見ると先輩《せんぱい》の猫《ねこ》ハンドが飲み物の容器を指して、

「……ね、こっちのがジャスミン茶で合ってる？」

「……ん、そっちで合ってるぞ」

俺にしか聞こえないひそひそ声だからか、ちょい口調が女っぽい。顔を寄せてきたし、正直ちょっとドキッとしたわ。薄暗《うすぐら》い中の猫目《ねこめ》が怖《こわ》かった意味合いが強いけども。

早速《さっそく》飲み物を口にしたトラ先輩《せんぱい》は、続けてポップコーンにも手を伸《の》ばす。バケツサイズの容器から爪《つめ》で挟《はさ》むようにして一つだけ摘《つ》まんで取ると、小さな口へと運び、

「……えっ、チーズ味？」

「……あー、それな。並んでいる内に匂《にお》いにやられて、俺のチーズ味にしたんだ」

ぶっちゃけあれは暴力に近かった。腹が空《す》きかけていたところに嗅《か》がせていいもんじゃない。

そりゃ買うよ。

「……だったらキャラメルを止《や》めて良かったのよ？」

「……やー、俺が勝手に食いたくなっただけだから。というか、唯一《ゆいいつ》の甘い系のキャラメルは外したくなかった」

他はどっちかっていうとしょっぱい系だから、変化球も欲《ほ》しくなるよね。塩とキャラメルで甘いとしょっぱいの鬼《おに》コンボ決めたい気持ちもちょっとはあったけど、『それ塩キャラメルやんけ』と脳内突《つ》っ込みが入ったから止《や》めておいた。

「……そうなの。でも、だとしてもボクは嬉《うれ》しいな。ありがとね」

「……いやいや、映画奢《おご》って貰《もら》ってるんだし。これくらい全然……ん？」

小声でやり取りする中、不意に横からふわりと何かが太腿《ふともも》の上に掛《か》けられた。

「……これ、ブランケット。一枚しかないけど大きいから共用出来るよ。夏場とはいえ、冷房《れいぼう》が少し気になるから使って」

「……おお、助かる」

今のところは特に必要と思わないけど、二時間以上あるしな。逆に言うと夏場だから上着なんて持ってないし。

一枚を二人で使うのはちょい恥《は》ずかしくもあるものの、暗くてもアニマルなのは変わらないから大した問題じゃな………いや違《ちが》うか、意識した方がいいのか。難しいな。

隣《となり》の席で同じ映画を観《み》て感動を共有するのは、男女の仲を深める効果が多少なりともあるはずだ。にしても……トラ先輩《せんぱい》視点では異性との映画鑑賞《かんしょう》になって、俺視点では人間サイズの猫《ねこ》とで、その他視点からは男同士になるのか……複雑すぎね？　知り合いいたらどうしよ。

まあ上映中は暗いし、他の客席なんてほぼ気にしないか。端《はし》の方の席だしな。

……と、そうこう考えている内に作品本編が始まり。

アニメと特撮《とくさつ》以外だと数年振《ぶ》りになる映画館での邦画《ほうが》鑑賞《かんしょう》をゆっくりじっくり楽しむ為《ため》、俺は座席の背もたれに深々と身を預けた。

——映画が始まって、そろそろ一時間くらい経《た》ったか。

トラ先輩《せんぱい》が観《み》たがっていた『スパイラルダンス』は、人気があるのと二部構成という情報以外まるで知らなかったが、そろそろ半分終わるのである程度概要《がいよう》は摑《つか》めた。

前半は大学の社交ダンスサークルの話らしく、中でも一年と二年の七人がメインみたいだった。男が三人、女が四人なので、四ペアだけど男は一人掛《か》け持《も》ち、という形。

んで、『大会があるから入賞目指そう、その為《ため》にも合宿やろう』みたいな感じで、七人は廃《はい》校《こう》になった小学校を利用した宿泊施設《しゆくはくしせつ》で四日間過ごすことに。

練習が上手《うま》くいったりいかなかったり、恋心《こいごころ》が芽生えたり元々カップルだったのが別れたりと濃密《のうみつ》な合宿で、ついに主人公格の二人の仲に動きが……というのがここまでの展開。

コメディ色はあんまりなくて、恋愛《れんあい》を含《ふく》む人間関係がメインっぽい感じだ。トラ先輩《せんぱい》は食い入るように観《み》てるし、他の客もちょいちょい好感触《こうかんしょく》な反応をしている。

そんな中、俺はあんまりのめり込めていなかった。男がヒロインらしき相手にときめいているシーンが、全く感情移入出来ないんだもの。

だってメインっぽいヒロインの子、カバだよ？　カバ子さんのアップでドキドキする男に共感なんて出来んわ。スクリーンのでかさが逆効果だよ。

他の三人も犬にらくだにコアラにと、愛らしさを覚えることはあっても恋愛《れんあい》感情とは程遠《ほどとお》いもので、抱《だ》き合《あ》ったりキスしたりのシーンで全く盛り上がれない。

やー、アニメだとまともに見れるし、特撮《とくさつ》も肝心《かんじん》なところからは全身スーツで普通《ふつう》に見れるから忘れてたけど、一般的《いっぱんてき》な実写は置いてきぼり食《く》らいまくりになるなぁ。せめてアクション系なら違《ちが》う面白《おもしろ》さがあったんだが。

そんな訳で映画に集中しきれず、ついポップコーンに手を伸《の》ばす回数が多くなってしまい、まだ残り時間は半分以上あるのにもうなくなりそうだ。

今もカバ子さん達の水着でプールに入るシーンなんて、ディスカバリーチャンネルで似たようなの見たことあるなとしか思えん。それに色めき立つ男共という地獄《じごく》の光景。

やっぱ今の俺にはアニメ映画しかないんかなと思いつつ、らくだ嬢《じょう》の水着が外れてしまうお色気なのか野生に近付けたのか判断が難しいシーンをぼんやり眺《なが》め、残り僅《わず》かなポップコーンに手を伸《の》ばし——バケツカップの下の方まで辿《たど》り着《つ》く前に、指先に触《ふ》れるものがあった。

「……っ⁉」

「……と、悪い」

隣《となり》を見れば、丁度同じタイミングでポップコーンを取ろうとしているトラ先輩《せんぱい》が、目を見開き瞳孔《どうこう》を縦に細くしてこっちを凝視《ぎようし》していた。

これはまたラブコメみたいなシチュエーションだな、と思っていた俺の耳に、先輩《せんぱい》の呟《つぶや》く声が聞こえてくる。

「……いけない、目的を忘れて没頭《ぼつとう》してしまうところだったわ」

何だろうと思って見続けていると、トラ先輩《せんぱい》はトレーに置いていたウェットティッシュで手を綺麗《きれい》に拭《ぬぐ》う。これはあれかな？　俺と手が触《ふ》れたからかな？　だとしたら流石《さすが》に傷付くけども、どうやらそうじゃないらしく、拭《ふ》いたばかりの手を肘掛《ひじか》けに置いて、

「……こ、恋人《こいびと》の真似事《まねごと》をすれば、少しはその気になるかもしれないわね。だから、その……………手、手を繋《つな》いでみる……？」

「…………マジ？　や、俺はいいけども……」

小声でも分かるくらいに緊張《きんちよう》した響《ひび》きに躊躇《ちゆうちよ》してしまうが、トラ先輩《せんぱい》の決意は固いようで、これ以上はないくらい細く尖《とが》らせた瞳孔《どうこう》で俺を見てくる。

呪《のろ》いを解く為《ため》だから俺としても協力するのは当然として……手繋《てつな》ぎ、か。よし。

先輩《せんぱい》に倣《なら》って手を拭《ふ》いてから、肘掛《ひじか》けに置かれた手の上に、自分の手を乗せ——？

手と手が触《ふ》れるかどうかの瞬間《しゅんかん》、さっと猫《ねこ》の手が引っ込む。本物の猫《ねこ》ばりの素早《すばや》さだった。

「……トラ先輩《せんぱい》？」

「……ご、ごめんね…………いざとなると緊張《きんちょう》しちゃって……」

それはまあさっきから分かってはいた。男として過ごしている先輩《せんぱい》だが、周囲と距離《きょり》を取っているみたいだから、男同士の触《ふ》れ合《あ》いなんかも経験していないんだろう。

「……うぅ……手を繋《つな》ぐくらい友達とだってやるのに……」

「……や、それは女子だけだぞ？　男はそんなんやらん」

「……そ、そうなの？　友達なのに？」

意外そうな声に、こくりと頷《うなず》いて返す。ふざけて肩《かた》を組むくらいならやるけど、手は繋《つな》がないなー。軽く小突《こづ》き合《あ》う方がまだ可能性はある。

だから俺も手繋《てつな》ぎなんて久《ひさ》し振《ぶ》りだが、妹と弟がいるからあんま抵抗《ていこう》はない。

そんな俺の余裕《よゆう》を感じ取ったのか、トラ先輩《せんぱい》は少し不機嫌《ふきげん》そうに猫耳《ねこみみ》をパタパタさせて、

「……んむぅ……なら、こうしちゃうんだから……！」

「……お？」

何をするかと思いきや、肘掛《ひじか》けに手を置いて、その上からブランケットを掛《か》けた。

「……キミもブランケットの下から手を入れて。で、出来たらゆっくり、慎重《しんちょう》に事を進めて欲しいの……！」

「……なるほど」

見えない方が緊張《きんちょう》しない、ってことなのか。逃《に》げ場《ば》を塞《ふさ》いだともいえるな。

言われた通り、俺もブランケットの下から手を入れて肘掛《ひじか》けのところに持っていく。慎重《しんちょう》にとのリクエストがあったし、とりあえず横から軽く触《ふ》れてみよう。

小指でちょこんと触《ふ》れると、微《かす》かにピクリと反応があった。とはいえさっきみたいに大きくは動かず、その場に留《とど》まって触《ふ》れたままでいた。

手が触《ふ》れたといっても、小指の側面だけ。なので心の準備に頭の中で十秒数えてから、トラ先輩《せんぱい》の手の上に少しだけ上陸する。

「っ……」

何やら息を呑《の》むのは感じたが、声は上がらなかったし手も逃《に》げていない。侵略《しんりゃく》成功か。まだ半分も届いてないけど。

……にしても……やっぱこれ……すんごいドキドキするな……！

俺の目には猫《ねこ》に見えているトラ先輩《せんぱい》の手は滑《なめ》らかで、当然毛には覆《おお》われていない。指だって猫《ねこ》みたいに短くないし、たぶん肉球もない。……そりゃそうか、ないよ。

こんな普通《ふつう》のことすらパッと分からないくらい動揺《どうよう》するとは……手を、まだ握《にぎ》ってもないのに。ちょろっと触《ふ》れただけなのにさぁ……！

しかも、ブランケットが。こいつが思わぬブースターになっている。覆《おお》い隠《かく》された手はアニマル化して見えないから、暗闇《くらやみ》の中で微《かす》かに見える輪郭《りんかく》はちゃんと人の形をしていて、動物にお手をしている光景にならない。

この視覚情報が地味に物凄《ものすご》く大事だ。ちゃんと女の子と触《ふ》れ合《あ》っているんだ……って気分が、自分でも驚《おどろ》くくらい高ぶっていた。

……というか、そういうのを全部抜《ぬ》きにしたとしてだ。

映画館で、隣《となり》の女の子とブランケットの下で手を触《ふ》れ合《あ》っているって――シンプルにエロくね？　こたつの中で足を絡《から》ませあっているのと同じくらいに。これ、俺の知っているラブコメ展開だと確実にキスシーンに繋《つな》がるヤツだわ。

いやでもキスって…………待てよ、呪《のろ》いを解く為《ため》にどうせするんだから、いい雰囲気《ふんいき》ならするのは間違《まちが》ってない……？

奇《く》しくもスクリーンでは、主人公っぽい男とヒロインっぽいカバが、月光の射《さ》す森の中、至近距離《きょり》で見つめ合っていた。それこそ、ちょっと間違《まちが》ったら唇《くちびる》同士が触《ふ》れてしまう近さ。

片方がカバだから感情移入出来ないはずだったけど、ドキドキしている男のここからどうしよう感は物凄《ものすご》く分かる。何が正解かの選択肢《せんたくし》がマジで欲《ほ》しい。

アクセルを踏《ふ》み込むべきかブレーキに変えるべきか迷っている間に、

「…………っ」

「…………⁉」

トラ先輩《せんぱい》の手に重ねていた俺の小指が、キュッと弱々しく握《にぎ》られた。

どちらかというと冷たかったトラ先輩《せんぱい》の手なのに、掌《てのひら》は逆に熱いくらいだ。

これは、何の合図だ？　それとも別に他意はなくて、単に向こうもそれっぽく振《ふ》る舞《ま》っただけなのか？　もしくは、慣れてきたからもっとぐわっと来いよって意思表示？

……………駄目《だめ》だ、分からん…………分かんないけど、とにかくドキドキする……！

ここにきて異常なまでの緊張感《きんちょうかん》が押し寄せてきた。俺の指を握《にぎ》っている手のリアルな熱と柔《やわ》らかさが、脳を麻痺《まひ》させ心臓を大暴れさせていく。

マジかよ、小指握《にぎ》られているだけだよ？　これだけでこんなに刺激的《しげきてき》なら、世の中のカップル的行為《こうい》をしたらどうなっちゃうんだ……鼻血出して卒倒《そっとう》するんじゃないのか……？

そうこう考えつつ狼狽《うろた》えている間にも、小指はにぎにぎされたり、指の腹を軽く擦《さす》られたりもしていた。

もしや俺が動揺《どうよう》して防戦一方なのを悟《さと》られたのか。それはそれで男として沽券《こけん》に関わる。あんな接触《せっしょく》にビビっていたトラ先輩《せんぱい》に好き放題されてちゃ後々までずっと弄《いじ》られてしまう。

負《ま》けず嫌《ぎら》い精神とほんの僅《わず》かに残っていたしょうもないプライドでなんとか硬直《こうちょく》状態から抜《ぬ》け出《だ》した俺は、握《にぎ》られていた小指を引《ひ》き抜《ぬ》きそのまますぐにトラ先輩《せんぱい》の手の上から覆《おお》うように自分の手を重ねる。

一瞬《いっしゅん》、強張《こわば》った感じの反応があったけど、逃《に》げられはしなかった。少しは慣れたからかもしれないが、俺の攻勢《こうせい》はまだ終わってない。

重ねた手を、そのまま上から握《にぎ》り込む。恋人繋《こいびとつな》ぎ……とは違《ちが》うか、あれは掌《てのひら》同士を合わせて繋《つな》ぐはずだもんな。でも向きが違《ちが》うだけで指を絡《から》ませるのは同じだ。

「……………う……」

トラ先輩《せんぱい》の唇《くちびる》から微《かす》かに漏《も》れる、戸惑《とまど》いと弱気の声。それでも俺の手を振《ふ》り解《ほど》こうとしないのは、我慢《がまん》なのか必要なことだと思っているからなのか。

もしくは――映画の内容に引っ張られて、恋人《こいびと》同士みたいなことを受け入れる態勢なのか。

何にせよ攻勢《こうせい》に出るチャンスなので、手を重ね指を絡《から》ませたまま、強すぎない程度に握《にぎ》る。

そして指で相手の掌《てのひら》を軽く撫《な》でるというか擦《さす》るというか、アグレッシブに触《さわ》っていく
……………けど……………っ
「…………っ……………っ……」

「……………………」

――やっぱこれ、凄《すご》いことしてるんでないか？

いや手を繋《つな》いで触《さわ》ってるだけなんだけど、未《いま》だかつてないくらいエロいことしてる気がするわ。ブランケットの下でやってるからか……？……それともトラ先輩《せんぱい》が、過敏《かびん》に何かを押し殺

すような吐息《といき》をしているせいか……？……高校生がやっていいもんなのか、これ……⁉

意識してしまうと、ドキドキがさらに強くなる。たかが手繋《てつな》ぎなのに、裸《はだか》で抱《だ》き合《あ》っているくらいのエロさを感じてしまう。いやそんな経験ないけども。

それにトラ先輩《せんぱい》も、俺のアタックを拒絶《きょぜつ》しない。むしろ動く俺の指を捕《つか》まえようと手を握《にぎ》り込もうとしてくる。

絡《から》み合《あ》う指と指。

スクリーンではキスシーン寸前で、期待に膨《ふく》らむ館内の空気。

――もしこれが単に俺が欲情しているだけじゃなくて、接触《せっしょく》を機に短時間で瞬間沸騰的《しゅんかんふっとうてき》な好意が芽生えているのなら。

そしてトラ先輩《せんぱい》も同じ状態だとしたら。

今キスしたら、呪《のろ》いが解けるかもしれない……？

そう思ったら、より心臓のドキドキが増していく。呪《のろ》いが発動したあの夏以来、ずっとアニマル化して見えていた異性が、アニメや漫画《まんが》やゲームみたいに素の姿でこの目に映るようになるのかもしれない……！

期待しすぎるのは良くないと分かってはいても、どうしたって気持ちは逸《はや》る。念願というか、諦《あきら》めてたことだったし。

……あと純粋《じゅんすい》に、キスという行為《こうい》自体にすんごい興奮してる……！　そらそうよ、こちと

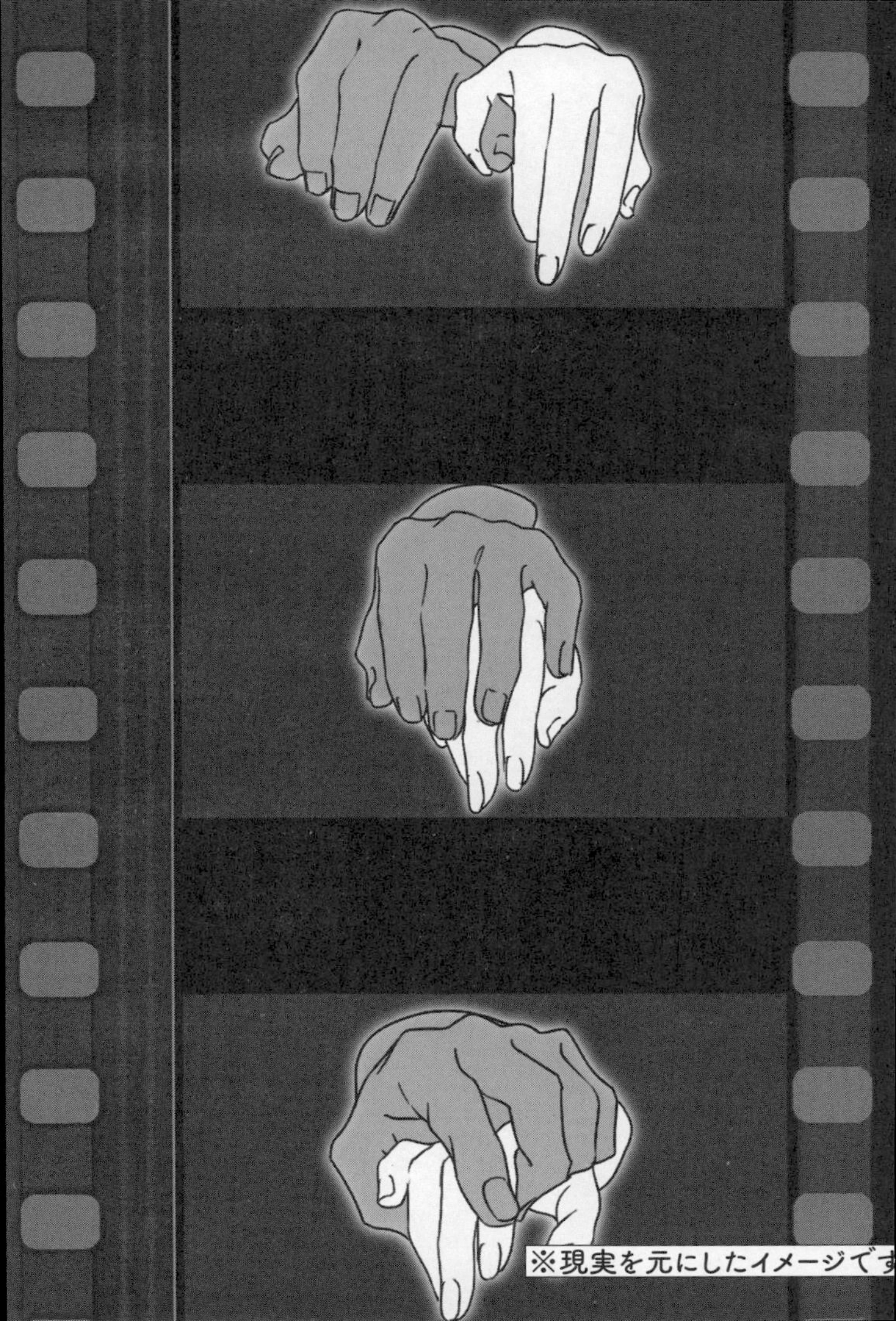
※現実を元にしたイメージです

ら健全……かどうかは分からんけど、健康な男子高校生だもの。

この状況《じょうきょう》で、キス……やっぱ相手にしていいか訊《き》くべきか？　いやでも、一々キスの許可申請《しんせい》してくる男は駄目《だめ》だってなんかのネット記事で読んだ気もするな……けど、許可なくする方が最低最悪の結果を招く可能性高いし…………うおお、どうしよ……!?

難解な選択《せんたく》に頭を悩《なや》ませる間に、手が汗《あせ》ばんできた。そしてスクリーンでは、イケメンとカバ子が額同士を当てて、唇《くちびる》と口が触《ふ》れ合《あ》う寸前だ。そのせいか劇場内の空気も、固唾《かたず》を呑《の》んで張《は》り詰《つ》めたものになっている。期待と不安、羨望《せんぼう》と嫉妬《しっと》、色々な感情がごっちゃになって渦巻《うずま》いているのも肌《はだ》で感じる。

そんな中、もう握《にぎ》っているのか握《にぎ》られているのか分からなくなってきた手が、今までより強く搦《から》め捕《と》られた。

力自体は、やっぱり女子なので大したもんじゃない。ただしそこに、決意の強さが込《こ》められているように感じられた。

……これはまさか、ゴーサイン……？…………してもいいよってあれなのか……!?

混乱に拍車《はくしゃ》がかかる中、握《にぎ》られた手の熱さに理性が持っていかれそうになる。

——たぶんトラ先輩《せんぱい》なら、キスの選択《せんたく》が間違《まち》いだったとして。怒《おこ》りはしても、同時に納得《なっとく》もしてくれると思う。呪《のろ》いを解く為《ため》のチャレンジなんだから、そもそもの目的に合致《がっち》した行動だ。一発勝負なら先走りすぎだけど、そうじゃないし。

……いや、暴走と取られても構わない。

呪《のろ》いが解ける可能性と溢《あふ》れんばかりのリビドーが、やるしかないと叫《さけ》んでいる。

さようなら、俺のファーストキス。そしてこんにちは、アニマル化のない世界。

次のステージに向けて、俺は決死の一歩を踏《ふ》み出《だ》すべく隣《となり》に向き直り、

――その瞬間《しゅんかん》、スクリーンから眩《まばゆ》い光と激しい轟音《ごうおん》が鳴《な》り響《ひび》いた。

『キャッ⁉』

『うわっ⁉　か、雷《かみなり》か……⁉』

ご丁寧《ていねい》にどうもありがとうと言いたくなるくらい説明チックなイケメンのセリフの後、スクリーンの中の二人は慌《あわ》てて顔を逸《そ》らし距離《きょり》を開ける。

その光景を俺が見ていたのは、俺も同じくパパッと顔を正面に向き直らせていたからだ。

……映画で落雷《らくらい》が起きた時、俺はトラ先輩《せんぱい》の顔を見ていた。そしてトラ先輩《せんぱい》も、こっちを見ていた。

やや緊張《きんちょう》して瞳孔《どうこう》を細くした茶虎《ちゃとら》の猫《ねこ》の姿を見た瞬間《しゅんかん》――高ぶっていた気持ちは嘘《うそ》みたいに消沈《しょうちん》して、俺はキスするところまで踏《ふ》み出《だ》せずに顔を逸《そ》らしてしまった。

……情けないったらないな。猫《ねこ》の姿なのは十分すぎる程《ほど》に分かっていたはずなのに。握《にぎ》った手の感触《かんしょく》が人のものだったのと、暗がりで少し見え辛《づら》い時間もあったから、つい意識が現実から目を背《そむ》けた方にいってしまっていた。いや現実も本来はアニマルじゃないんだけども。

これじゃ駄目《だめ》だ。折角のチャンスだったのに。俺だけじゃなく、トラ先輩《せんぱい》の為《ため》にもしっかりしないと。

幸い、まだ映画は折り返し地点の辺り。ここからいくらでも機会はあるはず……！

そんな希望と願いを抱《いだ》いてスクリーンと向き合った俺だったが。

次のシーンの開幕で、さっきキスしそうになっていたカバ子さんが死体となって発見されるという急展開が待っていたのだった。

──いやなんでだよ。

◇　◆

「……まさかのまさかだった。青春ラブストーリーだと思っていたのに……」

「……後半の社会人編、丸々ミステリーだったなぁ……」

映画館の入っているビルの別階にあるハンバーガーショップで、俺とトラ先輩《せんぱい》は向かい合って、互《たが》いに何ともいえない気持ちを抱《かか》えて座っていた。

まあトラ先輩《せんぱい》の心情については俺の勝手な推測だけど、たぶん合ってる。だって映画が終わってからここまで、必要最低限の会話のみで感想の一つもないままだったし。

「……ヒロインの久美《くみ》を殺したのが、まさかあの人だったなんて……………んむぅ……」

「ああ、意外っつーか全く読めなかったな。でもちゃんと伏線《ふくせん》あったのが凄《すご》いわ」

ポテトをパクつきながら感想を言うと、トラ先輩《せんぱい》も「そうだな……」と重く頷《うなず》いてヨーグルトシェイクを飲む。

そう、何が微妙《びみょう》かって、青春ラブストーリーと見せかけてのミステリー展開という観客の期待をマジで裏切っておきながら、トータルで考えると内容としては悪くなかったところだ。もう一度映画館で観《み》ようとまではあんまり思わないけど、テレビやネットで無料放送があるならほぼ間違《まちが》いなく観《み》る。

でも、なんっつーか、こう……フレンチのコースで途中《とちゅう》までは期待通りのメニューだったのに、メインとデザートで中華料理《ちゅうか》がででんと出て来た感じ？　や、美味《うま》いは美味《うま》いのよ？　でも求めていたのはそのタイプの美味《うま》さじゃないというか、ね？

「普通《ふつう》に恋愛《れんあい》メインの作品は作りたくなかったんかなぁ……もしくはどうしてもミステリーにしたかったとか」

「それは分からないが、あれはミステリーでも謎解《なぞと》きメインではなく、人間ドラマに重きを置いたものだったぞ。二部構成にしたのも、観客の知らない空白の時間がちらほらと出されて人間関係のヒントにしたかったからかもしれないし……」

「……今さ、口コミ調べてみたんだけど、ネタバレ感想は殆《ほとん》どないみたいだな。しかも絶賛も酷評《こくひょう》も出来ない感じの、もやっとしたレビューばっかだわ」

「仕方ないな。結末を語る訳にはいかないし、求めていたものとは違《ちが》くても面白《おもしろ》くはあったから、判定に困る」

「だよなぁ……」

まあ少なくとも、流行《はや》りのイケメン美少女達の恋《こい》物語で甘酸《あまず》っぱい気分を味わいたかったメイン層は望まない結末だろう。俺にとっても不本意だわ。キスどころか、途中《とちゅう》から手繋《てつな》ぎのことも忘れて腕《うで》組《ぐ》みをして話の行方《ゆくえ》を見守っていたし。

個人的には、単なるラブストーリーより面白《おもしろ》かった。けど、目的を考えると全然な結果だ。トラ先輩《せんぱい》も俺と似たような感想らしく、手付かずだったチーズアボカドバーガーを持ってため息を吐《つ》く。

「リサーチ不足だったな……先行情報に期待して公開されたばかりの作品にしたのは間違《まちが》いだったか……?」

「どうだかなー。あれ、絶対満点付ける人はいないけど、低評価とネタバレする人も少ないと思うぞ。前半もセリフを聞く分にはいい具合に青春と淡《あわ》い恋愛《れんあい》してたし」

「む……異性が動物の顔に見えると、恋愛《れんあい》メインは退屈《たいくつ》だった?」

「まー、正直に言うと多少は。たまに目を閉じて脳内補完してたわ」

「それはすまなかった……ならば映画デートは失敗だったな……」

しょんぼりと耳を寝《ね》かせて俯《うつむ》くトラ先輩《せんぱい》に、俺は率直《そっちょく》な感想を言うことにした。

「んや、失敗でもないぞ？　少なくとも、手を繋《つな》いでいた時は結構ドキドキしたし」

「なっ……!?　そ、そういうことをあまり口にするもんじゃない。こっちが照《て》れ臭《くさ》くなってしまうだろう」

「ふむ。そういうもんか」

恋愛《れんあい》の機微《きび》なんて全然分からないから、勉強になるな。活《い》かすかどうかは別として。

「でもさ、言わないと伝わらなくないか？　事実だし、アピールせにゃならんのだし」

「んむ……一理ある、が……それはそれとして、やはり恥《は》ずかしいだろう。臆面《おくめん》もなく言うのは多くの人にとって難しいと思うぞ」

「うーん……まあそうか。俺の場合、ちゃんと言ってくれないと読み取れないことも多いから、少なくとも自分は言っておこうって感じもあるな。動物の種類によっちゃ見た目じゃ全然読めないし、そもそも俺が見てるのはイメージ映像みたいなもんだから表情や仕草から察するの難しいんだよ」

「なるほど。確かに、動物の喜怒哀楽《きどあいらく》を表情から読み取るのは至難の業《わざ》だな」

「同じ相手なら、慣れればある程度分かるんだけどなー。今日のはなかなかに難しかったわ。カバの表情の変化はほぼなかったし」

動物園でもなかなかアップで見ないし、テレビとかネットでもカバのコーナーなんてほぼないしなぁ。あとカバ、超《ちょう》強いらしいから命懸《いのちが》けになっちゃうし。沼地《ぬまち》なら最強なんだっけ？

他の動物にしたって、一緒《いっしょ》のリアクションでも全然違《ちが》う理由ってのはよくある。同じ人ならある程度固定されてるから、その動物を知らんでも段々と分かってくるけど。最初はまるで分からなかった隣《となり》のごっさんみたいに。

まあ例外でしかない俺はともかく、だ。

「トラ先輩的《せんぱいてき》にはどうだった？　ベタなシチュエーションだったけども」

「……正直、途《と》中《ちゅう》まではかなりドキドキしたぞ。普《ふ》通《つう》に映画の内容にも一《いっ》喜《き》一《いち》憂《ゆう》していたし、隣《となり》に男子がいるのは慣れているつもりだったんだが……」

「なんか違《ちが》うところでもあったん？」

訊《き》きながらポテトを摘《つ》まむと、トラ先輩《せんぱい》もバーガーにかぶりついてから、

「むぐ……かなり違《ちが》う。やはり異性として接するのだと思うと、緊《きん》張《ちょう》してしまう」

「そういうもんかー……でも、俺も緊《きん》張《ちょう》はしてたかなぁ。普《ふ》段《だん》なら女子と一《いっ》緒《しょ》でもアニマル感覚でいられるけど、やっぱ手を握《にぎ》った時の感触《かんしょく》は人間のだし、ブランケットで見えてなかったのもかなり大きいと思うわ。顔見たら猫《ねこ》でちょっと冷静になっちゃったし」

「なるほどな。つまりキミに好きになって貰《もら》う為《ため》には、アイマスクで視覚を奪《うば》ってデートする方がいいと？」

「なんかの罰《ばっ》ゲームか新手のプレイに思われそうだなぁ……あとぶっちゃけた話、視覚を閉じて触《ふ》れ合《あ》うんなら、それでドキドキしても相手が誰《だれ》とか関係なくなるんじゃないんかなぁ。そ

の状態で呪《のろ》いが解けるのか、怪《あや》しくね？」

「むぅ……一理あるな。解呪《かいじゅ》の条件が明確ではないから、いける可能性もあると思うが」

「とはいえ、試行錯誤《しこうさくご》でガンガンキスするってのも違《ちが》うだろ？　少なくともトラ先輩《せんぱい》はそこそこ試《ため》した上での今なんだし」

うん、と重く頷《うなず》いたトラ先輩《せんぱい》は、もしゃりとバーガーを齧《かじ》る。何となくだけど、あまり失敗の雰囲気《ふんいき》は出ていない。簡単にはいかないと分かっていたんだろうな。だからこれくらいで深刻にへコんだりはしないか。

とはいえ、俺がトラ先輩《せんぱい》を恋愛的《れんあいてき》な意味で好きになるのは……分かっちゃいたが、やっぱ見た目が一番のネックだな。

「んじゃ、次のデートの時はトラ先輩《せんぱい》がちゃんと女子っぽい格好するってのはどうよ？」

「ぬぉっ⁉　そ、そんなの無理だっ。誰《だれ》かに見られたら何と言われるか……！」

慌《あわ》てふためき口端《くちはし》にソースを付けたまま訴《うった》える先輩《せんぱい》に、俺は『まあまあ』と手で制しつつ、

「見られてもいいように遠くの街に行きゃいいんじゃね？　二度と顔合わせない知らん人達に見られてもダメージはないって」

「ぬ、ぅ………確かにそうなんだが……恥《は》ずかしいものは恥《は》ずかしいし……！」

「まあそうかもしれないけど、トラ先輩《せんぱい》も女らしい格好した方が気分的に盛り上がるんじゃね？　少なくとも俺はデートしてる感が出ると思うわ」

「…………か、考えておく」

ちまちまとハンバーガーを食べるトラ先輩《せんぱい》はどうにも気が進まないみたいだったが、必要性は感じているのか深刻な様子で要検討を受け入れてくれた。有《あ》り難《がた》い。

「うし、色々やっていこう。ちなみに、ここからのプランは？」

「むっ……予定ではカラオケかネカフェで距離《きょり》を縮めるつもりなんだが」

「カラオケは混んでそうだなー。まあそっちは分かるとして、何故《なぜ》にネカフェ？」

「フラットシートの個室をカップルで利用するデートが意外と人気らしいんだ。特に喋《しゃべ》らず近《きん》距離《きょり》で漫画《まんが》を読むだけでも、ぐっと仲良くなるのだとか」

「…………なるほど」

それって単に、カップルがイチャつく為《ため》に利用してるってことなんじゃなかろーか。店で禁止されている類のコミュニケーションしてそう。

勿論《もちろん》トラ先輩《せんぱい》がそんな展開を予定しているとは思えない。だって映画館で手を繋《つな》ぐだけでも恥《は》ずかしがってたし。

まあ個人的には漫画《まんが》読み放題な時間を過ごすのに心惹《ひ》かれるものがあるけど、流石《さすが》にときめくことはないだろうなー。となると、カラオケか？

「俺、何の自慢《じまん》にもならないレベルでフツーの歌唱力だぞ。それでドキドキするかな？」

「どうなんだろうな。そもそもボクは同年代とカラオケに行ったことがない。ヒトカラなら何度か行っているが、誘《さそ》うような友達はいないし、誘《さそ》われても断っていたし……」

「んー……まあ、親睦《しんぼく》を深められればそれでいっか。あ、あと、ラブソングの類は全然知らないわ。最近のだとアニソンが多いな」

「ボクは逆にラブソングやアイドル系の曲ばかりのレパートリーで……いや、話は後にするか。とりあえず食べて、店に予約しに行かないと」

「ういうい。んじゃ、残りを片付けちまおう」

そうはいっても俺の方は喋《しゃべ》りながら大体食べ終えていたので、トラ先輩《せんぱい》が分けてくれたポテトを摘《つ》まみ、やっつけるのを手伝って、数分後には店を出られた。

カラオケの店が入っているのは一つ上の階なのでエスカレーターを使って向かうと、土曜なのでやはりというか満室の空き待ち状態で、とりあえず予約だけして店の外に出る。

「四十分かー。微妙《びみょう》な待ち時間だな」

「むぅ……一時間以上ならばネカフェプランも有りだったが」

「俺の財布《さいふ》が持つかどうかの問題もあるんだよなぁ。先に予約してからメシなら、ゆっくりダべって待てて良かったけど……あの映画の後でそんな効率良く動けってのは無理だな」

面白《おもしろ》かったのに納得《なっとく》のいかない困惑《こんわく》に陥《おちい》っていたから、そらもう仕方ない。

そして俺の金銭状況《じょうきょう》という最悪の障害がある。ぶっちゃけ、もう小銭《こぜに》しかない。半額になるカラオケ代は足りるが、奢《おご》りは当然無理だしフードメニュー追加でも死ねる。

「ボクの払《はら》いで外のカフェに行くのも有りだぞ？　誘《さそ》ったのはこちらだし、年上だしな」

「もっと親しくなった後なら『ごちになりやす！』で良かったんだが、まだ知り合ったばっかだからなー。あと、女の子に奢《おご》られるのはイベント的にはマイナス食《く》らうこと多いし」

「む、ぅ？　キミは時々難しい発言をするな」

「あー、二次元《こっち》の話。オタトークと言ってもいい。俺は割と俄《にわか》だけど」

他に参考に出来る情報が記憶《きおく》にないんだから、どうしてもそっち頼《だよ》りになる。呪《のろ》いが発動する前からあんまモテようと努力したことなかったけど、アニマル相手にモテる気なんて起こるはずもないからなぁ。

「今度部の先輩《せんぱい》から恋愛《れんあい》系のゲーム借りておくかなー……あー、でも、あれか……」

「創作物ではあまり参考にならないか？」

「いや、それ以前に、うちの先輩《せんぱい》が持ってそうな恋愛《れんあい》系のゲームは年齢《ねんれい》制限に引っかかりそうな気がする。少なくとも家族のいる時には出来ん」

「…………先輩《せんぱい》なんだから同じ高校生だろう？　なのに？」

「三年の部長が帰国子女で日本語習い直す為《ため》に一年遅《おく》れで入学したから、『十八禁もセーフ！』、って言い張ってるぞ。倫理《りんり》的《てき》にはアウトっぽいけど」

だからエロい同人を買ってもいるし作ってもいる。恐《おそ》ろしい部長だ。

……うん、デートに適した話題ではないな。切《き》り替《か》えていこう。

どこか時間を潰《つぶ》すのに適当な場所はないか、とりあえず目に付いた各階フロアの案内表示を見てみると、

「お、ここのゲーセンのメダルなら預けているのが使えるはずだな。行ってみるか？」

「そうなのか？　ゲームセンターのシステムには詳《くわ》しくないが、現金や電子マネーではなくそのメダルで遊べるのか？」

「メダルコーナーは最初にメダルを購入《こうにゅう》して、それを通貨にして遊ぶようなもんなんだよ。ここは会員なら全店舗《ぜんてんぽ》共通でメダルの出し入れが可能だから、実質タダで遊べるぞ」

「ふむふむ。キミはゲーマーというやつなんだな？」

「違《ちが》うとは言わんけど、これは単に運良く大量メダルゲットしただけ。預けっぱなしだとゼロになるから暇《ひま》な時にやりに行って、微妙《びみょう》に増えたり減ったりするくらいでさ」

中学の時に友達と遊んでいたら、メダル落としでジャックポットを引き当てて七千枚とかいう使い道に困る量のメダルが手に入り、なかなか減らずに今に至る訳だ。むしろ当時より少し増えている。

「ゲーセン……考えてみれば行ったことがないな。家庭用のゲームなら嗜《たしな》む程度にはやっているんだが」

「ゲームを嗜《たしな》むなんて初めて聞くなぁ……あんなんやりすぎて親にキレられた挙げ句にゲーム機隠《かく》されるのが通過儀礼《ぎれい》みたいなものなのに」

「うっ……恥《は》ずかしながらその域には到底《とうてい》達していないひよっこなんだ。でも、やりたいゲームが埋《う》まっていたら台にお金を置いて順番待ちするシステムだけは知っているぞっ」

「なんでそんな古《いにしえ》のマイナールールだけ知ってるんだよ。たぶんとっくに滅《ほろ》びてるぞ、そのシステム」

「そ、そうなのか？　むう、要《い》らない恥《はじ》を掻《か》いた……」

育ちの違《ちが》いを感じさせるトラ先輩《せんぱい》とのやり取りをしつつ、俺達はエレベーターで地下のゲームセンターフロアへと向かった。

思っていた通り引き出せたメダルで遊んで時間を潰《つぶ》し、僅《わず》かな間に五倍以上になったメダルを預け直して、再びカラオケ店へ。

店員から『混んでいるので延長は出来ない可能性が高い』と説明された結果、トラ先輩《せんぱい》が『じゃあ五時間で！』と加減を知らない申し込みをし、半額クーポンという魅惑《みわく》のアイテムもあったので俺も特に反対はしなかった。

——で、五時間後。くたびれきった茶虎《ちゃとら》の猫《ねこ》が、リアル猫背《ねこぜ》の憔悴《しょうすい》した姿になっていた。

「うおーい、トラ先輩大丈夫《せんぱいだいじょうぶ》か？」

振《ふ》り返《かえ》ってフラフラと建物を出る先輩《せんぱい》に声を掛《か》けると、反応して顔を上げる。猫《ねこ》なので分《わ》かり難《にく》いが、心なしかカラオケする前より痩《や》せて見えた。

ただ、目だけは爛々《らんらん》としている。

「よ、余裕《よゆう》だ。なんならもう五時間だっていけるぞっ」

「声掠《かす》れてんじゃんか。つーか俺の財布《さいふ》が死んでるから無理だわ。喉《のど》もヤバいしなー」

多少はカラオケ慣れしているつもりの俺も、二人だけで五時間は喉《のど》への負担がなかなかなもんだ。一応、ペースは考えていたつもりなんだけど。

一方、トラ先輩《せんぱい》は最初の内こそリモコンのタブレットを離《はな》さず一曲入れるのに十分以上掛《か》けていたけど、慣れてきてからは別の意味でタブレットを離《はな》さなくなった。七曲連続で先輩《せんぱい》の予約曲だった時は流石《さすが》に注意したし。ヒトカラなら気にすることないけど、他の人達と一緒《いっしょ》に行って同じことしたら総スカン食《く》らう所業だもの。

そんなこんなであっと言う間の五時間だった。気分を良くしたトラ先輩《せんぱい》が飲食の注文もやってみたいと言うのでバカでかいハニートーストを奢《おご》ってもらったし、腹の方も充実《じゅうじつ》している。

もう日も暮れているし、夕飯を食って行く程《ほど》には腹も減ってないし、何より金がない。呪《のろ》いを解く為《ため》の家庭内募金《ぼきん》をしておくべきだったか。

「さて、帰るとするかー。先輩《せんぱい》は電車かな？」

「いや、今日は車で迎《むか》えに来て貰《もら》う予定だから、駅前のロータリーに……と、その前にコンビニに寄らせてくれ。流石《さすが》にのど飴《あめ》が欲《ほ》しい」

「あー。分かる分かる」

他の人にどう聞こえるかは知らないが、歌っている時のトラ先輩《せんぱい》は女の子らしい高音やキャピッた感じの声だった。そんなに上手《うま》くはなかったし、今となってはハスキーを通《とお》り越《こ》してノイズ混じりみたいになってるけど。

さっきまで遊んでいた建物から斜向《はすむ》かいにあるコンビニに入っていくトラ先輩《せんぱい》を見送り、俺は店の外で待機。買い物代を奢《おご》れる余力もないので、邪魔《じゃま》にならないように努める。

当然ながら、外は暑い。ただしさっきまで冷房《れいぼう》の効いた場所に長くいたせいか、この暑さが心地《ここち》好《よ》くもある。まー、今だけなんだろうけど。

もうすっかり夏の気候で、そろそろ午後八時になるから夜の気配が濃《こ》くて気温も下がっているはずなのに、こうして突《つ》っ立《た》っているだけで腕《うで》にじんわり汗《あせ》が吹《ふ》き出《で》てくる。

今年も暑くなるんかなー。プールは絶対行くとして海にも行っときたい。夏祭りもマストだ。花火大会もいいよなぁ。となると、やっぱバイトしないとだな。接客以外、出来ればあんまり頭を使わないタイプの、短期バイト。

家に帰ったらバイトアプリを入れて探してみるかと考えていると、

「……斎木《さいき》くん？」

「うん？」

不意に名前を呼ばれて目の前に意識を戻《もど》すと、さっきまで俺達がいた建物から見知った顔が出て来るところだった。

涼《すず》しげな水色の半袖《はんそで》ロングTシャツから見える逞《たくま》しい剛腕《ごうわん》とぶっとい首。刈《か》り込んだように短くて黒っぽい体毛と、ちょいグレーがかった彫《ほ》りの深すぎる顔。紛《まが》うことなきゴリラだ。

私服姿は初めて見るけど、一発で分かった。このゴリラを、俺は知っている。

「おあっ、ごっさんじゃんか！　うーわー、偶然《ぐうぜん》だなー。どうしてこんな所に？」

「……それはこっちのセリフですが、私はここのジムに行ってたんです。部活がない日に、たまに来ているので」

「へー、そうなんか。意外というか、むしろそれっぽいというか……」

女子高生が一人でトレーニングジムってのはストイックすぎるけど、ごっさんが一人でカラオケやゲーセンに来ていたっていうのよりはしっくりくるな。

大きめのトートバッグを肩《かた》に提《さ》げたゴリラはどことなく気の進まない感じの足取りで近付いてきて、俺のことを胡乱《うろん》げに見《み》据《す》える。

「まさか休みの日に斎木《さいき》くんに会うとは思いませんでした。お一人ですか？」

「んや、学校の先輩《せんぱい》と一緒《いっしょ》に遊んでた。もう解散のところだけど」

「先輩《せんぱい》と、ですか？　ああ、部活の？」

「じゃなくて、ちょい前に知り合いになって共通の話題があるって判明した人だよ」

「……知り合ったばかりの先輩《せんぱい》と、遊びにですか。相変わらず怖《こわ》いくらいのコミュニケーション能力ですね」

「そんなでもないけどなー。てか、『相変わらず』ってどういうこと？」

「……全然仲良くない私相手にもぐいぐいきたの、覚えてないんですね」

ごっさんの口調自体は普通《ふつう》だが、明らかに声が不機嫌《ふきげん》になっている。これは後日の攻撃《こうげき》に繋《つな》がりかねん。

とはいえだ、俺としてはそんな特別なつもりはない。

「積極的にいかんと相手のこと分からんしなー。それに普通《ふつう》は仲良くなる為《ため》に話《はな》し掛《か》けたり遊んだりするもんじゃね？」

「……そういうものです？　私は経験ないですけど……」

「え、部活の帰りとかに先輩《せんぱい》から買い食いか寄り道して帰ろうって誘《さそ》われないん？」

「…………予定があるので断っていたら、誘《さそ》われなくなりましたね。そういえば」

おおっと、ただの世間話だったはずが、ごっさんのメンタルにダメージを与《あた》えてしまった。どことなくゴリラの表情に憂鬱《ゆううつ》な気配が見《み》え隠《かく》れしている。

フォローすべきなんかな、これ。でもこの前体育館で話したバレー部の人、ごっさんに対して好意的な感じだったから、別に部内でハブられてるってこともないだろうし、余計なお世話になるか。

「ところで、先輩《せんぱい》さんというのは女性の方です？」

「へっ？　どして？」

※現実を元にしたイメージです

考え込んでいたところにきた質問に反射的に聞き返すと、ごっさんは一瞬《いっしゅん》だけ睨《にら》むようにこっちを見てからそっぽを向き、

「別に、他意はないです。二人だけで遊ぶというのは、デートみたいなものかと思ったので」

「そっか。相手は一応男の先輩《せんぱい》だけど、女だと勘違《かんちが》いされるんかな？」

「男性でも勘違《かんちが》いする人はすると思います。バレー部では男性同士のカップリングが流行《はや》っているみたいですから」

「……………」

「男の先輩《せんぱい》、ですか。なるほど……」

何が『なるほど』なのか。ちなみにだけど、うちのバレー部は女子しかいない。なのに男性同士のカップリングが流行《はや》っているとは、これ如何《いか》に？

俺が疑問を抱《いだ》いていると、ごっさんは太い腕《うで》でトートバッグを抱《かか》え直し、

「では、私は失礼させて貰《もら》いますね。また来週、学校で」

「あー、うん。またな、ごっさん」

手も振《ふ》らずクールに去って行くゴリラの後ろ姿を見送り、俺は小さく息を吐《は》いて、手《て》の甲《こう》で額を拭《ぬぐ》う。この短時間で汗《あせ》がべっとりだった。暑さ以外の要因が強そうだ。

「やー、まさかこんなところでごっさんと会うとはなぁ……」

「なるほど。あの子が件《くだん》の子か？」

「ぅおっ⁉　と、トラ先輩《せんぱい》いつの間に……？」

ずいっ、と俺の後ろから顔を覗《のぞ》かせたトラ先輩《せんぱい》は、じっと小さくなったごっさんの背中を見つめていた。

いつコンビニから出て来たのか、既《すで》に口の中でのど飴《あめ》らしきものを転がしたトラ先輩《せんぱい》は、ぐりぐりと握《にぎ》り拳《こぶし》で俺の脇腹《わきばら》を捻《ねじ》り込んでくる。地味に痛ぇ。

「あの子が噂《うわさ》の、キミが好意を寄せている対象なのだろう？」

「だっ⁉　ん、ん、そうとは限らないというかその可能性のある相手ってのは否定出来ないんだけどさぁ……！」

いきなり急所攻撃《こうげき》並みのクリティカルな発言をしてくれた先輩《せんぱい》は、くるりと振《ふ》り返《かえ》り猫耳《ねこみみ》をピコピコさせながら俺を見上げてきた。

心なしか恨《うら》めしげな目をしている気がする。猫《ねこ》の目だから勘違《かんちが》いな可能性も大だが。

「顔は殆《ほとん》ど見えなかったが、凛《りん》としたお嬢《じょう》さんだったな……キミはああいう子がタイプか？」

「いや凛《りん》としたって言われても分からんよ。俺にはがっつりゴリラに見えるんだから」

「そういえばそう言っていたか……しかし、あの子が、ゴリラ……どこをどうしたら……」

トラ先輩《せんぱい》はしみじみ言うが、俺はよくぶっ叩《たた》かれるから、その度《たび》に『流石《さすが》のパワーだな』って思う。

まあそれは冗《じょう》談《だん》だし、冗《じょう》談《だん》でも口にはしないけど。叩《たた》くパワーはマジで普通《ふつう》の女子とは比《ひ》較《かく》にならんと思う。元テニス部で現役《げんえき》バレー部のスイングとナチュラルパワーは半端《はんぱ》ないもの。

「どんな動物に見えるか、法則でもあるのか？　ボクは猫《ねこ》だというし」

「さー、俺にもさっぱり。元がどんな外見とか能力とかは関係ないのだけは間違《まち》いないんだけど、法則性なんてあるんかな？　親子姉妹《しまい》でも全然違《ちが》うアニマルに見えるし」

うちの母親が牛で、妹がカピバラだもんなぁ。祖母《ばあ》ちゃんは犬だった。犬種は不明。

とりあえずゴリラがレアなのは確かだ。猿《さる》ならそこそこいるけど。

「あの子はここに何しに来ていたんだ？　ボク達のように……で、デートなのか？」

「ああ、ごっさんはジムに行ってたんだって」

「………何さんと言ったんだ？」

「ん？　ごっさんだよ」

「いくらゴリラに見えるといっても陰《かげ》でそんな呼び方をするのはあまり感心しな――」

「あー、違《ちが》う違《ちが》う。名字が強羅《ごうら》だからごっさんって呼んでるんだよ。まあゴリラに見えるから思わず口にしてもセーフになるように、ってのもあるけどさ」

「……なるほど。しかしやはり、女子に付ける呼び名としては不適当に思う。なんだかとても厳《いか》つい感じがする」

「あー……その辺の配慮《はいりょ》は足りてなかったかなぁ。俺、女子を女子としてあんま意識しないこと多いから」

「それも呪《のろ》いの弊害《へいがい》か……全く、忌々《いまいま》しい……！」

怒《おこ》った様子のトラ先輩《せんぱい》は、ガリガリとのど飴《あめ》を噛《か》み砕《くだ》く。そしてポケットから新たな飴《あめ》を出して、また口に放り込んだ。

お代わりで口をもごもごさせながら、トラ先輩《せんぱい》は俺の正面に回り込んで、

「やはり、あれなのか？　彼女にはボクと一緒《いっしょ》のところを見られたくなかった？」

「へっ？　別にそんなことは……うーん……」

即座《そくざ》に否定しようとしたが、じっと猫目《ねこめ》に見つめられて、少しちゃんと考えてみる。

トラ先輩《せんぱい》と一緒《いっしょ》のところをごっさんに見られても、嫌《いや》ってことは……ない、けど……あれ、ちょっと待てよ……？

「……先輩《せんぱい》が男と認識《にんしき》されてなかったら、ちょっと嫌《いや》だったかもしれない……？」

「むう……キミは素直《すなお》だな。いいことだぞっ」

「あぃてっ⁉　じゃあなんで脛《すね》をトーキックしてくるん⁉」

「客観的意見と感情的意見は違《ちが》うんだっ。全く、何の為《ため》のデートだと……」

ぶつくさと文句を言うトラ先輩《せんぱい》だけど、俺は結構感心していた。

好きだから見られたくない、か。なるほど、考えたことなかったな。

そういやそうか、本命の女の子がいて、その子と付き合いたいんなら他の異性と仲良くしているのを見られるのは良くないか。前にやったギャルゲーでもデート後のランダムイベントで

他のキャラが出て来たら好感度下がったし。

……つまり、だ。好感度が下がるのを嫌《いや》だと思うのは、ゲームでいえばその相手を攻略《こうりゃく》したいからで。リアルでいえば、向こうに嫌《きら》われたくない……というか、好かれたいからになる
……だとすると俺はごっさんに好かれたい訳で…………

「…………もしかして俺、マジでごっさんのこと好きなんか……？」

「そこを今疑問に感じるのはどうかと思うぞ？」

「いやだって恋愛《れんあい》経験なんてゼロに等しいからさ。どちらかというと好きな相手だとは思ってたけど、ライクとラブの差なんて分からんから」

「……さっきの映画、嫉妬《しっと》が原因で事態がこじれていただろう？ あんな風に、好きな人を独《どく》占《せん》したいって気持ちや、相手に恋人《こいびと》が出来るのを祝福する気になれないのなら、それは恋愛《れんあい》の意味での好きでいいと思うぞ」

「おお……トラ先輩凄《せんぱいすご》いな。恋愛《れんあい》の達人みたいだ」

「……聞きかじりですらない、創作物で得た知識だ。自身の経験はまるでないし……」

「いやいや、いいんじゃね？ 恋《こい》多き人はそれはそれでいいと思うけど俺みたいな初心者には参考になるか分からんし、少なくとも共感は出来ないしさ。俺の恋愛《れんあい》知識も大体は漫画《まんが》とゲームだし」

フォローのつもりじゃなく本音で言うと、先輩《せんぱい》は顔と猫耳《ねこみみ》を伏《ふ》せて「そうかな」と呟《つぶや》く。

ただし何かを噛《か》み締《し》める様子だったのは数秒足らずで、すぐにこっちを向いて、

「それで、どうするんだ？」

「うん？　何が？」

「この前のようにあやふやではなくて、ハッキリ好きだと自覚出来たんだろう？　ならばこの先、どうするんだ？」

「………どうするっていっても、まず呪《のろ》いを解かんことにはどうにも出来なくね？」

トラ先輩《せんぱい》の言いたいことは分かるけど、好意を自覚しても俺に為《な》す術《すべ》なしだ。正確にいえば、したいと思わない。

「アニマルフェイスに見えている内は恋人《こいびと》っぽいやりたいことはないからなー。話したり遊んだりするだけなら付き合わなくても出来るじゃんか」

呪《のろ》いという共通の致命傷《ちめいしょう》を抱《かか》えているトラ先輩《せんぱい》なら言わずもがなかと思ったけど、返ってきたのは全然予想外の言葉だった。

「甘いな、後輩《こうはい》。付き合わなくとも出来ることはいくらでもあるけど、逆に言えば恋人《こいびと》関係でなければ出来ないこともあるんだ」

「そらまあ、キスしたりセッ――」

「そっ、そういう直接的なものではなくて！　しっかり交際関係になければ彼女が他の誰《だれ》かと交際する危険な状況《じょうきょう》が続くし、そこにキミが干渉《かんしょう》する権利もないということだっ」

猫耳《ねこみみ》をピコピコさせながら熱弁を振《ふ》るうトラ先輩《せんぱい》に、俺は小さく手を挙げて、

「でもそれって付き合ってても同じじゃね？　結婚《けっこん》しててもそーいう事態って起こるしさ」

「全然違《ちが》う。文献《ぶんけん》によると、女子には『寂《さび》しいから今告白してくるなら誰《だれ》でもいいや』というタイミングがあるらしい。だがそれは当然、交際相手がいる時は起こらない……それに良好な交際関係にあるのを、わざわざ崩《くず》したくない、崩《くず》す必要がないと、他の相手からの告白を断るケースもある……」

「そうなんか…………ちなみに文献《ぶんけん》って？」

「…………ちょっと大人な少女漫画《まんが》」

「……なる、ほど……？」

大人な少女漫画《まんが》ってのがイマイチ分からないが、俺と似たような情報源だな。

「そ、それにだ。告白が成功して交際に至るかどうかは置いておくとしても、いざ呪《のろ》いが解けた時に好感度が低いよりも高い方がいいだろう？」

「そりゃそうだ。なるほどなー、関係性はこのままでいいとしても、好かれる努力はしておくべきなのか…………ん？」

「どうかしたのか？」

「や、俺がごっさんにアプローチかけるとしてさ。その場合、トラ先輩《せんぱい》との関係はどうすんのかなー、って」

「二股《ふたまた》は駄目《だめ》だ……けど、ボクとキミは運命共同体みたいなものだ。純粋《じゅんすい》に呪《のろ》いを解く為《ため》に、今後も続けて……いや、より一層励《はげ》むべきと……！」

おおう、なんか燃えてらっしゃる。

でもまあ、そうか。トラ先輩《せんぱい》にしても俺は唯一《ゆいいつ》同じ目標を持つ仲間みたいなもんだから、そう簡単にさよならとはならんよな。むしろ恋路《こいじ》の邪魔《じゃま》を狙《ねら》ってこない辺りに、人の善さが滲《にじ》み出《で》ている。

……と、俺が感心している内に、何やらトラ先輩《せんぱい》が動きを止めてこちらを見ていた。

「それで、あの子とは現段階でどの程度の仲なんだ？　い、一緒《いっしょ》に登下校したり、毎晩寝付《ねつ》くまで通話したりしているのかっ？」

「恋《こい》バナでテンション上がる辺りが女子っぽいなぁ……や、全然そんなじゃないぞ。前も言ったかもだけど、ごっさんとは隣《となり》の席でそこそこ話すってだけで…………」

「うん？　どうかしたか？」

「…………や一、よく考えたら俺、ごっさんの連絡先《れんらくさき》も知らないわ。友達ではあるつもりだったんだけどなー」

「……駄目駄目《だめだめ》じゃないか！」

トラ先輩《せんぱい》の魂《たましい》からの叱責《しっせき》に、俺は返せる言葉を一つも持ち合わせていなかった。

六・秘密はバレてしまうもの

「ごっさん、海と遊園地と祭りのどれが好きよ？」

「………何かのアンケートですか？」

「んや。希望先に誘《さそ》おうかと思って。もうすぐ夏休みだし」

トラ先輩《せんぱい》とデートのようなものをした週明けの月曜日。

さくっと購買《こうばい》でゲットしたパンを食べて昼飯を終えた俺は、教室に戻《もど》り一人自分の席で弁当を広げていたごっさんに訊《たず》ねてみた訳だが。太い指で挟《はさ》んだ箸《はし》の動きを止めたゴリラが、縄張り荒《あ》らしを見るような目つきになってしまった。

「………断る前提で訊《き》きますけど、何故《なぜ》そんな話に？」

「や、夏休みに入ったら遊ぼうと思っても連絡《れんらく》取れないじゃんか。だから一足先に予定組んでおこうかなー、とな。ごっさん、部活もあるから忙《いそが》しいだろうし。やっぱ海がいいかね？」

「行かないです。というか、そちらは暇《ひま》なんですか？」

「バイトはするつもりだけど、部の方は戦力外の賑《にぎ》やかし担当だからなー。まあ忙《いそが》しいって程《ほど》にはならないと思うわ。あ、水族館の併設《へいせつ》された遊園地ってのはどうよ？」

「だから行かないです。そういうのに誘《さそ》うならもっとアクティブな人にしたらどうですか？」

「やー、ごっさんと行こうってのが前提でプラン作ろうとしてるから、そこが崩《くず》れてもなー……おっ、近くで花火大会あんじゃん。これなら——あれ？」

スマホで近場のイベント情報を漁《あさ》っていた俺の前に、いつの間にやらそびえ立つゴリラ。

「……ちょっと一緒《いっしょ》に来てください」

「えっ？　いやでもごっさん、まだ食ってる途中《とちゅう》なんじゃ、」

「そんなの後回しです。いいから、ほらっ」

「わ、っとと、引っ張らんでも行くって……！」

右の二《に》の腕《うで》を掴《つか》まれ、強引《ごういん》に教室の外へと連行されてしまう。何事かと見てくる生徒の視線が刺《さ》さるが、俺も訳が分からない。

結構な勢いで本校舎から繋《つな》がっている新校舎へと連れられ、通路の曲がり角でようやく俺は解放された。辺りに人はいなくて、誰《だれ》か来ればすぐに分かる。密談スポットということか。

「……前々から思っていましたけど、斎木《さいき》くんはもっと周りの目を考慮《こうりょ》して欲しいです」

「周りの目っていうならあの強制連行の方が問題ある気がするけどなー」

「あのまま話を続けるよりはマシですよ。全く、もう……」

怒《おこ》っている、というよりは呆《あき》れているんかな、これは。俺の目には不機嫌《ふきげん》ゴリラしか映ってないけど、声で判断するとそんな感じだ。

隣《となり》の席で蓄《たくわ》えた経験値のおかげでそこまでは分かる。むしろ分からないのは、

「こんな人気《ひとけ》のない場所でしなきゃならん話でもなかっただろ？　単にごっさんを遊びに誘《さそ》ってただけなんだからさ」

「……念の為《ため》に訊《き》きますけど、あれは複数で遊びに行く計画を立てていたんですか？」

「いんや。ごっさんがそっちの方がいいなら内容決めてから面子《めんつ》集めてもいいけど、とりあえず俺としてはごっさんにしか声掛《か》けてないぞ」

「…………」

何故《なぜ》に頭痛を堪《こら》えるような仕草をするのか。そんな変なことは言ってないはずなんだが。

俺が困惑《こんわく》していると、悩《なや》めるゴリラのポーズをしていたごっさんがこめかみに当てていた手を下ろし、強い視線を向けてきた。

「……斎木《さいき》くんは女の子に対して意識が足りなすぎますよ。妹さんがいるからですかね」

どちらかというとアニマル体験しているせいだろうが、んなこと言っても仕方ない。

「でもさごっさん。遊びに誘《さそ》うくらい、普通《ふつう》に友達ならやらね？」

「…………とも、だち……？」

「そこに引っかかるのは流石《さすが》にショックなんだけど！　俺と過ごした三ヶ月近い濃密《のうみつ》なお隣《となり》さんライフがあるじゃんか！」

「変な言い方しないでください。一クラスメート以上の絡《から》みはなかったはずです」

「まあそれは事実だろうけど、俺としては折角だからもっと仲良くなりたい訳よ。俺、ごっさんの連絡先《れんらくさき》すら知らないし」

「訊《き》かれてないですからね」

「え、訊《き》いたら教えてくれてたん？」

あまり嫌《いや》そうな感じじゃなかったので驚《おどろ》きつつ訊《たず》ねてみると、ごっさんはすんなり頷《うなず》いた。

「ええ。別に大したことじゃないですし、嫌《いや》になったらブロックすればいいだけですから」

「対応が鉄壁《てっぺき》だなぁ。ちなみに何をどうすりゃブロックされるんだ？」

「そうですね……用もないのにメッセージを送ってきたらアウトです」

「普通《ふつう》のコミュニケーションで!?　え、それで駄目《だめ》なのは厳しすぎね？」

そうすると余計に、夏休みになったらごっさんとはやり取りが出来なくなるな。呪《のろ》いがあるから今すぐにどうこうなるのは端《はな》から考えてなかったとはいえ、普通《ふつう》に寂《さび》しいんだけど。

せめて何がなくても雑談メッセージの返事が貰《もら》えるくらいの間柄《あいだがら》にはなっておきたい。

「……よし分かった。メシ代くらいは奢《おご》るから、ごっさんの好きな所に行こうぜ！」

「何も分かってないですよね？　私、そんな軽く誘《さそ》いに乗るように思われてます？」

「んや。全然ちっとも欠片《かけら》も微塵《みじん》もそんな風に思ってないから粘《ねば》ってるんじゃんか」

「安く見られていないにしても、彼氏《かれし》がいる前提をしていない時点でイラッとはしますね」

「うえ!?　マジで、ごっさん彼氏《かれし》いんのっ!?」

初日のゴリラインパクトを超《こ》える衝撃《しょうげき》に声のボリュームがバグってしまい、ごっさんは慌《あわ》てて周囲の人気《ひとけ》を確認《かくにん》する。

「いませんっ。単に考慮《こうりよ》されていないのが腹立たしいという話です！」

「お、おう、そうなんか………でもまあ、流石《さすが》の俺も男がいる気配あったら考えて誘《さそ》うぞ。ごっさん、基本一人だし、休み時間に連絡《れんらく》取り合ってる様子もないからさ」

「……その見透《みす》かされ方も十分に腹立たしいですけど、間違《まちが》ってはいないので叩《たた》くのは勘弁《かんべん》してあげます。というか、恋人《こいびと》がいても誘《さそ》いはするんですか？」

「まー、その場合は二人きりはなしにして、何なら彼氏《かれし》を呼んで貰《もら》って一緒《いっしょ》に遊んだかなぁ」

そうなったとして、ごっさんと彼氏《かれし》が仲良くやっているのを見たら、撤退《てったい》の覚悟《かくご》が決まると思うし。逆に微妙《びみょう》な感じだったら、頑張《がんば》ろうかなってやる気になるかもだ。

どっちでもいいからやってみるだろうなと頷《うなず》く俺を、ゴリラが訝《いぶか》しげに見つめてくる。

「………私には理解不能な思考です。でも、デートの誘《さそ》いでないのなら、少しくらい考慮《こうりよ》してもいいですよ」

「おおっ、マジで!?　ちなみにさっきの中だとどれが一番ピンときた？」

「……強《し》いて挙げるなら、花火です。デートっぽくもないですし」

「え、そうなん？　めっさデートの雰囲気《ふんいき》ない？」

「近場であるんですよね？　だったら泊《と》まりはまずないですし、出店を回って花火を見て、終わったらそのまま解散じゃないですか」

なるほど。そういうパターンもあるか。

「確かに近くだとそうなるかー。俺のイメージだと帰りに大雨で泊《と》まることになったり、花火見ながら『お前の方が綺麗《きれい》だよ』みたいなこと言ったりする感じだったから、バリバリにデートイベントっぽかったんだけど」

「……あの、デートじゃないんですよね？　あと斎木《さいき》くんのイメージが妄想《もうそう》すぎないです？」

「一応友達と行くイベントで揃《そろ》えてたんだけど、あの中では一番それっぽいイメージあるかな。んでもって、俺の恋愛《れんあい》経験は小六の初恋《はつこい》以外にないから、殆《ほとん》ど創作物による知識で妄想《もうそう》と言われてもなんも反論ないわ」

「そんなドヤ顔で言うようなことじゃないでしょうに……」

ドヤッたつもりはなかったが、隠《かく》すようなことでもないし、これも話の種だ。他に誰《だれ》もいないし、ごっさんの警戒心《けいかいしん》も解けるかもしれないから話しとこう。

「やー、どうにも男女の機微《きび》っつーか、色恋沙汰《いろこいざた》には疎《うと》くてさ。今言った初恋《はつこい》ってのも、後からしてみればあれが初恋《はつこい》だったなー、ってレベルで当時は全く気付かんかったし」

「……斎木《さいき》くんの恋愛遍歴《れんあいへんれき》に興味はないですが、その初恋《はつこい》の相手とはどうなったんです？」

「いや、特に何も。偶然縁日《ぐうぜんえんにち》を回ることになった子で名前も訊《き》いてないし、そこで終わりよ」

実際には初恋《はつこい》どころじゃない事態が始まったので強制終了《しゅうりょう》になったが正しいだろうけど、そんな意味不明な説明出来ないし。

「当時は男も女も関係なしに遊んでたから、変に意識はしてなくてさ。一目惚《ひとめぼ》れくらい分《わ》かり易《やす》かったらもうちょい動いてたけど、すぐ気付くにはお子様すぎたんだわ」

「……今でも十分に子供っぽいですけど？」

「何の反論も出来ねぇ！　でもまあ、そんな訳だからこれもデートって感じで重く捉《とら》えず、遊びの誘《さそ》いだと思ってくれると助かるわ」

「何が助かるのか分かりませんが……まあいいです」

うし。納得《なっとく》してくれたかは微妙《びみょう》だが、とりあえず誘《さそ》う余地がある段階までは——

「それで、花火はいつどこで行われるんです？」

「……へ？」

「近くであるんでしょう？　遠出じゃないのなら行ってもいいですよ。どちらかというと花火は好きですし」

「…………おお……」

まるで構えてなかったところに、降って湧《わ》いたみたいにオッケーがきた。

これは、あれか。ごっさんが気にしていたのはデートのつもりかどうかで、他意がないならまあいいかってことなのか？　もしくは多少我慢《がまん》してもいいくらい花火が好きなのか。

どうにせよ、このチャンスは逃《のが》せない……！

「ちょい待ってくれ。花火の場所は永美川《ながみがわ》の河川敷《かせんじき》で、やるのは……うわ、今日じゃんか！」

「今日？　というと……ああ、あれですか」

「え、ごっさん知ってんの？」

「近所という程《ほど》ではないですが、家からそう遠くないので。何回か行ったこともあります」

「おお、マジか。これは頼《たよ》りになるな」

「河川敷《かせんじき》と川伝いに出店があるはずですが、たぶん近くの神社にも色々と出店していると思います。食べ物はそこで確保しましょう」

あんなに勝算が見えない展開だったのに、すいすいプランが決まっていく。なんだこれ、ラッキーにしても出来すぎじゃないか？

「俺、もしかしたら今日中に交通事故か落雷《らくらい》にやられて大怪我《おおけが》するんかなぁ……」

「縁起《えんぎ》悪いことを言わないでください。死ぬんじゃなくて大怪我《おおけが》で済ませている妙《みょう》なポジティブさも変ですし」

「いやまあ流石《さすが》に死ぬまでいくレベルのもんじゃないと思って」

俺判定を聞いてゴリラフェイスがあからさまに『何言ってんだこいつ』と物語る表情になったが、説明したところで余計に困惑《こんわく》させそうだ。

「……まあいいです、斎木《さいき》くんが変なのは今に始まったことじゃないですし。それで花火は何時からですか？」

「ちょい待って。えーっと……七時半スタートみたいだ」

「なら、七時に永美《ながみ》駅前集合にしましょう。神社には歩いて五分程度で着きますし」

「おけおけ。そこで降りたことないけど、たぶん大丈夫《だいじょうぶ》だろ」

「なら、そういうことで。ちなみに教室でこの話題を出したら、なしにした上でご飯の味が分からなくなるくらい叩《たた》きますから、そのつもりで」

さらりと怖《こわ》い発言をして、ごっさんは教室の方へと戻《もど》って行く。

その背中を呼び止めようとしたが、片手を上げかけただけで、声は掛《か》けられなかった。

まだ頭の中で整理が追いついていない。誘《さそ》いはしたけど、受けて貰《もら》えるとは思ってなかった。しかも二人だけだ。

まあ花火大会だから周りには山ほど人がいて二人きりになることはほぼないだろうが、それでも何人かで行くのと二人だけで行くのとはかなり意味合いが違《ちが》う。デートじゃないと言ったのは俺だけど、だとしてもだ。

「…………なんか既《すで》に緊張《きんちょう》してきたな…………けど……」

武者震《むしゃぶる》いしている場合じゃない。これはチャンスであるのと同時に、ミスったら二度目はない気がする。

ごっさんに楽しかったと思って貰《もら》う為《ため》に、何はともあれ必要なのは……

「…………金がない……銀行にいくら残ってたっけ……うわどうなんだ……!?」

深刻なまでの資金不足に猛烈《もうれつ》な焦《あせ》りを感じた直後、チャイムが鳴った。

俺は教室に戻《もど》りながら、とりあえず同志であり唯一《ゆいいつ》踏み込んで相談出来るトラ先輩《せんぱい》に、『好きな相手と花火見に行くことになったわ』とスマホでメッセージを送っておく。

するとアプリで既読《きどく》が付くのと同時に、ずらっとメッセージが飛んできた。

『え？』

『何が起きたの？』

『デート⁉』

『進展早すぎない⁉』

『説明！　説明して欲しいの！』

……おお、一分と掛《か》からずに。何という早業《はやわざ》。目の前で喋《しゃべ》っているかのような連投っぷり。

とはいえ、説明しようにも時間がない。次は移動教室だから、早く戻《もど》らねば。

なので俺は一言、『放課後話すわ』とだけ送り、スマホをポケットに仕舞《しま》った。

すぐにメッセージの着信を知らせるバイブがくるけど、見ても返している暇《ひま》はないので、とりあえず無視しておこう。

そうしてクラスの皆《みな》とは入《い》れ替《か》わりで教室に戻《もど》った俺は、慌《あわ》ただしく荷物を引っ張り出してさっきまでいた新校舎にある化学実験室へと走った。

授業が長引いて休み時間はほぼなくなり、トラ先輩《せんぱい》からのメッセージは見るだけしか出来なかったが……ずらっと続く連投メッセージの最後に。

『放課後。旧校舎屋上』という果たし状みたいな呼び出し文が並んでいた。

◇　◆

「——なるほど。つまり一歩前進した訳ね」

放課後になり、部室のある旧校舎の屋上へと行った俺は、待ち構えていたトラ先輩《せんぱい》にドタバタの昼休みにあったことを説明した。

幸いにも、今日の屋上には他に誰《だれ》もいなかった。いくつかの部や同好会がたまに使っているし、特に許可なく一般《いっぱん》生徒も立ち入れるので人がいる確率は半々くらいだと思っていたから、心置きなく密談出来るのはかなり助かる。トラ先輩《せんぱい》も堂々と女口調になってるし。

「前進になるか一発アウトになるか分かんないけどな。デートじゃないって確約したのは俺の方だし」

「そのつもりがなくても、向こうに好きになって貰《もら》うには有効じゃない？　夏休み前に少しでも印象を良くすれば休暇中《きゆうかちゆう》に次の機会が作れるかもしれないし、あまり良くなかったとしても会わない期間にマイナスが薄《うす》れてくれるかも」

「おお、なるほど。トラ先輩《せんぱい》は恋愛《れんあい》に詳《くわ》しい……同じ経験ない組とは思えん……」

「……まあ、ドラマや漫画《まんが》や小説の影響《えいきょう》で。呪《のろ》いを解く為《ため》にちゃんと勉強はしているわ」

「俺もゲームでなら攻略《こうりゃく》サイト見なくても割かしいけるんだけどなー。現実の女子はムズいわ。妹ですら理解し難《にく》い時あるし」

「異性が動物に見えるんじゃ仕方ないけど……そうも言ってられないわね。向こうにだってアプローチをかける誰《だれ》かがいるかもしれないし、一日でも早く呪《のろ》いを解く必要があるわよ」

トラ先輩《せんぱい》は猫目《ねこめ》を鋭《するど》くして意気込む。俺の恋愛《れんあい》なんて放っておいてもいいのに、やっぱ良《い》い人なんだな。

とはいえ、呪《のろ》いを解く、か。

「両想《りょうおも》いにしろ向こうに好きになって貰《もら》うにしろ、キスはハードル高すぎてすぐには無理じゃね？　トラ先輩《せんぱい》のことは結構気に入ってるけど、好きのレベルには全然だと思うし」

「そうハッキリ言われるとムカつくものがあるけども、ボクも同じ意見よ。でも、やっぱり事情を共有しているボクらで試行錯誤《しこうさくご》をしていくのが最も可能性があると思うの」

「そりゃそうだけど……試行錯誤《しこうさくご》って、地道に関係性作っていく以外になんかあるのか？」

「映画館で試《ため》したでしょ？　あの延長線上……ううん、特別バージョンの強攻策《きょうこうさく》よ」

何やら強い意志を感じさせる言い方。ひたすら気合いでどうにかするんじゃなくて、方針もあるのか。流石《さすが》は先輩《せんぱい》、頼《たよ》りになる。

しかし、強攻策《きょうこうさく》、か。ふむ。

「やるだけやるのは賛成だけどさ。先輩《せんぱい》の呪《のろ》いを先に解けるのか？　俺の呪《のろ》いが先に解けたら、先輩《せんぱい》のこと男と認識《にんしき》するようになる可能性高いだろ？」

「上手《うま》くいけば解けるのは同時になるはずよ。条件があやふやだからどちらかだけが解けるかもだけれど……その時はその時だわ。どちらも呪《のろ》いに掛《か》かったままよりマシだもん」

「トラ先輩《せんぱい》がそれでいいなら俺も文句はないけどさ。んで、実際に何をすんの？」

どんな手段を思い付いているのかまるで読めないので訊《き》いてみると、トラ先輩《せんぱい》は何故《なぜ》か「うぐっ……」と声を詰《つ》まらせる。

そして落ち着きなく手を握《にぎ》ったり開いたり組み合わせたり、妙《みょう》にジタバタしてから、絞《しぼ》り出《だ》すように言った。

「き、きっ……キスを、するの。ボクと、キミとで……！」

「……お、う……？　でもそれ、最低でも俺か先輩《せんぱい》のどっちかが惚《ほ》れてからじゃないと呪《のろ》いは解けないんじゃ？」

確かそんな話だったはず。それで確定なのか、違《ちが》う条件もあるかもなのかはさておいてだ。

ということは……

「……えっ？　トラ先輩《せんぱい》、俺に惚《ほ》れたの？　この短期間で？」

「馬鹿を言わないで。キミのことはなかなかに好ましく思ってるけど、恋愛《れんあい》に属するものとは別の好意だから。一人の人間として？　友達感覚の？」

「だったら尚更《なおさら》意味分かんないんだけど。なのにすんの？」

「先日のデートで思ったのよ。やっぱり、普通《ふつう》の友達とはしない行為《こうい》を共にすると、ドキドキするし強く意識もするわ。つまりキスをすることで呪《のろ》いを解こうというんじゃなくて、お互《たが》いに好意を加速させる為《ため》にキスをする……！」

「おお………なるほど……」

これはつまり、あれか。ラブコメによくあるラッキースケベや事故的接触《せっしょく》で、いきなり好感度が跳《は》ね上《あ》がったり強く意識したりするシステムか……！　まさかあれを実際に我《わ》が身《み》で行うことになるとは。

けど、一つ懸念《けねん》なのが、

「トラ先輩《せんぱい》はそれで俺のことを意識するようになるとして、だよ？　俺にはそこまで効果が見込めるか、不安だぞ」

「そう思うのは、どうしてよ？」

「ぶっちゃけ先輩《せんぱい》相手だと、大きな猫《ねこ》とのスキンシップにしか感じなそう。現状で好きな相手とでもしたいって思ってないしさー」

下手をすると『先輩《せんぱい》に魅力《みりょく》感じないんで』と取られかねないかなとも思ったが、トラ先輩《せんぱい》は怒《おこ》りも考え込みもせず、むしろ不敵に口をにんまりさせる。

「懸念《けねん》は尤《もっと》もね。でもそこは、先日のデートが大きなヒントになったのよ！」

「ほほう。というと？」

「簡単よ。キスする前から目を瞑《つぶ》ればいいの。ボクを見ず、美少女相手と想像するのよ」

「お、おう……それはまた、正解なような、不誠実なような……」

とんでもないことを言い出すな、この先輩《せんぱい》は。確かに、俺の呪《のろ》いは視覚にしか影響《えいきょう》がないから、目を閉じちゃえば効かない。

ただ、相手の顔の情報がゼロだから、本当に勝手な想像になる大問題が発生するな。

これが昔からの知り合いなら、呪《のろ》いが発動する前の顔を辛《かろ》うじて覚えているので何とか本人をイメージ出来るけど、トラ先輩《せんぱい》の場合は……

「うーん……漫画《まんが》やアニメでトラ先輩《せんぱい》に似たキャラいないか？　参考になるようなの」

「あまりその手の創作物は見ないから難しいわね……芸能人なら、そこそこ似た感じのモデルを知ってるけど」

「あ、そっちは俺が全然分からん。検索《けんさく》してもアニマルにしか見えんから意味ないし」

「なら好きなイメージでいいわ。ちなみに、ボクは割と可愛《かわい》い方なのよ？　呪《のろ》いが掛《か》かる前は男子に人気で、告白されたことも何度となくあるんだから」

「そうなん？　しかし何故《なぜ》にいきなり自慢《じまん》を？」

「期待を煽《あお》る為《ため》に決まってるでしょ！　じゃなかったら急に自画自賛するようなはしたない真《ま》

似《ね》はしないのよっ」

キシャーと歯を剝《む》いて威嚇《いかく》しながら怒《おこ》るトラ先輩《せんぱい》に、俺は合掌《がっしょう》し頭を下げて謝る。まさかそんな意図があったとは。

気を利《き》かせてくれた先輩《せんぱい》に恥《はじ》を搔《か》かせてしまったが、問題はそれよりも、

「『キスして好感度爆上《ばくあ》げしよう作戦』なのは分かった。でも、上手《うま》くいかなかったら俺とキスするだけになるけど、先輩《せんぱい》はそれでいいのか？」

「今更《いまさら》よ。ボクはこれまでずっと、呪《のろ》いを解く為《ため》に色々と試《ため》してきたわ。過酷《かこく》な滝行《たきぎょう》も護摩行《ごまぎょう》もした。一番嫌《いや》だったのはパパとのキスだったけど、それも我慢《がまん》してやった……！」

「それ、我慢《がまん》になる時点で無理だった説は？」

「パパの娘《むすめ》を想《おも》う愛は本物のはずだから、異性からの愛のあるキスで解けるなら可能性はあったの……逆に言えば、あの失敗で解呪《かいじゅ》の条件が『相思相愛での異性とのキス』か『自分が好きな異性とのキス』か『こちらを好きな異性とのキス』の三パターンに絞《しぼ》れたともいえるわ。……代償《だいしょう》はとても大きかったけれど」

果たしてそれはトラ先輩《せんぱい》のダメージなのか、娘《むすめ》に嫌《いや》がられた上に失敗だった父親のダメージなのか。どっちにしてもキツい。

「つまり、先輩《せんぱい》はとっくに覚悟《かくご》が出来ていた、と……？」

「勿論《もちろん》よ。ただ、少なからずキミが乗り気でなければ意味がないし、性急すぎても良くないと

思っていたから、奥の手にするつもりだったの」

「俺のせいで前倒《まえだお》しになっちゃったのか……悪いな、先輩《せんぱい》」

「気にしなくていいわ。ボクとキミは一蓮托生《いちれんたくしょう》。もしどちらかだけ解呪《かいじゅ》に成功した場合も、最後まで協力し合うんだから」

「それは勿論《もちろん》……あ、でも、俺の呪《のろ》いが解けたら先輩《せんぱい》が猫《ねこ》じゃなくて男に見えるようになるんだよな？　それでも役に立てるんか？」

「うん。その時はキミが同性愛に目覚めてくれれば問題ないから」

「……………………なるほど」

問題点はいくつも浮《う》かんだけど、確かにそうなればトラ先輩《せんぱい》としては問題ないのか。こうして身を粉にして解決に臨《のぞ》んでくれているし、俺の都合を酌《く》んでくれる以上、その心意気には応えたい。同性愛って何をどうすりゃ目覚めるのかは分かんないけど。

「それと、ボクの呪《のろ》いの効果はあくまでも人の認識《にんしき》に作用するものだから、直接会うのではなくメッセージのやり取りで想《おも》いが高まるのを待てばいいの」

「なるほどなぁ……でもそれ、普通《ふつう》にゼロからネットで恋愛《れんあい》した方が早くないか？」

「最後にボクと会うところでゲームオーバーになる確率、どれくらいあると思う？」

「………あー……」

どうあれ、呪《のろ》いのことを説明しないでは難しいのか。もしくはネットで同性愛者を探して好きになるか。後者の方がまだ望みはありそうだわ。

まあ、うん、分かった。あと問題になりそうなのは、俺の方か。

「呪《のろ》いが解ける可能性が一番高いのは、『両想《りょうおも》いの異性とのキス』だったよな。キスしてもすぐには先輩《せんぱい》のこと好きにはならないと思うけど、スパンとしてはどれくらい試《ため》すんだ？」

「決まってるでしょ。最低でもどちらかの呪いが解けるまで、よ」

「おおう、長期戦覚悟《かくご》か」

「それでも普通《ふつう》に会話したり遊んだりするよりは短縮出来るし好きになる可能性は上がるはずだわっ。先に言っておくけど、何度でも挑戦《ちょうせん》するんだからね？」

「えっ？　そんなに頻繁《ひんぱん》にキスすんの？」

「一度してしまえば二度も三度も変わらないわよ。むしろ一度してしまうのに結果が出ない方が悔《くや》しいし、意味が薄《うす》れてしまうもの」

「まあ、うん、それはそうなー」

とはいえトラ先輩《せんぱい》はやはり無理に自分を鼓舞《こぶ》しているんだろう。いつもより覇気《はき》というよりピリついた雰囲気《ふんいき》を出している。

俺はトラ先輩《せんぱい》が猫《ねこ》に見えるからあんまり抵抗《ていこう》はない……けど、これじゃ駄目《だめ》だ。あのデートした映画館の時みたいに、強く異性と意識して臨《のぞ》まないと。

可愛《かわい》い系、可愛《かわい》い系の女の子……女子としては平均くらいの身長で、ちょい変な語尾《ごび》とエロ系に全然免疫《めんえき》がないのが特徴《とくちょう》の、男装キャラ………うん、何となくイメージ出来てきた。

「似顔絵があればもうちょい想像し易《やす》いんだけど、先輩《せんぱい》の画力はどんなもん？」

「止《よ》した方がいいわね。人間として認識《にんしき》出来なくなるかもしれないから」

「そこまでかぁ………でも、よし、いけるかも」

「なら早速《さっそく》してみるわよ。そして新たな気持ちで放課後のデートもどきに挑《いど》むの……！」

肩《かた》をぶん回す勢いで意気込むトラ先輩《せんぱい》は、ちょっと目が据《す》わっている感じがした。これから
キスする雰囲気《ふんいき》とはまるで思えない。

でも……たぶんこれ、照《て》れ隠《かく》しというか、暴走気味にやらないと恥《は》ずかしいし緊張《きんちょう》するんだろうな。そりゃそうだ、キスなんて女子からしてみりゃとてつもなく重大な行為《こうい》だし。海外では挨拶《あいさつ》の文化のところも多いけど、あれだって口じゃなくて頬《ほお》だもんなぁ。

「っと、そういやキスってする場所はどこでもいいのか？」

「口と口でなくては駄目《だめ》よ。他の部位だと片方はされる側になるし、手やほっぺにしてもそこまでドキドキはしないでしょ？」

「なる。百理あるわ」

どこからか出したミントタブレットを口に放り込み、いそいそとリップクリームを塗《ぬ》り始めたトラ先輩《せんぱい》のテンパり具合からして、強く意識するのは間違《まちが》いないな。

……なんか俺もちょっと緊張《きんちょう》してきたかも。や、それでいいのか？　フラットな精神状態で

キスするよりは乱高下している方が主旨《しゆし》に合ってるもんな。吊《つ》り橋《ばし》効果じゃないけど、分類したらそっち側だろうし。

よし、じゃあこのままでキープしよう。目を閉じて、さっきイメージした想像上のトラ先輩《せんぱい》を脳裏《のうり》に思《おも》い浮《う》かべ……

「あ、そういや髪型《かみがた》は？」

「うん？　それは見ての通り……ああ、キミには分からないのね。前髪《まえがみ》は眉《まゆ》に掛《か》かる程度、あとは耳や首筋が隠《かく》れるくらいで、男子のショートに比べると少し長めかな。色は少しだけ茶色がかっていて、ワックスとかは使ってないわ」

「なるほど……つまり今期のアニメキャラでいうと、『ぐらぐらエンゼル』の三人目のヒロイン、奥菜《おくな》ちゃんみたいな感じだな」

「……そのアニメは知らないけど、三人目って負けヒロインっぽくてなんか嫌《いや》ね……」

ほほう、アニメにはあまり詳《くわ》しくないっぽいのに、なかなか的確な発言。俄《にわか》の俺くらいならあっさり追《お》い抜《ぬ》く逸材《いつざい》かもしれん。

でも今回に限っては、負けヒロインになるとは決まってない。

「トラ先輩《せんぱい》、大丈夫《だいじようぶ》だよ。奥菜《おくな》ちゃんは原作漫画《まんが》だと登場したばっかなのにヒロイン人気投票で一位だった逸材《いつざい》だから」

「………それなら、まあ……別に嬉《うれ》しくはないけど……」

「ちなみに俺も奥菜《おくな》ちゃんは結構好きだから、イメージが重なると先輩《せんぱい》を好きになる確率も上がると思うわ」

「…………余計に複雑だわ…………しかし背に腹は代えられないから、キミがそれで興奮するなら良しとするしか……！」

「いや興奮まではせんよ？　流石《さすが》にそこまで現実からドロップアウトは出来ませんて」

「現実離《げんじつぱな》れした現状をどうにかする為《ため》なんだから少し逸脱《いつだつ》するくらいが丁度良《い》いのよっ。ほらっ、誰《だれ》か来たら終わりだから早く目を瞑《つぶ》る！」

先輩《せんぱい》に促《うなが》され、俺は目を閉じてさっきみたいにイメージを固める。奥菜《おくな》ちゃんにうちの学校の男子制服を着させて、コロコロと怒《おこ》ったり笑ったりするトラ先輩《せんぱい》っぽい雰囲気《ふんいき》を重ねる。

――うん、可愛《かわい》い。気分はＶＲだ。

「よっしゃ、こっちの準備はオッケーだ。先輩《せんぱい》、後はよろしく頼《たの》むぞ」

「なんっ⁉　ぼ、ボクから仕《し》掛《か》けないとダメなのっ？」

「いやだって俺は見えないし。どこに顔があるかも分かんないからさ」

「む、ぐ……だったら両手で顔を挟《はさ》む形にしてっ。そうすれば見えなくても出来るわ！」

自分からキスするのはかなり抵抗《ていこう》があるらしく別プランを挙げるトラ先輩《せんぱい》。見えてる先輩《せんぱい》からしてくれるのが一番確実なんだけど、仕方ないか。やっぱ無理はしてるんだろうから。

「んじゃ、誘導《ゆうどう》よろしく。ほい」

目を瞑《つぶ》ったまま両手を前に差し出す。たぶん端《はた》から見ると間抜《まぬ》けな姿なんだろうが、実を言うと俺はさっきからドキドキしている。

やっぱり、モノホンの猫《ねこ》とキスするのとは訳が違《ちが》う。トラ先輩《せんぱい》と、ちゃんとした人間の女の子とキスするんだと意識することで、焦《あせ》りに似た緊張感《きんちょうかん》が心拍数《しんぱくすう》を倍テンポにし始めていた。

そんな中、俺の両手をそっと掴《つか》む感触《かんしょく》。猫《ねこ》じゃない、人の手だ。もう七月なのに、やけに冷たく感じる。

導かれるままに両手を伸《の》ばしていくと、胸の高さよりちょい上くらいで、何かに触《ふ》れた。手とはまた少し違《ちが》う肌《はだ》の感触《かんしょく》と、指先に触《ふ》れた髪《かみ》の質感。両手で挟《はさ》み込む形で、微《かす》かに掌《てのひら》の端《はし》に触《ふ》れているのは……唇《くちびる》、か？　うん、たぶんそうだ。この明らかに汗《あせ》とは違《ちが》う感触《かんしょく》、さっき塗《ぬ》ってたリップクリームっぽいもんな。

つまり今、俺はトラ先輩《せんぱい》の顔を両手で挟《はさ》んでいる状態か……！

「く、唇《くちびる》の場所は分かる？　たぶん少し屈《かが》むか低めに顔をやらないと、高さが合わないわ」

「……お、おう。何となく分かる。ちょっと先輩《せんぱい》の顔の角度変えていいか？」

「う、うん……一種の顎《あご》クイみたいなものかな……」

調整しながら、先輩《せんぱい》も緊張《きんちょう》しているのが伝わってくる。俺の緊張《きんちょう》も間違《まち》いなく知られているはずだ。向こうは見えているんだし、俺は顔が強張《こわば》っているかもしれない。

気が付けば、頭の中でイメージしていた『奥菜《おくな》ちゃん似のトラ先輩《せんぱい》』は完全に吹き飛《と》んでいた。どうやっても顔の見えないトラ先輩《せんぱい》の、唇《くちびる》だけがリアルに思《おも》い浮《う》かぶ。

まだしていないのに、こんなにもドキドキするんか。背中の汗《あせ》が凄《すご》いことになってるぞ。

これ、でも、このままいくんか？　トラ先輩《せんぱい》のイメージが崩《くず》れたままでやっちゃっても大《だい》丈夫《じょうぶ》なんかな？　いやでも、間違《まちが》いなく相手がトラ先輩《せんぱい》だからドキドキしてるって感じはあるし、だったら仕切り直さなくても……

「ま、まだ？　ぐぐっと早くして欲しいんだけど……！」

痺《しび》れを切らしたのか、切羽詰《せっぱつ》まった声でトラ先輩《せんぱい》が催促《さいそく》してくる。向こうも割といっぱいいっぱいなんだろう。

ええい、こうなったら覚悟《かくご》を決めるしかない……！　呪《のろ》いを解く為《ため》にはどの道キスすることになるんだし、互《たが》いの同意もある。むしろここで怖《お》じ気《け》づいたら、勇気を出して提案してくれたトラ先輩《せんぱい》に悪い。

…………よし……！

「い、いくぞ。角度的にはこれで大丈夫《だいじょうぶ》かな？」

「た、たぶん平気よ。だから一思いにやって欲しいの……！」

最終確認《かくにん》が済み、俺は息を呑《の》んでトラ先輩《せんぱい》の顔へと自分の顔を近付ける。

鼻や歯に当たらないよう、ゆっくりと、慎重《しんちょう》に進み……あと少しというところまできたのが、見えていなくても存在を感じられて分かる。

「あ、ちょっ、ストップしてっ」

「お、おう？　どうした先輩《せんぱい》？」

目は開けないまま止まって訊《たず》ねると、ほんのりと手の中にあるトラ先輩《せんぱい》の顔が動く。

中止か仕切り直しを求めてくるのか。少しだけ安心している自分がいて、そりゃもう情けない。先輩《せんぱい》が優《やさ》しさと勇気を振《ふ》り絞《しぼ》ってくれてるってのに。

自分を恥《は》じている一呼吸分の間の後、俺の胸に何かが触《ふ》れた。たぶんだが、先輩《せんぱい》の手だ。力こそ入ってないけど、握《にぎ》った両手を押し当てている……？

「い、今更《いまさら》で悪いんだけど、やっぱり………その……や……」

言い辛《づら》そうにするトラ先輩《せんぱい》。これは中止ルートか。どう言えば先輩《せんぱい》が気に病《や》まずに済むか、フォローしないと……

「…………やっぱり初めてだから………な、なるべく優《やさ》しくお願い……」

──か細い声で訴《うった》えられて、頭がバグるかと思った。

ええ……リアルでこんなこと言う人、マジでいるんだ……？

これを推定美少女が言っている。しかも俺の為《ため》に、もっと段階を踏《ふ》みたかっただろうに、無理をしてだ。

ここまでされて、俺の方がひよるなんて有り得ない。先輩《せんぱい》の為《ため》にも、やるしかない。

心臓の鼓動《こどう》がうるさいくらいに大暴れしていて、口から飛び出そうだ。

それでも、もう躊躇《ちゅうちょ》はしない。

緊張《きんちょう》で足が震《ふる》えても、呼吸が乱れすぎて止まりそうでも、両手の間にあるはずのトラ先輩《せんぱい》の唇《くちびる》へと一直線に——いく、はずが。

バダァン、という突如《とつじょ》聞こえてきた音に、俺は思わず目を開けてしまった。

「なっ……？」

「ひゃっ……⁉」

視界一杯《いっぱい》のどアップで映る茶虎《ちゃとら》の猫《ねこ》も、大きく目を見開いていた。唇《くちびる》が触《ふ》れ合《あ》うまであと数センチだった事実にも驚《おどろ》きだが、今一番気にするべきはさっきの音だ。

あれは、屋上のドアが閉まる音に違《ちが》いない。ここには何度も来てるから分かる。開く時はちょっと重く感じるだけだが、閉まる時は手で押さえないと風の影響《えいきょう》か結構な勢いで閉まるから、俺達が来た時も似たような音がした。

反射的に出入り口の方を振《ふ》り向くと、そこには——誰《だれ》もいない。

俺はすぐにドアへと駆《か》け寄《よ》り、開いて校舎内を見る。すると姿こそ見えなかったが、階段を駆《か》け下《お》りていく音だけは確かに聞こえた。

追いかけようかと思ったが、その前に寄ってきたトラ先輩《せんぱい》がシャツを掴《つか》んで、

「み、見られたの⁉　どこの誰《だれ》かは知らないけど、キミとキスしそうになっている場面を見られてしまったの⁉」

「……たぶん。目を開けていた時は誰《だれ》もいなかったし、角度的に先輩《せんぱい》の顔は見えていない可能性高いけど」

「そ、そう？　なら、誤魔化《ごまか》しは利《き》く……かな……？」

「だといいなぁ……俺の顔はたぶん見られているから、同級生じゃなきゃいいんだけど」

「んぬ……今からでも探しに行く？」

「どうしたもんかなぁ……男か女かも分からんし、ノーヒントすぎるぞ」

屋上に入ってくる時のドア音は聞こえなかった。となると、いつから屋上にいたのかはよく分からないな。ひょっとしたら隠《かく》れて昼寝《ひるね》でもしていたのかもしれないし。

せめて後ろ姿でも見えていれば。いやでも全校生徒の半数って、絞《しぼ》った内に入んないな。

「……とりあえず、今日のところはもう止《や》めておくってことでいいか？」

「ボクはそれで構わないけど……キミは顔を見られていたら、大事にならない？」

「知り合いじゃなきゃ大丈夫《だいじょうぶ》……だと思いたい。後で部の連中には確認《かくにん》してみる」

「むぅ……分かった。何かあったら、ボクのことを明かしても構わないわ」

「へっ？　先輩《せんぱい》は素性《すじょう》バレしてないだろうから──」

「言ったはずよ。キミとボクは一蓮托生《いちれんたくしょう》。キミにだけ泥《どろ》を被《かぶ》せるような真似《まね》はしないわ」

ピンと猫耳《ねこみみ》を立てて言うトラ先輩《せんぱい》が、マジで格好良く見えた。尊敬度は増し増しだ。

「分かった。でもまあ、何かアクション起こされるまではどうにも出来ないし、そっと胸に秘めてくれるかもしんないから、楽観的に構えておくわ」

「うん。……その、悪かったわね。ボクが軽率《けいそつ》な提案をしたせいで」

「いやいや、そこは気にしないでくれって。トラ先輩《せんぱい》とは一蓮托生《いちれんたくしょう》の仲なんだろ？」

「…………うん！」

やっぱり、気にしてたのか。声に少しだけ安堵《あんど》が混じっていた。

……にしても、マジでどうしたもんかなー……何事もなけりゃいいんだけど。

楽しみな予定の前に、とんでもない爆弾《ばくだん》を抱《かか》え込む羽目になってしまい、俺はトラ先輩《せんぱい》にバレないようにこっそりとため息を吐《つ》いた。

◇　◆

特大の懸案事項《けんあんじこう》が出来てしまったが、対処のしようがないしごっさんとの約束もあったので、俺は一度家に帰ることにした。

全く心弾《はず》まないまま、途中《とちゅう》で銀行ＡＴＭに寄って残高ほぼ全部を引き出してから帰宅し、少し時間があったのでシャワーを浴びて物理的に頭を冷やした。

それからしばらく部屋で悶々《もんもん》としていたが、頃合《ころあ》いの時間になったので普段《ふだん》は使わない電車で待ち合わせの駅へと向かい、改札を出て少し開けた駅正面で待つこと数分。

※現実を元にしたイメージです

他の花火客に紛《まぎ》れていても一際《ひときわ》目立つ、存在感のあるゴリラが姿を現した。

「ごっさん、こっちだこっち」

「すみません、待ちましたか？」

「いんや、たぶんまだ待ち合わせの時間前だし。それより、浴衣《ゆかた》かー。断然夏っぽいな」

薄《うす》い水色に紫陽花柄《あじさいがら》の浴衣《ゆかた》で、なかなかに雰囲気《ふんいき》がある。背が高くてしゃんとしているからな。これでゴリラに見えなければ完璧《かんぺき》だった。

似合っていると言うのは嘘《うそ》に近いからどう褒《ほ》めるべきか迷っていると、ごっさんは浴衣《ゆかた》の衿《えり》を太い指で直し、

「去年、祖母に貰《もら》ったんです。それから着る機会がなかったので」

「俺も甚平《じんべい》でも着てくれば良かったかなー。あとは前に消防見回りした時に貰《もら》った半被《はっぴ》ならあったんだけど」

「普通《ふつう》でいいんですよ、単に花火を見るだけなんですから」

そりゃそうだ。ごっさんもおめかしじゃなくて、花火見物に合わせた格好をしたってだけなんだろう。

……でも、うん、大問題発生で重かった気持ちが少しだけ浮上《ふじょう》したわ。

「さてと、行こうぜ。神社ってのはどっちなん？」

「向こうです。河川敷《かせんじき》の方へ行く人が多いみたいですから、混んではないと思いますよ」

「おけおけ。んじゃ、案内よろ」

俺が頼《たの》む前にごっさんは歩き出して、その隣《となり》に並んで神社があるという坂道を上っていく。足下《あしもと》もスニーカーじゃなくて雪駄《せった》みたいだから歩くペースには気を付けようと思ったけど、そんな気遣《きづか》い無用と言わんばかりにごっさんは進んでいく。

そして今日の授業で起きたちょっとしたハプニングの話題で数分が過ぎた頃《ころ》、神社の入り口らしい鳥居が見えた。

「あそこ？　なんか暗いけど、出店あるん？」

「鳥居のすぐ先に階段があるんですよ。上り終えたらいくつかあると思います」

「なる。流石《さすが》は経験者」

「こんなことで褒《ほ》められても嬉《うれ》しくないですけど……あ、やっぱり。大丈夫《だいじょうぶ》みたいですね」

これから河川敷《かせんじき》の方へ向かうのか、鳥居の先から出て来た親子連れはお面やらわたがしやらかき氷やらのお祭り装備をして、わいわいはしゃいでいた。これは期待してもいいのかもだ。

「ところでごっさんは腹減ってるのか？」

「当然です。部活で汗《あせ》を流した後ですから。それに、奢《おご》りなんですよね？」

「……武士に二言はないぞ。まあ俺武士じゃないけど、約束したし」

「いい心がけです。なら遠慮《えんりょ》なく——と思ったんですが、出掛《でが》けに『お祭りに行くなら』と夕飯代込みでお小遣《こづか》いを貰《もら》えたので、何か一つ奢《おご》ってくれるだけでいいです」

金欠の身には嬉《うれ》しすぎる申し出だわ。救われる一言とはこのことか。

「ごっさんの心意気には感動するわ。よっし、一つと言わず二つまで奢《おご》ったる！」

「そこは『全部俺の奢《おご》りでいい』じゃないんですか？」

「ぶっちゃけ金が足りるか分かんないしな！　ほら、ごっさんって食いっぷりいいじゃん。部活後の運動部の食欲は俺もよく知ってるし」

「……大食らいみたいに扱《あつか》われるのは心外なんですけど。叩《たた》きますよ？」

「そこまでは言ってないし、よく食う女子の方がいいと思うけどなー。あと、こういう出店って色々食いたくなるじゃんか。しかも高めだし」

「それには同意しますけど。量も少ないですしね」

「だろ？　だから俺は後になって足りませんでしたよりは、多少格好悪くても二品だけの奢《おご》りを選ぶぜ！」

「……多少じゃ済んでいない気もしますけど……奢《おご》られる身でこれ以上言うのは良くないですね。有《あ》り難《がた》くご馳《ち》走《そう》になります」

軽く頭を下げたごっさんの口元は、ほんのり笑っているようにも見えた。正解かどうかは分からない。ゴリラの表情筋から読み解くのはマジでムズいから。

ただ、その顔を見ただけで俺が幸せな気持ちになってしまったのは、やっぱり好きな相手だからだろう。

ごっさんと並んで鳥居を潜《くぐ》り、ちょっと長い階段を上っていくと、すぐに砂利《じゃり》の敷《し》かれた参道の両サイドにいくつもの出店が並んでいた。

「たこ焼き、焼き鳥、焼きそば、ケバブ、牛串《ぎゅうくし》、射的……思ったより色々あるんだなー」

「神社の裏手側にもありますよ。あと、前は甘酒《あまざけ》も振《ふ》る舞《ま》ってくれていました」

「そりゃサービスいいなぁ。でも俺、甘酒《あまざけ》は苦手だわ。なんか『うっ……』ってなる」

「私は好きですよ。ただ、屋台のメニューとはあまり合わないですけど」

「粉物多いしなぁ。そもそも甘酒《あまざけ》と合うメシってピンとこないけどさ」

そんな話をしながら、とりあえずはソースの強烈《きょうれつ》な匂《にお》いが魅力的《みりょくてき》な定番メニューの中からどれかを選ぼうと考えていたが、ごっさんは屋台をスルーして突《つ》き進《すす》んでいく。

「あれ、ごっさん？　何も買わんの？」

「神社に来たんですから、まずはお参りしないと」

「おお、なるほど。縁日《えんにち》に気を取られていて、その発想はなかったわ」

「参拝目的でないならしなくてもいいとは思いますけどね。私は何となく気持ちが悪いからするだけです。手も洗えますし」

最後の一言だけでもやる意味はあるな。神頼《かみだの》みは呪《のろ》いの件で効果なしだから微妙《びみょう》だけど。

「んじゃ、お参りしてからぐるっと一周するか」

「そうですね。同じ食べ物の屋台でも値段や量が違《ちが》うことがあるので、ちゃんと見極《みきわ》めてから

「買いましょう」

「抜け目ないな。そういうところ、す……凄くナイスだと思うぜ」

ぐっと親指を立てるが、危《あや》うく『そういうところ好きだぜ』と言いそうになってしまった。普段《ふだん》ならまだしも、二人きりでデートじゃないと念押ししている状況《じょうきょう》だから、迂闊《うかつ》なこと言えんわ。下手に俺の好意がバレたら、そこからが大変だ。

一応、トラ先輩《せんぱい》からは『万が一いけそうな流れになるなら、ボクのことも含《ふく》めて全部打ち明けてくれていい』と有《あ》り難《がた》い許可を貰《もら》っているものの、今日のところはお友達路線でやり過ごそう。好感度云々《うんぬん》はさて置いて、ごっさんに楽しんで貰《もら》えればそれで良しだ。

「さてと、そんじゃお参りするかー。でもこんな時間までやってんの？」

「社務所は閉まっていると思いますよ。でもお参りとお神籤《みくじ》は夜でもやれます」

「そかそか。んじゃ、健康祈願《きがん》だけしとこう」

本当はさっき屋上で俺とトラ先輩《せんぱい》のキス未遂《みすい》シーンを見たであろう誰《だれ》かをなんとかしたいのが最もホットな願いなんだけど、どこの誰《だれ》かも分からなければ、どう口止めすりゃいいのかも分からない。自分でもプランが立てられないのを神頼《かみだの》みして大丈夫《だいじょうぶ》なんだろか。

うーん……まあ一応願っておこう。藁《わら》にも縋《すが》りたいし、うちの家族は風邪薬《かぜぐすり》の使用期限が切れたまま数年放置しているくらい病気しないし。

そうして俺とごっさんは手水場《ちょうずば》で手と口を清めてからお参りを済ませ、境内《けいだい》と裏手の駐車《ちゅうしゃ》スペースに並んだ屋台を一通り巡《めぐ》り、早速《さっそく》ごっさんが買ってきた作り立てのたこ焼きを二人で分け合いながら計画を練った。

「はふ、あふっ……俺はあっちで売ってた牛串《ぎゅうくし》と焼きもろこしがマストかな。イカ焼きも捨てがたいけど、かき氷とあんず飴《あめ》を買うのを考慮《こうりょ》したら残念ながら落選だわ」

「……私も牛串《ぎゅうくし》とかき氷、あとは焼きそばにチョコバナナまではマストで……………あっ……」

険しい表情のゴリラはなかなかの迫力《はくりょく》だが、手元のたこ焼きとセットで見ると和《なご》む。割と大きめサイズなのに、ごっさんの手で持つとビー玉くらいに感じるわ。

本当ならたこ焼きを熱がりながら頰張《ほおば》る浴衣《ゆかた》女子高生に夏を感じてときめく場面だろうに、浴衣《ゆかた》ゴリラだと色物感が凄《すご》い。

それにしても、チョコバナナか。定番っちゃ定番だが、

「ごっさん、バナナ好きなん？　前も食ってたけどさ」

「嫌《きら》いじゃないです。栄養も腹持ちも良くて、常温で腐《くさ》らないから夏場にも強いですし」

「それは好きな人の力説だと思うんだけどなー。奢《おご》りの一つは向こうにあった焼きバナナにしようか？」

「っ、力説はしてないです。ですが……迂闊《うかつ》にも見逃《みのが》してました……！」

反応が紛《まぎ》れもなく大好物の人なんだけど。まあ名前が原因でゴリラと弄《いじ》られた過去があるから、あんまりバナナが好きとは言いたくないのかもだ。

「……分かりました。では奢《おご》って貰《もら》うのは焼きバナナと牛串《ぎゅうくし》で。ちなみに牛串《ぎゅうくし》は『タンとハラミのいいとこ取りスペシャル』でお願いします」

「へー、そんなんあるん…………って、一串《くし》で二千円すんのか！　高ぇ！　でも名前だけで超美味《ちょううま》そう！」

牛串《ぎゅうくし》の屋台は近かったので見てみたら、何という強気の値段設定。ここの縁日《えんにち》はセレブご用達なのか。

「ここではないですが、以前縁日《えんにち》に来た時もあったんですよ。とても食べたかったんですが、小学生だった当時に自腹を切るのは無理な額で、結局諦《あきら》めたんです」

「そのリベンジを……今やらんでも……！」

「今だからこそです。やっぱりお財布《さいふ》には優《やさ》しくない値段ですから、奢《おご》りでなければ我慢《がまん》していたところです」

「くっ……確かに、俺も自腹だったら諦《あきら》めてるな……凄《すげ》ぇ良《い》い匂《にお》いしてくるけど……！」

意識を集めたせいか、醤油《しょうゆ》やらソースやらわたがしやらの匂《にお》いに混ざって、肉と脂《あぶら》の焼ける暴力的な匂《にお》いがこれでもかとアピってくる。もう牛串《ぎゅうくし》を買わないという選択肢《せんたくし》は俺の中でなくなってしまった。

「………ちなみに一口くれたりなんかは……？」

「ないです。そんなはしたない真似《まね》しません。こんな風に分けられるなら別ですけど」

「いや待とう、串《くし》に刺《さ》さっているんだから、一切れ引《ひ》き抜《ぬ》けばいけるって！」

「以前見たところ、一串《くし》に二切れずつの四切れです。四分の一は大きすぎます。二種のバランスも悪くなりますし」

「じゃあいっそ半々でいいじゃん！　先にごっさんが二つ食べて、残った俺にくれればそれで解決！」

「今は食欲をそそられてたくさん食べたいモードなので却下《きやっか》です。たこ焼きだってもう一皿食べたいくらいですし」

「くっ……気持ちは超《ちょう》分かるから反論し難《にく》いな……！」

どう足掻《あが》いても譲《ゆず》っては貰《もら》えないだけの強い意志を感じさせる、真《ま》っ直《す》ぐな目をしていた。

まあゴリラだから殺《や》る気の目に見えるんだけど。

「……まあ、高額なのは確かです。なので斎木《さいき》くんが嫌《いや》なら、普通《ふつう》の牛串《ぎゆうくし》でいいですよ。そのことを一生覚えておきますが」

「そんな言い方されて退くような情けない男になった覚えはないな！　よっしゃいいだろう二千円のスペシャル串《くし》でも何でも奢《おご》ったらぁ！」

「……そこまで威勢《いせい》良くされるとそれはそれで引きますけど……でも有《あ》り難《がた》く奢《おご》られることにします」

まんまと乗せられたが、一度奢《おご》ると約束しちゃったからなぁ。俺のかき氷かあんず飴《あめ》、どっちかは諦《あきら》めだな……っと、そうだ。

「ごっさん、たこ焼きは四百円だよな？　先に払《はら》っとくわ」

「いえ、これは私の奢《おご》りにしてあげます。払《はら》わせすぎるのも悪いですし、後が怖《こわ》いですから」

「え、マジで？　申し出は嬉《うれ》しいけども、なんか俺酷《ひど》い評価されてない？」

「妥当《だとう》だと思います。胸に手を当てて自分の言動を振《ふ》り返《かえ》るといいですよ」

そう言って、ごっさんは残っていた最後のたこ焼きを口に運ぶ。まあまあのサイズなのに一口だ。そして熱々にも負けてない。食に対する強い姿勢を感じさせる。

たっぷり一分近くかけてたこ焼きをもぐもぐしていたごっさんは満足げな吐息《といき》の後で、空き容器を手に立ち上がり、

「では行きましょう。ああいう串《くし》は注文してから焼いて温め直すので、早めがいいです」

「逞《たくま》しい積極性だなぁ……んで、飲み物どうする？　注文してから俺が買いに行こっか？」

「……いえ、あの店で他の注文をしたらラムネが百円で買えるみたいなので、一緒《いっしょ》に買いましょう。最安値と同じですし、こういう時でないとラムネなんて飲む機会少ないですし」

「おけおけ。んじゃ、そのプランで」

ごっさんの提案に、何だか気分が上がっている自分がいる。普段《ふだん》はあまり前のめりで意見するところを見ないから、特別感があるからかな。

半分こしたたこ焼きでいい具合のコンディションになったのか、むしろ空腹度合いを強くし

て俺達は牛串《ぎゅうくし》の屋台に向かった。

丁度前の客が焼けた牛串《ぎゅうくし》を受け取って捌《は》けたところで、一際《ひときわ》強く漂《ただよ》ってきた匂《にお》いに俺は涎《よだれ》が出そうになりながら焼き台の上に並ぶいくつもの串《くし》と上から吊《つ》られたメニューの札を見て、

「……お、豚《ぶた》バラがある！　おっちゃん、そっちのスペシャル串《くし》と豚《ぶた》バラを一本ずつで！　あとラムネも二本！」

周囲の活気と食べ物の焼ける音に負けじと声を出すと、店員のタンクトップを着たおっちゃんも「あいよ、全部で二千と五百円ね！」と威勢《いせい》良く返してきた。

「……斎木《さいき》くん、豚《ぶた》にするんですか？　そこまで金銭状況《じょうきょう》が逼迫《ひっぱく》しているなら――」

「ああいや、違《ちが》うって。まあ金はないけどそこは関係なしに、俺豚《ぶた》バラ肉好きなんだよ。牛カルビより好きかもしんない」

「そうなんですか？　二百円の差額を惜《お》しんだのではなくて？」

「値段が一緒《いっしょ》なら牛カルビにしたかもだけど……いや、実際にあれ見たら追加で買ってた説まであるわ」

まだ会計前だがおっちゃんが焼き台に注文した串《くし》を並べていた。火に炙《あぶ》られた豚《ぶた》バラ肉から滴《したた》り落《お》ちる脂《あぶら》と、それが火に当たって焼ける音と匂《にお》いがマジでたまらん。

魅惑《みわく》の光景にやられかけていると、隣《となり》のごっさんも目をギラつかせて食い入るように見ていた。ゴリラなのに飢《う》えた狼《おおかみ》の目をしている。

でも、やっぱ豚《ぶた》バラ串《くし》の隣《となり》で焼かれているスペシャル串《くし》も美味《うま》そうだ。タンやハラミってあんま食べたことないしなぁ。

さっきたこ焼きを食べたばかりの胃が猛烈《もうれつ》に空腹を訴《うった》えてくる中、俺は会計と商品の入った紙袋《かみぶくろ》の受け取りを済ませ、

「っし食べようさあ食べよう！　ごっさん、座れる所はっ？」

「あっちに空いているベンチがありますっ」

心なしかごっさんも声を弾《はず》ませて、二人共早足で置かれていたベンチに座る。そしてごっさんには分厚いタンとハラミが交互《こうご》に刺《さ》さったスペシャル串《くし》と瓶《びん》ラムネを渡《わた》し、俺はすぐに自分の豚《ぶた》バラ串《くし》にかぶりついた。

「…………ん！　んまいな！」

噛《か》んだ瞬間《しゅんかん》に溢《あふ》れ出《で》る肉汁《にくじゅう》と、塩胡椒《しおこしょう》の辛《から》いくらいのしょっぱさが堪《たま》らない。口の中に広がるくどいギリ手前の脂《あぶら》も、ラムネのシュワッとくる爽快感《そうかいかん》でさっぱりするし。

隣《となり》で頬張《ほおば》るごっさんも、心なしか幸せそうに目元を緩《ゆる》めている気がした。肉は人の心を豊かにさせるわ。

あっと言う間に半分食べ終え、後半戦に臨《のぞ》むべくラムネで口をリセットしていると、目の前に牛串《ぎゅうくし》とゴリラのゴツい手が現れた。

「斎木《さいき》くん、良かったら交換《こうかん》しませんか？」

「んっ？　え、俺は嬉《うれ》しいけど、ごっさんはそれでいいのか？」

「一切れずつ食べましたから。斎木《さいき》くんの奢《おご》りですし、豚《ぶた》の方も食べてみたいです」

「そか。じゃ、お言葉に甘えて」

ごっさんの申し出と牛串《ぎゆうくし》を受けて、俺の食べていた豚《ぶた》バラ串《くし》と交換《こうかん》する。

分厚いタンとよく焼けたハラミが超《ちよう》美味《うま》そうだけど、ちょっと気になってすぐにかぶりつくのは躊躇《ちゆうちよ》していると、

「……あ、串《くし》にも残ったお肉にも口は付けていないから汚《きたな》くないはずですよ」

「お、おう。いや口付けてても平気だけどさ」

ごめん嘘《うそ》、全然平気じゃない。めっさドキドキしてるわ。

なんだろう、ペットボトルの回し飲みでも普通《ふつう》に出来るし、ゴリラと間接キスにときめき要素はゼロなはずなのに、妙《みよう》な緊張感《きんちようかん》がある。

とはいえ二千円の肉を食いたい欲求の後押《あとお》しもあって、俺は勢い良く牛串《ぎゆうくし》にかぶりついた。

「……………んぐ………歯応えっつーか、嚙《か》み応えが凄《すご》いな。俺、牛タンって薄《うす》いのしか食ったことなかったから、こんなしっかりしたもんだと思ってなかったわ」

「そうですね。でも硬《かた》くはなくて、ちゃんと美味《おい》しいです」

「そうな。ハラミは………………むぐっ……うん、牛肉って感じだわ。ちっとも脂《あぶら》っこくないし、赤身なんだっけ？」

「……確か、分類だとホルモンの仲間だったような……内臓って感じは全然しませんけど」

「レバーとは別物だよなぁ。何にしても美味《うま》いわ」

「……その割にリアクションが大人しいですね？」

ごっさんの鋭《するど》い指摘《してき》に、俺は食べ終えた串《くし》を紙袋《かみぶくろ》に戻《もど》し、

「期待しすぎたってのもあるけど、ぶっちゃけ豚《ぶた》バラ串《くし》の方が好みだったわ。というか、牛カルビの方が美味《うま》くね？」

「奇遇《きぐう》ですね。私も脂《あぶら》の乗ったカルビの方が好みです。それと白いご飯が欲《ほ》しいです」

「分かるわー。あっちに焼きおにぎりならあったけど、普通《ふつう》の白米がいいな。つーかここに炊《すい》飯器《はんき》持ってきて売ったらボロ儲《もう》けの予感がする。俺なら絶対買っちゃうし」

「私もです。まあそれはそれとして美味《おい》しかったですけど、二千円は高すぎに感じますね」

「だよなー。一本だけで豚《ぶた》バラ串《くし》三本と牛カルビ串《くし》二本より高いって程《ほど》ではなかったわ。牛カルビのは食ってないけども」

「千円なら……だとしても豚《ぶた》バラと牛カルビを一本ずつ選びそうな気もしますね……」

真剣《しんけん》なトーンで串《くし》の値段について語り合う俺とごっさん。色気のない会話ってのはこういうことなんだろか。あるのは食い気だけだ。

「……さてと、花火の時間もありますし、次に行きましょうか。値が張る物を買わせてしまったお詫《わ》びに、私がかき氷をご馳走《ちそう》してあげます」

「おおっ、マジで？　ごっさん太っ腹じゃん！」

「任せてください。それじゃ、向こうで売っていた百円のを買いに行きましょう」

「あのちっこいの？　紙コップのヤツ？」

「箸休《はしやす》め的に食べるんですし、そもそもかき氷って美味《おい》しいのは最初の何口かだけじゃないですか。そこから先は冷えたせいかあんまり味分からないですし」

「言われてみると、そうかも。んじゃ、ゴチになりに行くかー」

決まったところで俺達はベンチから立ち上がり、次のターゲットを目指して活気のある神社の境内《けいだい》を歩き出した。

それからあちこちの屋台から目当ての物をゲットしては食いすぐ次に向かうという濃《こ》い時間を過ごし、十数分で腹はそこそこ埋《う》まり、財布《さいふ》の中身は激減した。

会話の殆《ほとん》どが味の感想で盛り上がったかどうかも怪《あや》しいが、俺としては不思議なくらい楽しかったので、あっと言う間に時間が過ぎ……

そして激動の一日を締《し》め括《くく》るに相応《ふさわ》しい、一大イベントが勃発《ぼっぱつ》した。


「——さて、着きました。この辺りでいいでしょう」

浴衣《ゆかた》のゴリラに先導されて辿《たど》り着《つ》いたのは、物置以外は特に何もない林の中だった。

花火を見るのに穴場の場所へ案内してくれると言うので、神社の裏手からごっさんに付いて少し歩いたそこには、俺達以外は誰《だれ》もいなかった。

というか、物置に灯《あか》りが設置されているからそれなりに明るいが、近くには花火どころか神社に向かう人の姿もなかった。

「ごっさん、マジでここなん？　木登りでもすんの？」

「違《ちが》います。花火がよく見えるのは、さっき分かれ道になっていたところを逆に進んだ先で、ここではないです。ここからでもそれなりには見えると思いますけど」

「……間違《まちが》えた訳じゃなくて、わざとこっちに？」

「はい。どうしても訊《き》きたいことというか、確認《かくにん》しておきたいことがあるので」

声のトーンは、いつもとあまり変わらない。表情は、そもそもゴリラだから分かり難《にく》い。だがごっさんの醸《かも》し出《だ》す雰囲気《ふんいき》は、さっきまでとは違《ちが》いシリアスなものになっていた。

乏《とぼ》しい明かりの中で浮《う》かび上《あ》がるごっさんは真《ま》っ直《す》ぐに俺の目を見て、小さく息を吐《は》く仕草の後で、

「斎木《さいき》くんは、私のことが好きなんですか？」

——凄《すさ》まじい爆弾《ばくだん》を投げつけてきた。

「そ、れは…………どうして、そんな……!?」

心臓がバクバクと暴れ始めて急に酸欠みたいな状態になりながら、何とか返せたのはその言葉だけだった。あまりにも突然《とつぜん》だったし、何より意図が分からない。

混乱極《きわ》まる俺に対し、ごっさんは一度視線を外してからこちらを見据《みす》えて、

「もしかしたら、くらいはほんの少し思っていたんです。柳谷《やなぎや》さんからそうなんじゃないかって言われたこともありますし。でも私としては、こんな面白味《おもしろみ》のないデカいだけの女を好きになる理由がないと否定的だったのですが……」

「……ですが？」

「改めて今日の斎木《さいき》くんの言動を顧《かえり》みると、考慮《こうりょ》してみてもいいんじゃないかと思ったんです。恋愛《れんあい》経験値の乏《とぼ》しい私でも引っかかるところが多かったので」

「…………」

これは、どう反応すりゃいいのか分からん。一応隠《かく》していたつもりではあったけど、俺そういうの苦手だし。つーかやっさんにバレてるってことは、クラスで気付いてるヤツがそこそこいるってこともだ。うっわ恥《は》ずい……！

「……確認《かくにん》って、俺がごっさんを好きなのかどうかってことか？」

転げ回って悶絶《もんぜつ》したい衝動《しょうどう》をどうにか堪《こら》え、俺は右手の感覚がなくなるくらい強く握《にぎ》り、ごっさんに訊《たず》ねる。

ちょっとでも落ち着きたいが為《ため》の時間稼《じかんかせ》ぎみたいな質問だったが、意外な返事がきた。

「いいえ。本題はそれではなく、前提確認《かくにん》みたいなもので」

「……前提？　何の？」

ただでさえ混乱しているところに不思議なことを言い出すごっさんに、俺は頭の整理が追いつかないままオウム返し気味に訊《たず》ね、

「斎木《さいき》くんの本命は私ではなくて——屋上でキスしようとしていた方なのかな、と」

静かなトーンのまま告げられた言葉に、俺の中で動揺《どうよう》も混乱も木っ端微塵《こっぱみじん》に吹《ふ》き飛《と》んだ。

……そうか、だからか。疑問はたくさんあるけど、一気に繋《つな》がった。

「あの時屋上に来たの、ごっさんだったのか……！」

「そうです。掃除《そうじ》中《ちゅう》に教室から斎木《さいき》くんが旧校舎に向かっているのが見えたので、もし部活で遅《おそ》くなった時の為《ため》に連絡先《れんらくさき》を教えておこうと思ったんです。部室を覗《のぞ》いたらいなかったので、屋上かなと。前にあそこの屋上には行ったことがありましたから」

そう言うとごっさんはため息を一つ零《こぼ》し、伏《ふ》し目《め》がちに俺を見る。

「逃《に》げるつもりはなかったんですが……突然《とつぜん》のことに、正直なところ何をどう話せばいいか分からなくて、そのまま部活に行ってしまいました」

「……………まあ、気持ちは分かるわ」

クラスメートのキス未遂《みすい》シーンってだけでもなかなかに衝撃的《しょうげきてき》な光景だが、俺の相手はトラ先輩《せんぱい》だ。ごっさんからは男に見えたはず。

「本当は花火を見終えた後に、私が見てしまったと伝えるつもりだったんです。それまではなるべくいつも通り振《ふ》る舞《ま》って、斎木《さいき》くんの様子次第《しだい》では早めに話す気でいたのですが……」

「それが何でまた前倒《まえだお》しを？」

「斎木《さいき》くんの様子が、途中《とちゅう》から私でも分かるくらいに舞《ま》い上《あ》がっていたからじゃないですか。試《ため》しにあんな高い牛串《ぎゅうくし》をおねだりしたら強く拒《こば》まないで受け入れてしまうし、その後も凄《すご》くキラキラした目で私を見てくるし……いくら斎木《さいき》くんがおかしな人でも、あれが普通《ふつう》の相手への反応じゃないのは分かります」

「俺、そんな感じだったのか……そして日頃《ひごろ》からそんな評価なんか……」

二重にショックだ。試《ため》されていたのにも気付かなかったし。

「屋上であんな場面に出会《でくわ》してしまって、斎木《さいき》くんが私のことを好きだというのは勘違《かんちが》いだと思い直そうとしたら、やっぱり好かれているように見えて……だから先にハッキリさせてしまいたいんです」

「……俺がごっさんを好きかどうかを？」

「それも含《ふく》めて、斎木《さいき》くんがどういうつもりなのかをです。別に私は告白された訳でもないですから二股《ふたまた》がどうこう騒《さわ》ぐつもりはありませんけど、隠《かく》れて同性の方とお付き合いをしているカモフラージュに使われるのは嫌《いや》です。血が出ない程度に叩《たた》きます」

「具体的なのがむしろ怖《こわ》いな……でも、そっか……どういうつもりか、か……」

俺がごっさんのことを好きなのがバレただけなら、玉砕《ぎょくさい》して終わりでも良かった。いや良くないんだけど、シンプルに片付く。

だけどごっさんは、俺とトラ先輩《せんぱい》のキス未遂《みすい》シーンを見てしまっている。これが厄介《やっかい》だ。トラ先輩《せんぱい》は優《やさ》しいから『いざという時は呪《のろ》いのことを話してしまっても構わない』と言ってくれたが……普通《ふつう》に考えて、呪《のろ》いなんて信じて貰《もら》えないよなぁ。

ごっさんとの関係に可能性を残すなら、トラ先輩《せんぱい》との行為《こうい》は適当に濁《にご》して、好きなのはごっさんだけだと言ってしまうべきだ。無論、呪《のろ》いのことは伏《ふ》せたままで。

そうはしないにしても、誠意を持って誤魔化すべきだ。下手をすればトラ先輩《せんぱい》に迷惑《めいわく》が掛《か》かるし、ごっさんも傷付けてしまう。俺を含《ふく》めて、誰《だれ》も幸せにならない。

……ってのは、分かっているんだけどなー……

「ごっさん。答える前に、一つだけいいか？」

「何ですか？　あまり時間が掛《か》かりすぎると、花火が始まって――」

「頼《たの》むから屋上で俺と一緒《いっしょ》にいた人に関しては、誰《だれ》にも言わないで欲しいんだ」

「……そんなの、元より誰《だれ》かに話すつもりなんてないです。約束でもしますか？」

どことなくむっとした雰囲気《ふんいき》で小指を立てた右手を差し出してきた。高校生にもなってその約束の仕方はどうなんだ。

「や、そう言ってくれるだけで十分。ごっさんなら言うまでもないとは思ってたんだけど、それでも先にちゃんと確認《かくにん》しておきたかったんだ。話の途中《とちゅう》で怒《おこ》って帰るかもしれないし」

「……そもそも怒《おこ》らせるような話というのが問題だと思うんですが……まあ、いいです」

すんなり怒《いか》りを収めてくれたのは、たぶん同性愛のことだと認識《にんしき》しているからなんだろう。差別と偏見《へんけん》はどこにでもあるから、気を遣《つか》ってくれているのか。

割かし当たりの強い面もあるごっさんだけど、こういうところは物凄《ものすご》くいいと思う。

だから俺は――

「俺、ごっさんのこと好きなんだと思う。ちょっと自信ない部分もあるし、告白する気も付き合うつもりもなかったから、しばらくは黙《だま》っとく予定だったんだけどさ」

「……それは、あの屋上の方が関係しているんですか？」

「あるっちゃあるけど、一番の理由じゃないよ。俺自身に問題があるんだ」

――頭のどこかで、言うんじゃないと訴《うった》える自分がいる。

信じて貰《もら》える可能性なんて殆《ほとん》どないし、ごっさんに好意を持たれている感触《かんしょく》もないんだから、大人しく振《ふ》られて終わる方が賢《かしこ》い選択《せんたく》だろう。

「――俺さ。呪《のろ》われてるんだ」

馬鹿だとは思うが、普通《ふつう》なら絶対に言うべきじゃない事実を口にする。

形振《なりふ》り構わず自分らしく、真《ま》っ直《す》ぐに行く。信じて貰《もら》えるかどうかは度外視だ。

好きな人に嘘《うそ》を吐《つ》くより、本当のことを伝えて砕《くだ》け散《ち》った方がいい。

突拍子《とっぴょうし》もない俺の告白に、ごっさんは当然眉間《みけん》の皺《しわ》を深くして、睨《にら》むように見つめてくる。

「……どういう意味です？　境遇《きょうぐう》の不幸でもあるんですか？」

「間違《まちが》ってはないけど、もっとシンプルな話。うちの家系が呪《のろ》われてて、本家長男はそのせいで普通《ふつう》じゃなくなるんだ」

「…………意味が分かりません。何ですか、呪《のろ》いって」

「聞いて驚《おどろ》け。俺は女性が動物に見える」

「……………………」

俺のカミングアウトに対し、ごっさんの表情は変わらない。だが間違《まちが》いなく、困惑《こんわく》と白けた空気が滲《にじ》み出《で》ている。

そらそうだ、こんな話を一発で信じる方がおかしい。俺も分かっている。

だけど、それでもちゃんと話しておきたい。

「小六の時に呪《のろ》いが発動して、それからずっと女の人が色んな動物に見えるようになったんだ。直《じか》で見ている相手だけじゃなくて、テレビや写真でも。正確に言うと、服とかで隠《かく》れていない露出《ろしゅつ》した部分がアニマル化して見える」

「…………そんな荒唐無稽《こうとうむけい》な話を、信じろというんです？」

「悪いけど、もっと信じられない話が続くぞ。屋上で一緒《いっしょ》にいた先輩《せんぱい》も呪《のろ》われてるんだよ。俺とは違《ちが》う呪《のろ》いだけど、掛《か》けた大元は同一人物らしい」

「……それで、あの先輩《せんぱい》の呪《のろ》いは何が違《ちが》って見えるんですか？」

「いんや、逆。先輩《せんぱい》が違《ちが》う風に見えてるのは、先輩《せんぱい》以外の人達」

「はい？　どういう意味です？」

「ごっさん、トラ先輩《せんぱい》のことが男に見えたんだろ？　でもあの人、本当は女なんだよ。普通《ふつう》の人達には男にしか見えないみたいだけどさ。ちなみに俺には男じゃなくて猫《ねこ》に見える」

「…………」

お、また眉間《みけん》に深い皺《しわ》が。困惑《こんわく》の度合いがありありと分かる。

ごっさんには俺が適当な話をして煙《けむ》に巻《ま》こうとしているように思えるのかもしれないな。それも仕方ないんだけど。

「……斎木《さいき》くんの話を、証明してくれる人はいるんですか？」

「うちの家族を含《ふく》む一族と、トラ先輩《せんぱい》の一族かなぁ。ただし証拠《しょうこ》はなんもない。呪《のろ》いの影響《えいきょう》は俺の自己申告《しんこく》だけで、トラ先輩《せんぱい》は戸籍《こせき》も弄《いじ》ってるみたいな話してたし」

「……全く信用出来ませんが、それと屋上での件とどう繋《つな》がるんです？　あの先輩《せんぱい》が本当は女性だから、同性愛ではなく異性愛だという話ですか？」

あまりに予想外の内容が続いたせいか、ごっさんが疲《つか》れた声で訊《き》いてくる。いやでも大した忍耐力《にんたいりょく》だわ。普通《ふつう》なら『もういいや』で終わらせて帰られていてもおかしくない。ここまで話を聞いてくれているだけでも有り難《がた》いと本気で思う。

「……うちの一族は呪《のろ》いの解き方が分からなかったんだけどさ。トラ先輩《せんぱい》の伯母《おば》さんは、偶然《ぐうぜん》呪《のろ》いを解くことが出来たんだって。好きな男とキスをしたら——だと」

「何ですか、その安易な解決方法は。童話じゃあるまいし」

「俺もそう思うけど、こっちは異性が人間以外に見えて、先輩《せんぱい》の方は異性から同性扱《あつか》いされる訳だから、難易度はルナティック級だぞ。しかも対象は異性限定で、お互《たが》いに好きか、向こうに好いて貰《もら》うかしてのキスみたいだしさ。判明したのは偶然《ぐうぜん》で、どこまで正しい方法なのかは分かってないときてるから、色々と試《ため》すしかないし。試《ため》す相手いなくて超《ちょう》苦労すんのに」

答えを知っていればイージーに思えても、実際は違《ちが》う。攻略《こうりゃく》サイトと課金アイテムの登場が必須《ひっす》レベルだ。

「……だから呪《のろ》いを解くべくキスしようとしていた、と？　でも、それだとやっぱり、斎木《さいき》くんとあの先輩《せんぱい》は……」

「や、トラ先輩《せんぱい》とはついこの前知り合ったばっかで、お互《たが》いそんな感情はないわ。でもどうにかして擬似的《ぎじてき》にでも相思相愛の関係まで発展して呪《のろ》いを解こうって話になってる」

「…………………」

俺の説明を受けて、ごっさんは静かに目を閉じる。頼《たよ》りない灯《あか》りも手伝ってか、苦い表情にも見えた。拙《つたな》い妄想話《もうそうばなし》に等しい俺の言葉を消化しきれずにいる感じの。

ごっさんがどう思うのか、待つこと数十秒。

　ゆっくりと目を開けたゴリラは、疲《つか》れたように息を吐《は》いてから俺を睨《にら》み付《つ》けた。

「……………だからさっき、『告白する気も付き合うつもりもない』なんて言ったんですか？」

「ん……大体そんな感じ。呪《のろ》いを解くには相手にもこっちを好きになって貰《もら》わなきゃならない可能性が高くて、その上でキスするってのが俺にはハードル高すぎてさ」

「……斎木《さいき》くんには？」

「ぶっちゃけ、動物相手にキスしたいと思えないし、嫌々《いやいや》だと相手にも悪いじゃんか。だから本気の恋愛《れんあい》は呪《のろ》いが解けてからすればいいってことで、俺は先輩《せんぱい》と協力し合って……んで、屋上であんなことを」

「動物相手だとキスする気にならないんじゃなかったんですか？」

「だから先輩《せんぱい》の提案で目を瞑《つぶ》ってやろうとしてたんだよ。『凄《すご》く可愛《かわい》い女の子をイメージしてやれば好きになる確率も上がるかも』、って」

　説明してみると、うん、なかなかに酷《ひど》いこと言ってるな。ごっさんが頭痛を堪《こら》えるようにこめかみに手を当ててるのも分かるわ。

　ただ、そうせざるを得ないくらいには俺もトラ先輩《せんぱい》も必死だった。下手をするとあと数十年、最悪一生この呪《のろ》いを受けたまま過ごさなきゃならないんだから。

「トラ先輩《せんぱい》は見た目が猫《ねこ》だから、ある意味キスし易《やす》いってのもあったな。もっと凶暴《きょうぼう》そうなのや強烈《きょうれつ》な見た目のだと、目を瞑《つぶ》ってても意識しちゃうし」

「……だから私がいたのにも気付かなかったんですか」

「たぶんドアの音がなかったら全く気付かないままだったと思うぞ。いざやるとなったら流石《さすが》に緊張《きんちょう》がヤバかったし」

「……………………はぁ。もういいです、分かりました」

何が『もういい』なのかは訊《き》けずに、俺は大人しく口を噤《つぐ》んだ。弁明はほぼ終わった。言いたいことはまだまだ山ほどあるが、どれも俺の証言を補強する材料にはならない。トラ先輩《せんぱい》やうちの家族に話して貰《もら》ったところで、呪《のろ》いの立証は出来ないし。

それはもう話す前から分かっている。俺は俺なりの誠意で、嘘《うそ》なく伝えたかっただけだ。じゃないとごっさんに言ってしまった好きだという気持ちも、ハリボテ以下の中身スカスカなものに成り下がる気がした。

嘘《うそ》や作り話と思われるとしても、事実として伝えるしか信じて貰《もら》う術《すべ》はない。相手が好きな人なら、尚更《なおさら》に。

……長い沈黙《ちんもく》の後、ごっさんは頭痛を堪《こら》えるように顔をしかめ、

「斎木《さいき》くんの話が本当だと仮定して、最後に一つ質問があります。いいですか?」

「……ん。答えられることなら、何でも」

「なら、訊《き》きますけど。斎木《さいき》くんには、私はどんな動物に見えているんですか?」

「……………………え?」

まさかそんなことを訊《き》かれるとは夢にも思わず、俺は顔を引きつらせてしまった。

「な、んで……そんなことを……？」

「だって斎木《さいき》くんは私のことが好きなんでしょう？　動物に見えているというのに。どう見えているのか、気になるのは当然です」

「……そ、そっか。そういうもんか……」

相槌《あいづち》を打ちながら、暑さ由来じゃない汗《あせ》がぶわっと吹《ふ》き出《で》るのを感じる。

――え、言うの？　ゴリラだって、言っちゃうの？

好きな子に『ゴリラに見えます』は致命傷《ちめいしょう》すぎない？　嘘《うそ》か本当か以前に俺の人間性が疑われない？　しかも相手は名前が原因でゴリラ弄《いじ》りされていた嫌《いや》な過去があるんだよ？　そこを知ってて言うの？

……………うーわー、マジかー………どうする、どうしよう、どうすんの……!?

言うべきか、誤魔化《ごまか》すべきか。保身じゃなくて、ごっさんの為《ため》に嘘《うそ》を吐《つ》くのが正解なのか。傷付けると分かりきっていてそれでも言うのは、ただの自己満足なんじゃないだろうか？

ここはやっぱり――と、どう動くかを決めようとした瞬間《しゅんかん》。

ドォン、と腹まで響《ひび》く大きな音が聞こえてきて、横手からの赤みがかった光がごっさんの顔を照らし出した。

ゴリラの厚ぼったい瞼《まぶた》の奥から真《ま》っ直《す》ぐに見つめる目が、始まった花火に気を取られることなく俺を射貫《いぬ》いている。

この三ヶ月間、正面からより横から見ることの方が断然多かった、精悍《せいかん》な顔つき。俺にしか見えていない、虚像《きよぞう》の容姿。

だから他の動物だと言っても、真偽《しんぎ》の程《ほど》は絶対にバレることはない——

「ゴリラに見える。動物園にいるような、ニシローランドゴリラに」

……そう分かっていたのに、伝えてしまった。

激怒《げきど》されるのも失望されるのも承知で告げた言葉に、ごっさんは、

「っ……！」

険しい表情と共に、右手を思い切り振《ふ》りかぶった。

だが、バレー部仕込みの強烈《きょうれつ》な一撃《いちげき》は振《ふ》るわれることなく、ゆっくりと下ろされる。

「——すみませんが、私は帰ります。花火は一人で見てください」

言葉遣《ことばづか》いこそ丁寧《ていねい》だけど有無《うむ》を言わさない迫力《はくりょく》を秘めた声で告げてきたごっさんは、そのまま元来た方へと戻《もど》って行ってしまう。

浴衣《ゆかた》を着たその背中を、俺は目で追うことしか出来ず、掛《か》ける言葉も見つからないまま立ち尽《つ》くし……やがてごっさんが暗がりの向こうに姿を消して、歩く音も気配もなくなってから、その場にしゃがみ込んだ。

「…………………………悪いことしたなぁ………」

完全に怒《おこ》らせてしまった。ごっさんと良《い》い関係になる未来が終わってしまったことより、傷付けてしまったことの方が辛《つら》い。

そうなりそうだと理解していて、それでも他の動物で誤魔化《ごまか》さなかったのは、

「……本当のことを言わないと、誰《だれ》も信じちゃくれないからなぁ……」

呪《のろ》いの話を信じて貰《もら》える可能性なんて蟻《あり》んこより小さいとしても、そう訴《うった》えなければ絶対に信じて貰《もら》えない。

だからどんなに有り得なくても、相手を傷付けるとしても、誠意を持って俺なりの真実を告げる必要があった。

……って、覚悟《かくご》を決めて言ったんだけど…………

「……はー……やっぱ嫌《きら》われんの、辛《つら》いわ……」

胸《むね》の奥に穴が空いたみたいな虚無感《きょむかん》と共に、じくじくと痛む。息をすんのも辛《つら》い。ちょっとでも気を緩《ゆる》めたら涙《なみだ》が零《こぼ》れ落《お》ちそうだ。

きっとこれが、噂《うわさ》に聞く失恋《しつれん》の痛みってヤツなんだろう。

「……てことは……やっぱ俺、本気で好きだったんだなー……」

それだけに、ごっさんを深く傷付けてしまったことが、この上なくしんどい。

いっそ殴《なぐ》っていって欲しかった。顔面腫《は》れ上《あ》がるくらいの猛抗議《もうこうぎ》を受けた方が、少しは……いや、それは俺が許されたがっているだけか。そんなんじゃ差し引きにはならんわ。

「…………明日、どんな面して会えばいいんかなぁ…………」

想像するだけでもしんどくて、俺はしゃがみ込んだまま頭を掻きむしり。

遠くで一発目から大分遅れて立て続けに花火の音がし始めても、しばらくは立ち上がることが出来なかった。

◇

◆

翌日の朝、SHR前に流れる初っ端のチャイムが鳴る中、横を向いて机に突っ伏していた俺に声を掛けてきたのは小柄なハクビシンだった。

よいせと腕を使いつつ顔を上げ、バッグを持ったやっさんに苦笑してみせ、

「斎木くん、おはよっ。死にそうな顔してるけど、寝不足？」

「……おー。やっさん、はよっす」

「暑苦しくて全然眠れんかった。やっさんこそ、今日はギリギリだな？」

「下駄箱の所で友達と話し込んじゃって。でも珍しいでいったら、里穂ちゃんがまだ来てない方がレアだよね」

やっさんの言う通り、俺の右隣の席はまだ空いている。朝練もあるから、いつも早く教室に来ているごっさんが、今日に限っていない。

……昨日のことは無関係……じゃない可能性の方が、高いよなぁ。俺の顔を見るのも嫌《いや》だって、敢《あ》えて遅刻《ちこく》ギリギリまで来ないんだろか？

結局あの後、俺は始まった花火は見ずに家路に就き、これでもかってくらい落ち込んだ。

ただ、眠《ねむ》れない中で『明日ごっさんと会ったらこうしよう』とあれこれ考えることは出来た。だからなるべく普段《ふだん》通りの振《ふ》る舞《ま》いをしつつも、さり気なくごっさんとは多少距離《きょり》を取るつもりだった。せめて夏休みになるまでは。

昨夜にことの成り行きを報告したトラ先輩《せんぱい》も、『時間が解決してくれるわよ』と言ってくれた。最終判断を仰《あお》がず呪《のろ》いのことを話したのに、俺を責めるどころか慰《なぐさ》めてくれて、本当に優《やさ》しくて良《い》い人だと思う。

前向きに考えるなら、これでトラ先輩《せんぱい》を好きになる努力をするのに集中出来る、か。呪《のろ》いが解けてもごっさんとの仲は終了《しゅうりょう》で友達復帰も難しそうだけど。想像するだけでしんどい。

とはいえ沈《しず》み込んでいるのも駄目《だめ》だから徹夜《てつや》でそれなりのシミュレーションはしたんだけど……そうだなぁ。学校に来ない、ってのは考えてなかったなぁ……。

不安と罪悪感に息苦しくなる中、担任が入ってきてしまったので、やっさんは自分の席へと行ってしまった。右隣《みぎどなり》の席は、空席のまま。

そしてSHRが終わってもごっさんは姿を現さず、一時間目二時間目とコマが進んでも空席状態は続いた。休み時間にチラッとやっさんと話したものの、ごっさんが休んでいる理由は知らないみたいだった。俺と違《ちが》って連絡先《れんらくさき》は知っているらしくメッセージを送ったものの、未読のままなのだとか。

……俺のせい、だよなぁ。学校に来たくないくらい傷付いているか俺を嫌《きら》っているかしているんなら、どうやって償《つぐな》えばいいんだろう。

転校する、か？　大袈裟《おおげさ》な気もするけど、それくらいしか思い付かん。同じクラスだから顔を合わせないのは無理だし。一年の間は我慢《がまん》してくれなんて言いたくないし。

とりあえず昼休みにもう一度やっさんに連絡《れんらく》して貰《もら》おうと、胃の辺りのムカムカする不調を堪《こら》えながら考えていた、四時間目の数学の授業中。

あと数分で終わるというタイミングで不意に教室のドアが開き、ぬっとゴリラが現れた。

一瞬《いっしゅん》で教室がざわつき、やっさんなんかは立ち上がりかけていたけど、授業態度が評価に響《ひび》くと評判の先生がすぐに「静かに」と落ち着いた声で制し、視線だけがごっさんに集まる。

俺もその中の一人だ。見慣れたセーラー服のゴリラ姿に、体が軽くなるくらい心底からホッとした。

顔色は、ゴリラの地黒で全く分からない。背筋の伸《の》びた凛《りん》とした歩き方だから、体調不良っぽくは見えない。いつもの黄色い髪飾《かみかざ》りの代わりに白い花飾《はなかざ》りのヘアピンをしているくらいで、他の変化は特にないし。

ごっさんは席に向かわず教壇《きょうだん》の方へと行こうとしていたが、数学教師の「聞いています。

席に着きなさい」の指示に従い、そのまま自分の席へと座った。

俺はその姿をチラチラと何度も横目で見てしまう。逆に言うと、見ることしか出来ない。授業中なので話《はな》し掛《か》けられないし、そもそも口を利《き》いて大丈夫《だいじょうぶ》なんかって不安もあるし。

あれこれ考えている内にあっと言う間に授業は終わり、チャイムが鳴り終わらない内に先生は「ちゃんと復習しておくように」とだけ言い残して教室から去って行った。

と同時に、遅《おく》れてきたごっさんへクラスの女子が数人集まってきて、

「──ちょっと一緒《いっしょ》に来てくれますか？」

誰《だれ》かが声を掛《か》ける、その前に。

立ち上がったごっさんが、俺の右肘《みぎひじ》辺りを摑《つか》んで、訊《き》いてきた。

よもやの誘《さそ》いに、俺は目をパチパチさせてごっさんを見上げ、

「……うぃ？」

「了承《りょうしょう》と見做《みな》します。では行きますよ」

「え、えっ？　ごっさん、行くって……え、昼飯はっ⁉」

「用が済んでからごゆっくり。時間がなければ抜《ぬ》きです」

容赦《ようしゃ》なく言いながら、ごっさんは俺の腕《うで》を引いて教室の外へと連れ出す。周りの注目も関係なしだ。

混乱する俺を連れて、ごっさんは廊下《ろうか》を進み階段を下り、昇降口《しょうこうぐち》へ辿《たど》り着《つ》いた。勿論《もちろん》そこ

が終点じゃなくて、靴《くつ》の履《は》き替《か》えを指示され腕《うで》を摑《つか》まれたまま行い、踵《かかと》を踏《ふ》み潰《つぶ》したまま校舎の外へと連れられる。

「ぬっ……!?」

「お……」

その際、体育の授業から戻《もど》ってきた上級生男子グループとすれ違《ちが》ったが、そこに交ざっていた茶虎《ちゃとら》の猫《ねこ》がこっちに気付いた。

しかしどう対応すればいいのか迷っている内にごっさんの女子らしからぬゴリラパワーに引かれ、トラ先輩《せんぱい》は見えなくなってしまった。あの格好じゃスマホも持ってないだろうから、SOSも無理か。

そんなこんなで、まだ昼休みになったばかりで人気《ひとけ》のない校内を競歩くらいの速度で連れて行かれた先はというと……途中《とちゅう》からそうかもと思っていたが、昨日問題の場となった旧校舎の屋上だった。

ここに至るまで、ごっさんはほぼ無言。端的《たんてき》に指示する以外に喋《しゃべ》りもしなければこっちを見もしない。

「さて——手短にいきましょうか」

そう呟《つぶや》くとごっさんは俺の腕《うで》を放し、屋上に誰《だれ》もいないのを確認《かくにん》し始めた。

けど、わざわざここに連れ出された理由がいまいちピンとこない。あんな目立つ形で引っ張ってくるだけの用件が、失望された俺にあるんだろうか？

死角にも人がいないか一通りチェックし終えたごっさんは、改めて俺と向かい合い、

「私の用はすぐ済みます。斎木《さいき》くんに、一撃見舞《いちげきみま》いたいだけですから」

「お、おう……それはやっぱり、昨日の話で怒《いか》りが収まらず……？」

「そのようなものです。ただ、実行前に一つ確認《かくにん》していいですか？」

「ああ、うん。何でもどうぞだ」

ごっさんが手をにぎにぎさせているのが超《ちょう》気になるも、怒《おこ》るのも理解出来るので甘んじて受け入れよう。パーじゃなくグーの一撃《いちげき》だとしても。……ボディならともかく、顔に受けたら歯か骨がいっちゃうかなぁ……流石《さすが》にそこまでの破《は》壊力《かいりょく》はないと信じたいけど。

……いや、もしかしたら一生ものの心の傷なのかもしれないし、入院コースくらいは覚悟《かくご》しよう。怖《こわ》くて泣きそうなのは必死で堪《こら》える。

さあ、ごっさんは何を訊《き》きたいのか……！

「──今日の私を見て、何か気付きませんか？」

「……………うん？」

てっきり、トラ先輩《せんぱい》とのあれこれか呪《のろ》いの話か、それかごっさんが好きだと言ったことのどれかに関する確認《かくにん》かと思ったら、大外れだった。

しかし……今日の、ごっさんを見て？　いつも通りのゴリラにしか見えんけど……？

どことなく覚悟《かくご》を決めた雰囲気《ふんいき》はあるが、そんなの俺の感覚でしかないしなぁ。もっと分《わ》かり易《やす》く違《ちが》うところがあるんじゃないだろうか？

強《し》いて言えば、髪飾《かみかざ》りが違《ちが》うこと、くらいか……？　あとは普通《ふつう》にセーラー服だし、顔色はゴリラだから分からんし、手足の剝《む》き出《だ》しになった部分も毛深いだけで包帯みたいな違《ちが》いはないし……

「どうしました？　私が言いたいこと、分かりませんか？」

「う…………ひ、ヒントなんかは？」

「ノーヒントです……と言いたいところですが、一つだけ。ただし制限時間三十秒にします」

クイズ番組みたいな交換《こうかん》条件がきた。怒《おこ》ってんのかノリノリなのか、どっちなんだ、これ。

「ぐっ…………分かった。頼《たの》む、良《い》いヒントこい……！」

「正解は、内面的なものではありません。ちゃんと目に見えて分かることです」

「…………………」

ゴリラにしか見えないんですが……！

駄目《だめ》だ、しっかり見直してもいつものゴリラだ。むしろ迫力《はくりょく》めいたものがある分、いつも以上にゴリラだ。

「あと十秒です」

淡々《たんたん》とした無情な宣告に、焦《あせ》りは募《つの》るばかりだ。ヤバいヤバい、ただでさえヒント貰《もら》ってる時点で分かってないと自白してるみたいなもんだから悪印象なのに、これで正解しないとマジでグーパン顔面コースになる……！　や、でも、髪飾《かみかざ》りで正解なのか？　髪飾《かみかざ》り以外にないよな？　化粧《けしょう》とかネイルとかだとして、俺には判別出来ないから完全に賭《か》けになるし。

他は、他になんか違《ちが》うところは……

「――時間です。答えをどうぞ」

「くっ…………か、髪飾《かみかざ》りがいつものと違《ちが》う！」

一瞬《いっしゅん》賭けに出ようかとも思ったが、一つも違《ちが》うところがないならまだしも、候補があるならそっちにしようと判断して、唯一《ゆいいつ》分かった髪飾《かみかざ》りで勝負する。

心臓バクバクの中、ごっさんの反応は、

「不正解です。私の気付いて欲しかったところではありません」

「んぐっ…………そ、そうか……」

「それでは、すぐに済ませますから。目と口を閉じて、手を後ろに回してください。終わったらまた同じ質問をしますからね」

「…………何それ、超怖《ちょうこわ》いんだけど……！……しかも正解するまで終わらない系なの……？」

「いいから、早くしてください。お昼ご飯の時間がなくなっちゃいます」

果たして、時間があったとしてその時の俺はまともに飯が食える状態なのか。そっちの方が問題な気がする。

……でも、これで少しくらいごっさんの気が晴れるなら、昼飯の一回や二回、奥歯《おくば》の一本や二本、捨てる覚悟《かくご》で受け入れるか。

腹を括《くく》った俺はギュッと目を瞑《つぶ》り、

「……よし来い！　うっお、タイミング分からないと怖《こわ》さ倍増どころじゃないなこれ……！」

「いいから、黙《だま》って。張《は》り倒《たお》しますよ」

それを今からやるんですよねと突《つ》っ込みたかったが、俺は大人しく口を閉《と》ざす。喋《しゃべ》ってる時に殴《なぐ》られたら舌嚙《か》みそうだし。

ビビりながらも俺は両手を背中側で組み、歯を食いしばって一撃《いちげき》の到来《とうらい》を待つ。

視界が閉ざされた中、微《かす》かな足音が聞こえる。そして目の前に迫《せま》る存在を感じ、いつやられてもいいように奥歯《おくば》と腹筋に力を入れた次の瞬間《しゅんかん》、

ふに、と柔《やわ》らかくてしっとりとした感触《かんしょく》が、唇《くちびる》に押し当てられた。

——何が起きたか、すぐには分からなかった。初めての感触《かんしょく》だし、グーかパーの二択《にたく》だと思っていたから、不意打ちにも程《ほど》がある。

「いまの、何をっ——!?」

声をひっくり返してしまいながら問《と》い掛《か》けようとした俺が目を開けると、

「どうですか？　何か変わりました？」

——人の顔をした女の子が立っていた。

夏用の半袖《はんそで》セーラー服に身を包み、肩《かた》より少し短いショートボブの黒髪《くろかみ》で、白い髪飾《かみかざ》りを付けていて。

細い眉《まゆ》に気の強そうな目をした、どことなく怒《おこ》った雰囲気《ふんいき》。

——ほぼ四年振《ぶ》りに見る女の子がそこにいた。

「…………………………ごっさん？」

「そうですよ。他の誰《だれ》だと言うんです？」

「い、や…………だって…………ええ……？」

ゴリラじゃない、そして二次元じゃない女の子の顔だ。ゴリラ＝ごっさんだったから、いきなり素顔《すがお》が登場しても分からないけど、声は間違《まちが》いなくごっさんと同じだ。

これは、つまり……

「呪《のろ》いが、解けた……？…………じゃ、さっきのって、やっぱり……!?」

唇《くちびる》にあったあの感触《かんしょく》は、ごっさんがキスしたのか。

そしてもう一つ、物凄《ものすご》く気になることがあって訊《き》こうとしたが、俺が動くより先に、

「話の前に、再度質問です。今日の私を見て、何か気付くことはありませんか？」

宣言通り、ごっさんからさっきと同じ質問がきた。

今の俺からしてみれば『ゴリラじゃない』が一発目に出てくる言葉なんだけど、絶対に求められている答えじゃない。

……というか、素顔《すがお》のごっさんは初めて見る……はず、なんだけど。記憶《きおく》の中からほぼ消えかけていた面影《おもかげ》が、重なって見える。

四年振りに見る、浴衣姿の女の子と。

「……もしかして…………小六の夏休みに、俺と会ってます……？」

「…………まあ、いいでしょう。いいことにします。斎木《さいき》くんに多くを求めても無理ですし」

なんか酷《ひど》い評価をされている気がするけど、そんなのどうでも良くなるくらい俺の頭は混乱していた。

――ごっさんが、あの夏の縁日《えんにち》を一緒《いっしょ》に過ごした、女の子？　マジで？　しかも向こうは気付いていた？　その上、キスしてくれた？

「…………駄目《だめ》だ、まるで状況《じょうきょう》が理解出来んわ…………一つずつ整理してっていい？」

「仕方ないですね。昼休みの間で終わらせてくださいよ？」

「自信ないけど、分かった……」

ここからだと時計が見えないから、チャイムが鳴るまでがリミットか。ギリまでいると授業開始前に教室に戻《もど》るのが大変だけど、正直関係ない。

何はともあれ真っ先に訊《き》いておきたいのは、

「ごっさん、呪《のろ》いなんて信じてなかったんじゃ……？」

「半信半疑以下でしたよ。でも、全く信じられなくはなかったので、試《ため》してみることにしたんです」

「試《ため》すって……え、試《ため》しにキスしてみたの？」

それはまた、豪気《ごうき》というか思い切りのいいというか。

だがごっさんは少しむっとした表情で首を横に振《ふ》り、

「さっきの質問です。あれで踏ん切《ぎ》りをつけたんですよ」

「あれ、でも、不正解って言ってなかった？」

「い、いえ、不正解だから、です。昨日話を聞いた段階ではとんでもない与太話《よたばなし》をするものだと憤慨《ふんがい》していましたが、歩く内に少し冷静になって、気になることを思い出したんですよ」

「気になる……？」

「——入学して最初に教室で斎木《さいき》くんと会った時、私を見て『ゴリラ』と言いましたよね？」

ごっさんの、涼《すず》しげな目がギラリと光る。えっらい迫力《はくりょく》だ。アニマル化して見えなくても健在なのか。

駄目《だめ》だ、ゴリラじゃなくても超怖《ちょうこえ》ぇ。

「…………そ、その節は知らないとはいえ、大変な失礼を……」

「悪気があったのなら許しませんけど、面識がなくて名前の読み方も分かっていなかった斎木《さいき》くんが『ゴリラ』と呼ぶのは変だし、おかしな言い訳もしていましたから、忘れられず引っかかっていたんです。あと、やっぱり腹も立ったので」

たぶん最後の要素が忘れてない一番の理由だな。あの時、しっかり謝ったのに。帳消しにはならんかったのか。

でも、あれ？　面識がないってごっさんも思ってたってことは……

「じゃ、ごっさんも俺のこと、覚えてた訳じゃないんだな？」

「何となく既視感《きしかん》のようなものはありましたよ。でもあの縁日《えんにち》の時は夜でしたし、正直私にとっては初恋《はつこい》でもなんでもなかったので。出来事としては覚えてましたけど、あの男の子と斎木《さいき》くんが繋《つな》がったのは、友人と何度か話をした後です」

「友人って……前に話していた、違《ちが》う学校に通っているっていう？」

「はい。浪川優芽《なみかわゆめ》という名前に覚えがあるでしょう？」

「ああ、うん。小学校の時のクラスメートで……高校は別の学校になった浪川《なみかわ》だよな？」

「その浪川《なみかわ》さんが私と同じ塾《じゅく》で、あの日もその繋《つな》がりで縁日《えんにち》に誘《さそ》われたんです。彼女は来られなくなってしまいましたが」

「なるほど……じゃ、俺のことは浪川《なみかわ》から？」

「そうかもしれないと気付いて、中間テストの後くらいにですね。浪川《なみかわ》さんが私の名前やあだ名を伝えていないことも確認《かくにん》しました」

「一ヶ月以上も前じゃん……言ってくれれば良かったのに……」

「こっちのことを完璧《かんぺき》に忘れていると思っていたので、言いたくなかったんです。そもそも縁《えん》日《にち》の時も、ろくに自己紹介《しょうかい》すらしていませんでしたし」

そういやそうだった。名前は訊《き》かなかったし、俺も言った覚えがないわ。『みんな来れないのか……まあいいや、俺達だけでも行こう！』って感じで、初対面なのに強引《ごういん》に連れて行った気がするわ。

「だから昨夜、『呪《のろ》いで私のことがゴリラに見える』というのを改めて考えてみて、少しだけ腑《ふ》に落ちたんです。『ああ、だから私のことは覚えていないのかな』、と。それ以上にムカつきましたけど。本気でムカつきましたけど。……私のどこがゴリラなんですかっ」

「お怒《いか》りご尤《もっと》もなんだけど、俺にも分からないって！　誰《だれ》がどんな動物に見えるか法則も共通項《こう》もないし！」

「全く…………ともあれ、初日の出来事と、先週の土曜日のことを思い出したのが大きかったですね」

「土曜……帰《かえ》り際《ぎわ》に偶然《ぐうぜん》会った、あれ？」

何かキーポイントになるようなこと、あったっけか？　俺とトラ先輩《せんぱい》の仲を勘《かん》ぐる理由にはなるけど、他はまるで思い当たらん。

眉《まゆ》を顰《ひそ》める俺に、ごっさんは自分の肩《かた》を軽く撫《な》でて、

「あの時、私はジム帰りでシャワーを浴びた後だったんです。ドライヤーが使われていて待つのが面倒《めんどう》だったので、さっとタオルで拭《ふ》くだけで済ませ、濡《ぬ》れていたので普段《ふだん》とは違《ちが》う髪型《かみがた》をしていたのですが……斎木《さいき》くんは、そのことに触《ふ》れませんでしたね？」

「ああ、うん。気付けなかった」

「だから試《ため》してみようと思ったんです。もしも斎木《さいき》くんの言うことが本当なら流石《さすが》に不憫《ふびん》ですし、口付け一つで解決するならそれに越《こ》したことはないですから」

何という男前な発言。ごっさんもたぶんファーストキスだろうに。その優《やさ》しさと思い切りの良さに、改めて惚《ほ》れそうだ。

ただ、肝心《かんじん》なことがまだ聞けていない。

「結局、俺は何を試《ため》されたんだ？　ごっさんがあの縁日《えんにち》の女の子だって気付いたのが正解で良かったのか？」

「違《ちが》います。一目瞭然《いちもくりょうぜん》なのに、本気で考え込んでヒントを求めて、挙げ句に念の為《ため》に配置したダミーに引っかかったので、呪《のろ》いのことを信じてあげることにしたんです」

「それは有《あ》り難《がた》いけど……一目瞭然《いちもくりょうぜん》？」

どこがそんなに違《ちが》ったのか。俺にはいつも通りのゴリラに見えていたけど。

まだ正解が分からない俺に、ごっさんはくるりとその場で一回転し、

「私の髪《かみ》、部活や体育の時は後ろで束ねていることが多かったんですよ。ほぼ毎回くらい」

「へぇー…………ん？　束ね……？」

うっかり流しそうになったが、明らかにおかしなところがあった。

だってごっさんの髪《かみ》は、どう見てもショートの部類で……あれ、そういや前は長いって話も聞いたような……？

「昨日まではロングだったんです。腰《こし》までは届きませんけど、近いくらいの」

「………………………………え？」

「その反応、なかなか見応えがありますね。やった甲斐《かい》がありました」

ほんのり口角を上げるごっさん。だが、『ドッキリ大成功』みたいな軽い話じゃない。

「き、切ったのか!?　俺が呪《のろ》いで髪型《かみがた》の見分けがついてないっていうのを確認《かくにん》する為《ため》にっ!?」

「そうですよ。でも、元より近々切るつもりではいたんです。暑いとうざったいですし、乾《かわ》かすのに時間が掛《か》かりすぎて面倒《めんどう》でもあったので」

「い、や、でも………ええ、マジで……？」

「そこまでショックを受ける程《ほど》のことでもないですよ？」

「……………や、ストレート黒髪《くろかみ》ロングが好きだから、見ておきたかったという想《おも》いが」

「……斎木《さいき》くんがちょっとアレなのは呪《のろ》いのせいじゃないんですね」

酷《ひど》いことを言われたが、マジで残念なのが半分、申し訳ない気持ちが半分だ。

ショックを受ける俺から視線を外したごっさんは、短くしたばかりという毛先を触《さわ》り、

「切ったのは昨日の夜なんですが、自分でやったら思っていた以上に出来が悪くて、仕方ないので美容院に行ってから登校することにしたんです」

「ああ、だからこんな時間に……」

「本当はもう少し早く来れたんですけどね。どうせだから他の人に髪《かみ》を切ったことについて言《げん》及《きゅう》されないように、ギリギリのタイミングを見計らったんですよ」

「なる、ほど……道理で、皆《みな》もあんな反応を……」

そりゃあ遅《おく》れてやってきたクラスメートが、長かった髪《かみ》をバッサリ短くしていたら、そこまで親密じゃなくても訊《き》きにくるか。やっさんは訊《き》いていいのか迷いそうだけど。

ごっさんが説明してくれたおかげで、色々と謎《なぞ》は解けた。ただ、ある意味で最も肝心《かんじん》な疑問がある。

呪《のろ》いが解けたということは、つまり――

「ごっさんは、俺を好きだったってことか？」

もういっそ単刀直入に訊《き》くと、ごっさんの眉間《みけん》に皺《しわ》が寄った。

ゴリラとは似ても似付かないが、静かに怒《おこ》っている時と雰囲気《ふんいき》が同じだ。キリッとした美人だからか、やっぱ怖《こわ》い。

「――違《ちが》います。勘違《かんちが》いしないでください」

「え、でも、呪《のろ》いが解けたんだからさ、」

「どちらかというと、でいうのなら好きな部類に入りますけど、そこ止まりです。調子に乗るのは止《や》めて欲しいです。叩《たた》きますよ？」

「いやでも、キスしてくれるくらいには、」

「クラスメートで、私を初恋《はつこい》の相手だと言ってくれたお礼みたいなものです。過度な受け取り方はしないでください。殴《なぐ》りますよ？」

「つっても、昨日だって一緒《いっしょ》に花火見に行ってくれたんだから、流れ的には脈ありだって捉《とら》えるのが普通《ふつう》なんじゃ、」

「息の根止めますよ」

うん、おっかねぇ。あれは本気の目だ。次に反論したら体で分からせるつもりだ。

ただ、もう一つ。どんどん険しくなっていったごっさんの顔を見て、分かった。

怒《おこ》っているような感じだけど、たぶんあれは、照れも混ざっている。本気のブチ切れもしてそうだが、ごっさんは可愛《かわい》い部分を隠《かく》す癖《くせ》があるから。

そういうところは、ゴリラに見えていた時と変わらない。

初めて会った、あの縁日《えんにち》の子もそうだった。楽しそうなのを指摘《してき》すると怒《おこ》って、俺の分までたこ焼きを食べて、でも代わりにりんご飴《あめ》を半分くれて。礼を言ったら知らんぷりして。

「——ありがとな、ごっさん」

「……何ですか、急に。しおらしくしても制裁は免《まぬが》れませんよ？」

「そういうつもりじゃなくて、本気で有《あ》り難《がた》くてさ。じわじわ嬉《うれ》しさが込《こ》み上《あ》げてきて、なんか泣きそうだわ」

「そう、ですか。なら、良かったです。私も体を張った甲斐《かい》がありました」

胸に手を当てて静かに肩《かた》から力を抜《ぬ》くごっさんを見て、俺は解放の喜びとはまた別の感情で胸が一杯《いっぱい》になる。

——あの時は、そんなつもりなく無自覚に口から零《こぼ》れ出《で》た。だからまだ、ちゃんと自発的には伝えられていない。

「ごっさん。俺、やっぱごっさんのこと好きだわ」

「……何ですか突然《とつぜん》。初恋《はつこい》相手だと分かったからですか？　それとも、予想より少しはマシな見た目だったからですか？」

俺の言葉に、ごっさんは警戒《けいかい》気味に眉根《まゆね》を寄せる。だが、珍《めずら》しくというべきか、その推測は大外れだ。

「んや、違《ちが》うぞ。初恋《はつこい》を引きずっていた訳じゃないし、素顔《すがお》がどんな感じかなんて不毛だから想像しないようにしてた。ぶっちゃけ、大体の子はゴリラより可愛《かわい》いか綺麗《きれい》かだろうし」

「……まあ、それはそうでしょうけど。何だか腹立たしいです」

「だからまあ、二次元以外の女性の顔を見たの久《ひさ》し振《ぶ》りですんごい美人に感じるけども、それはそれとしてさ。俺がごっさんを好きになったのって、やっぱ中身というか、今回みたいな優《やさ》しいところが大きいんだよな」

「……私、特別優《やさ》しい人間じゃないですけど」

何故《なぜ》かさっきより警戒《けいかい》と怒《いか》りの色を強くしながら答えるごっさんに対し、俺は軽く笑って否定する。

「全然優《やさ》しいって。普段《ふだん》からさ、俺のどうでもいい話に付き合ってくれたり、忘れ物したら貸してくれたり、日直が黒板消し忘れてたら何も言わずに代わりにやったりしてんじゃん？　よく叩《たた》かれるけど、そういう時も大抵《たいてい》は先にやるって言うしさ」

「それを優《やさ》しさ判定するのはどうかと思います。結局叩《たた》いてますし」

「まぁな！　でも、女子相手にはやってんの見たことない。俺が最初にゴリラ呼ばわりしちゃった時は叩《たた》かないで許してくれたし、根に持たれて嫌《きら》われ続けるよりはずっと良《い》いよ。俺、どっちかっていうと気が強い子の方がタイプなんかな？」

「知らないですよ、そんなこと」

「んで、元々好きだなーって感じだったけど、今回ので改めて思ったんだよ。こうして呪《のろ》いを解く為《ため》に動いてくれたことでさ」

ごっさんは髪《かみ》のことを『どうせ切るつもりだった』と言ってくれたけど、嘘《うそ》ではないにしても俺のことがなければこんな急にはやらなくても良かったはずだ。

そしてキスしてくれたのだって、

「俺のことが好きじゃないとしたら、キスするのなんて普通嫌《ふつういや》だろ？　なのに半信半疑の呪《のろ》いをどうにかしようとしてあげるのは、優《やさ》しさ以外の何でもないよ。ごっさん、態度が素っ気ないから分《わ》かり難《にく》いところあるけどさ」

「……ちっとも褒《ほ》め言葉になっていません」

「そっか？　でも、俺は好きになる人を間違《まちが》えてなかったなー、って改めて思ったわ。同じ人を気付かず二回も好きになるなんて、よっぽどのことだろ？」

呪《のろ》いで異性が動物にしか見えなくなって、二次元キャラにもそこまで本気でのめり込めなくて、恋愛《れんあい》なんて縁《えん》がなくなったと思っていたのに。

いつの間にか心を奪《うば》われていた相手は、ゴリラという強烈《きょうれつ》な見た目でも関係なくなるくらい、素敵《すてき》な人だった。

「大袈裟《おおげさ》でなく、俺はこの恩を一生忘れないよ。いくら感謝してもしたりないし」

「……止《や》めてください。恩を売るつもりはないですから」

「とはいえ何もなしってのはないわ。俺が出来ることならある程度何でもやるから、とりあえず言ってみてくれ！　課題やったり全財産あげたりするくらいなら余裕《よゆう》だぞ！」

「斎木《さいき》くん、私よりテストの成績悪いじゃないですか。それに全財産って、どれくらいあるんです？」

「…………そういや昨日使い果たしたような……」

深刻な金欠状態を露呈《ろてい》する俺に、ごっさんは深々とため息を吐《つ》く。いかん、顔に『やらなきゃ良かった……?』と書いてあるわ。やりがいだけの方がマシだったとさえ思ってそうだ。

「な、夏にバイトしまくるって！　呪《のろ》いが解けたからやれるバイトも増えるし、何なら親に借金して先に纏《まと》まった額を渡してもいいぞっ」

「別にお金は要《い》らないです。あって損はなくても、そこまでして欲しくもないですから。どうせ使い道は限られてますし」

「うー…………じゃあれだ、とりあえず高校三年間パシりするってのは？」

「どう考えても私が悪く映るので要《い》らないです」

「くっ……万策尽《つ》きたか……！」

「提案数が少なすぎます。全く仕方のない人ですね。何もしなくていいのに」

「それはない、人生レベルで救われたんだから絶対にない…………じゃあせめて、ごっさんの言うことを何でも一つ聞くってのは？　犯罪以外なら大抵《たいてい》のことはやる覚悟《かくご》だぞ！」

「それも全然必要ないんですが…………でも…………そう、ですね……」

お、即拒絶《そくきょぜつ》じゃなくて、シンキングタイムが発生した。検討の余地はあったらしい。

右手を右頬《みぎほお》の下に当てたごっさんは、少しの間考えてから、こちらへと視線を向ける。

「……分かりました。なら、一つだけ」

「おう、どんと来い！　ごっさんの為《ため》ならフルマラソンでもトライアスロンでもやり切ってみせるぞ！」

「そんなのちっとも望んでないです。私が希望するのは、その呼び方を止《や》めることです」

「うん？　え、あれ、もしかしてごっさんって呼ばれるの、嫌《いや》だった？」

だとしたらえらいことだ。一学期の間、ずっと嫌《いや》がらせしていたに近い。これは打ち首獄門《ごくもん》コースだよ。……いや冗談《じょうだん》抜きで、本気で申し訳ないわ。

「いえ、別に大して嫌《いや》じゃないですよ。全然気に入ってないですけど」

焦《あせ》りと罪悪感で色をなくす俺に気付いたのか、ごっさんは一度否定を入れてから、

「呼ばれる度《たび》に私の女子力が下がる気がするので。響《ひび》きがゴツゴツした印象ありますし」

「なるほどなー……おっけ、分かった！　ちなみに呼び方のリクエストはある？」

「特には。斎木《さいき》くんにお任せします」

「んじゃ、普通《ふつう》にご――」

「ちなみにですが、私はあまり自分の名字が好きじゃないです」

「……なら、りっ――」

「もう一つ、同性以外からちゃん付けして呼ばれるのも好みません。何だかキモいです」

「…………全然お任せじゃねぇ！」

え、これはあれなの？　呼ぶなってことなの？　もしくは『あなた様』とか『お嬢《じょう》さん』と

かそっち系で呼べってこと？

「……………りほちーは？」

「ピンときません」

「……………………りほりん？」

「…………………………りっちょん！」

「もしかして馬鹿にしてます？」

こちとら受験並みに考えて案を出しているのに、どんどん不機嫌《ふきげん》オーラが強くなっていく。

これ正解はあるんか？

「………………う━……………なら…………………………里穂《りほ》？」

「……まあ、いいでしょう。どうして最初にそれが出ないのかが謎《なぞ》ですが」

「や、だってさ。教室とかで名前呼びしたら、変に仲を疑われそうだろ？」

「まあ、そうですね。なので普段《ふだん》は今まで通りで、二人だけの時は名前がいいです」

「二人の時だけ………なんか隠《かく》れて付き合ってるみたいだな」

思わずぽつりと呟《つぶや》くと、ごっさん――じゃなくて、里穂《りほ》はそっぽを向いてしまう。あのやたら凛々《りり》しい横顔は……怒《おこ》っているというかむっとしているというか……照《て》れ隠《かく》し、か？

どうなんだ、判断が出来ん。ゴリラじゃなくなったことで、逆にこれまでの経験値が活《い》かせなくなってる。照《て》れ隠《かく》しだとしたら超可愛《ちょうかわい》いんだけどなぁ……！

……というか、これ……もしかして向こうも俺のことが好きなんじゃないかというのは、都合良すぎる妄想《もうそう》なんだろうか？　俺の為《ため》に髪《かみ》を切ってキスまでしてくれた訳だし。

となると、俺の呪《のろ》いが解けたのはやっぱり、『好きな相手からのキス』じゃなくて。

否定された、『相思相愛でのキス』だったから、なんじゃ……？

だとしたら俺は——いや、だとしたらじゃないな。脈があるなしは関係ない。結果が望めるから動くんじゃなくて、呪《のろ》いが解けた今、俺がどうしたいかだ。

「——里穂《りほ》、あのさ。ちょっと話したいことがあるんだけど、聞いてくれないか？」

「……想定より長引いてしまったので、もう昼休みが終わってしまうんですが」

「分かってる。十秒貰《もら》えればそれでいい」

「…………何です？」

どことなく気後《きおく》れした様子で里穂《りほ》が返したのは、俺が何を言うつもりか察しているからかもしれない。

俄《にわか》に緊張感《きんちょうかん》が走る中、一つ小さく息を入れてから、俺は今日初めて素顔《すがお》を見ることが出来た好きな人を真《ま》っ直《す》ぐに見つめ、大事なことを伝えた。

「俺、やっぱ里穂《りほ》のことが好きだ」

「っ……」

「だから呪《のろ》いの件が全部片付いたら、俺と——」

胸に硬《かた》く握《にぎ》った拳《こぶし》を当てて身構える里穂《りほ》に、『付き合って欲しい』と最後の言葉を発する、その寸前。

視界の端《はし》で屋上のドアが勢い良く開くのが見えて、反射的にそちらを向くと、

「ここにいると踏《ふ》んだのだが……むっ⁉」

姿が現れる前に声でトラ先輩《せんぱい》だと分かったが、すぐに屋上のドアが閉まっていき、ドアの陰《かげ》から男子制服を着た茶虎《ちゃとら》の猫《ねこ》が見えた。

……………ん？　あれ？　茶虎の、猫？

呪《のろ》いが解けたのに、人間の姿でも男にも見えていない……⁉

「え、何でだっ⁉　だって里穂《りほ》は、こうして——⁉」

以前と変わらない光景が信じられなくて正面に向き直ると、

「……斎木《さいき》くん？」

——ゴリラだった。三ヶ月間ですっかり見慣れた、いつものゴリラだ。

つい十数秒前まではカッコいい系美人な女の子だったのが嘘《うそ》のように、キリッと凛々《りり》しいゴリラに戻《もど》っていた。

「……………う……………うっそだろぉぉぉぉぉ⁉」

屋上に俺の怒《いか》りやら悲しみやら拒絶《きょぜつ》やら絶望やらがとにかくごちゃ混ぜになった叫《さけ》びが響《ひび》い

た直後、チャイムが鳴り。

現実の厳しさを逆バンジーみたいな急上昇急降下《きゅうじょうしょう》で味わわされて、昼休みは終わった。

「無事、伯母《おば》と連絡《れんらく》が取れた。心を強くして聞いて欲しい」

不安しかない口火を切ってくれたのはやっぱり猫《ねこ》の顔をしたトラ先輩《せんぱい》だった。

俺は覚悟《かくご》して頷《うなず》くが、少し離《はな》れた場所で重い空気を纏《まと》って佇《たたず》むゴリラは微動《びどう》だにしない。分かるのは超絶不機嫌《ちょうぜつふきげん》だってことだけだ。

——激動の昼休みが終わった後、本校舎へ移動しながらトラ先輩《せんぱい》に掻《か》い摘《つ》まんで呪《のろ》いが解けたはずなのに戻《もど》ってしまったことを話すと、驚《おどろ》きながらも『伯母《おば》に訊《き》いてみる』と頼《たの》もしい返事をくれた。そして結果はどうあれ、また放課後に集まることになった。

ごっさん——じゃなくて、里穂《りほ》も『私も行きます』と参加表明してくれたが、それ以外は一言も喋《しゃべ》ってくれていない。ただ、育児中のゴリラってこんな感じなのかなって思うくらい殺気混じりの重暗いオーラを纏《まと》っていた。

教室に戻《もど》っても、授業合間の休み時間も、無言のまま。その圧力は俺と違《ちが》って素顔《すがお》で見えているクラスメートも引かせ、髪《かみ》をバッサリ切って遅刻《ちこく》してきたという一大ニュースにも拘《かか》わらず、突撃《とつげき》取材する勇者は存在しなかった。おかげで一緒《いっしょ》に出て行った俺に『お前何かやらかしたんか？』という視線がビシバシ飛んできた。隣《となり》に里穂《りほ》がいるから直接は訊《き》かれなかったけど、もし廊下《ろうか》に出ていたら質問攻《ぜ》めされていたに違《ちが》いない。

ともあれ、何一つ頭に入ってこなかった授業が終わり、俺達はまたしても旧校舎屋上に集合した訳だ。

唯一呪《ゆいいつのろ》いを解くことに成功したトラ先輩《せんぱい》の伯母《おば》さんは、果たしてどんな見解を示してくれるのか……

「伯母《おば》曰《いわ》く、自分の時はキスが終わって離《はな》れてから一度も戻《もど》らなかったそうなので、恐《おそ》らく方法は合っていたが不足があって解呪《かいじゅ》には至らなかった可能性が高い……かも」

「それって、つまり？」

「原因と思われる可能性は二つ。どちらか、或《あ》いは両方が足らず、一時的に呪《のろ》いの効果がなくなるに留《とど》まった……のかもしれない」

「…………というと？」

残念ながらそこまで頭が良くない俺が訊《たず》ねると、トラ先輩《せんぱい》は猫耳《ねこみみ》をピコピコさせて、

「まず一つは、単純に好意が足らなかった説だ。伯母《おば》は告白を受けて返事をした直後に、その……ぶちゅっとしていたらしいので、熱量が足りていないのかもしれない」

「…………それ、あんま好かれてないから中途半端《ちゅうとはんぱ》だったってこと？」

「……まあ、ざっくり言ってしまうと……」

トラ先輩《せんぱい》がやや気まずそうに頷《うなず》くのを見て、ガックリきてしまった。ひょっとしたら里穂《りほ》も

俺のこと好きなんじゃないか疑惑《ぎわく》もあったのが、今のが正解だとそうでもなかったってことになる。いやもう、マジでヘコむわ。

「では、思い当たるもう一つ、というのは何ですか？」

ショックを受けて肩《かた》を落とす俺に代わって、里穂《りほ》が訊《たず》ねる。どことなくイラついているようにも感じるのは、早く部活に行きたいからだろうか？

理由は何にせよ、もう一つの可能性ってのは俺も気になる。正直俺には思い付かんし。

「う、うむ。それは、その…………あれだ」

一年二人から注視されたトラ先輩《せんぱい》は、何故《なぜ》か視線を逸《そ》らした。なんかモゴモゴ言ってるし、耳も高速でパタパタ動いている。

あの様子は、何だろう？　恥《は》ずかしがっているようにも見えるけど……？

この状況《じょうきょう》でそんな反応をする理由が分からなくて訝《いぶか》しんでいると、トラ先輩《せんぱい》は威嚇《いかく》するみたいに口を開け、

「こ、これはあくまでも伯母《おば》の実体験からの推測なんだが……その……」

「当てずっぽうでもいいんじゃないですか？　呪《のろ》いに苦しみ少しでも早く解放されたいのなら、試行錯誤《しこうさくご》してみるべきです」

「う、うむ……」

里穂《りほ》の正論パンチに、トラ先輩《せんぱい》は少し大人しくなったものの相変わらず忙《せわ》しなく耳をパタつ

かせ、チラチラと視線を地面へやりながら、

「お、伯母《おば》が言うには、自分の時は有り得ないと思っていた恋《こい》が実ったのと、本人が情熱的というのもあって……その、いきなりディープなのをしたらしい」

「……それって、軽く触《ふ》れ合《あ》う感じじゃなくて、思いっきり絡《から》ませる感じの？」

「……うむ。しかも、離《はな》れた時には軽い酸欠でクラッときたらしくて、タイムも確実に一分以上だと」

「…………」

「…………」

「…………」

全員が黙《だま》り込み、気まずい空気が屋上を支配した。

つまりだ。トラ先輩《せんぱい》の伯母《おば》さんを倣《なら》うのなら、所謂《いわゆる》大人のキスを、ねっとりじっくりやる必要がある、と。

なかなかに受け入れ難《がた》い情報をどうにか消化して、俺はチラリと里穂《りほ》を見る。

すると向こうも俺を見て、ゴリラフェイスでも一発で分かるくらいに表情を強張《こわば》らせた。

「——里穂《りほ》。いや、里穂《りほ》様。一つ折り入って頼《たの》みが、」

「嫌《いや》です」

「まあまあ、そう言わんと。さっきの要領でさ、ものは試《ため》しでやって貰《もら》いたいことが、」

「断固拒否《きょひ》です」

「まあああまあ、気持ちは分かるよ？　分かるけどね？　人命救助の人工呼吸だと思って、一分ばかしお時間を貰《もら》えればなと、」

「絶っっっ対にしません！」

く、かつてない程《ほど》の拒絶《きょぜつ》だ。説得も宥《なだ》めの言葉も最後まで言わせてさえ貰《もら》えない。しかも目が血走っている。ゴリラの目があんな風になるの、初めて見た。超怖《ちょうこえ》ぇ。

ギンッ、と凄《すさ》まじい眼力でこっちを睨《にら》んだ里穂《りほ》は、岩も砕《くだ》けそうな拳《こぶし》を硬《かた》く握《にぎ》りしめて、

「どこの世界に舌を絡《から》ませる人工呼吸があるんですかっ⁉　一回したら二回も三回も同じだと思ってるんじゃないですよね……⁉」

「ノーノー、そんなん思ってないって！　でもほら、少しの間だけ呪《のろ》いが解けたのは事実なんだから、想《おも》いが足りてなくてもやり方次第《しだい》でワンチャンあるかもしんないじゃんか！」

「だったら他の人と試《ため》してくださいっ。私は付き合ってもないのにそんなねっとりした行為《こうい》したくありませんから！」

「言い方ぁ！　いや俺だって気持ちは分かるけど……トラ先輩《せんぱい》っ、なんか助け船を！」

「う……ボクも、その、いきなりそういうふしだらな行為《こうい》に及《およ》ぶのは抵抗《ていこう》が……」

駄目《だめ》だ、頼《たよ》れる人はこの場にいない。同じ境遇《きょうぐう》のトラ先輩《せんぱい》ですら引いてる。

もしかしたら上手《うま》いこと呪《のろ》いが解けるかもしれないいチャンスなのに…………けど、無理《むり》

強《じ》いはいかんな。こっちの都合だし、それに相手が乗り気じゃないと条件が両想《りょうおも》いだった場合、アウトになるかもしれないし。

「…………………はー…………諦《あきら》めるしかない、かぁ…………」

「そ、そう落ち込むことはないっ。キミの呪《のろ》いもボクと同じ条件で解けそうだと実際に確認《かくにん》出来ただけでも大きな進展だぞっ？」

「あー…………うん。そっか、そうだな。サンキュー、トラ先輩《せんぱい》。里穂《りほ》も、善意に甘えようとして悪かったな」

「…………いえ、別に」

「気にするな。ボクとキミは一蓮托生《いちれんたくしょう》、それに伯母《おば》以外の成功例になりかけただけでも喜ばしい報告なんだ」

「……ん、そうだなぁ。あと、トラ先輩《せんぱい》より先に解けたら先輩《せんぱい》を一人で頑張《がんば》らせることになるし、これで良かったのかな。前進は前進なんだから」

「うむ。だが、ボクのことは気にしなくていい。呪《のろ》いが解ける機会があるのなら逃《のが》さず試《ため》していくべきだ」

「流石《さすが》は先輩《せんぱい》、心が広いぜ！」

「……二人してこっちをチラチラ見るのは止《や》めてください。やりませんから」

トラ先輩《せんぱい》と阿吽《あうん》の呼吸で里穂《りほ》に無言の懇願《こんがん》をしてみたけど、見抜《みぬ》かれていた。

でも、うん、仕方ない。大事なファーストキスをくれただけでも超《ちょう》感謝しなくちゃだ。

「──よし。それじゃ、俺は里穂《りほ》に好かれるよう努力しつつ、トラ先輩《せんぱい》を好きになる努力もするのが今後の目標だな！」

「堂々と二股《ふたまた》宣言しておいて好かれる努力とは一体……性根《しょうね》が腐《くさ》りきっているのでは……？」

「腐《くさ》ってないぞ!? つーか俺一人だけで幸せになれるよう突《つ》っ走《ぱし》る方が駄目《だめ》じゃんか！ トラ先輩《せんぱい》を見捨てろっていうんか!?」

「うぅ……世話をかけてしまって申し訳ない……」

「や、トラ先輩《せんぱい》のおかげで光明が見えたんだからむしろ感謝しかないって！ 二人三脚《ににんさんきゃく》で頑張《がんば》っていこうぜ！」

「上級生にタメ口……これは減点対象ですね……」

「なんか査定されてる!? ち、違《ちが》うぞ里穂《りほ》、これは少しでも早く仲を深める為《ため》のものであって、別に年長者を敬ってない訳じゃ──」

「知りません。それと人前で名前呼びしないでください」

なんだか辛口《からくち》な里穂《りほ》とひたすら良《い》い人なトラ先輩《せんぱい》とのわちゃわちゃしたやり取りは、もうしばらく続き。

結局、呪《のろ》いは解けないままだったが、これからの日々に期待と希望を持って過ごすことが出来ると、俺は晴れやかな気分だった。

※現実を元にしたイメージです

エピローグのエピローグ

「ん、来た来た。遅《おそ》かったな、里穂《りほ》」

「……斎木《さいき》くん？　待っていたんですか？」

部室棟《とう》から校門へと続く道の途中《とちゅう》、停《と》めた自転車の傍《かたわ》らに立っていた俺は、怪訝《けげん》そうに問《と》い掛《か》けてきた里穂《りほ》に「ああ」と頷《うなず》いてみせる。

「結構前にバレー部っぽい人達は通ったけど、居残りで練習してたのか？」

「ええ、まあ。スタートが遅《おそ》かったので、その分を取《と》り戻《もど》そうと……それにしても、暗いのによく私だとすぐに気付きましたね？」

「明るい所で待つと目立つからなー。それにこの暗さでもゴリラは一発で分かったぞ」

「……全然嬉《うれ》しくない見分け方ですね。叩《たた》きますよ？」

「っとと、悪い悪い。他の人がいるところでは言えない分、口が軽くなってるんかな」

「そういう油断、癖《くせ》になりますよ。注意した方がいいです」

忠告の後、里穂《りほ》は鞄《かばん》を持っていない左手で俺の肩《かた》をちょっと強めに叩《たた》き、歩き出す。

俺も停《と》めていた自転車を押して隣《となり》に並び、

「今日くらいは舞《ま》い上《あ》がってても仕方ないって。数分とはいえ久《ひさ》し振《ぶ》りに呪《のろ》いが解けたんだしさ。それも里穂《りほ》にキ──ってぇ⁉」

「だから軽々しく言わないでくださいっ。全く、誰《だれ》かに聞かれたらどうするんですか……！」

「うん、マジでごめん。それにしても痛すぎない？　平手なのに骨まで響《ひび》いたんだけど」

本物のゴリラパワーなのかと疑いたくなる一撃《いちげき》を受けた右肩《みぎかた》を手で押さえ、大袈裟《おおげさ》でなく涙《なみだ》を堪《こら》える。不意打ちなのを差し引いても痺《しび》れる痛さだ。

改めて恐《おそ》るべき破壊力《はかいりょく》だと文字通り痛感する俺に対し、隣《となり》を歩く里穂《りほ》は肩《かた》に掛《か》けていた鞄《かばん》の位置を直しつつ口を開く。

「それで、何の用です？　しつこく頼《たの》んでも二度目はないですよ」

「あー、うん、そういうんじゃなくてさ。やっぱり連絡先《れんらくさき》、交換《こうかん》して貰《もら》おうと思って」

「……その為《ため》に、わざわざ？　明日でもいいじゃないですか」

「まー、そうなんだけどさ。今日、朝からずっと『連絡先《れんらくさき》聞いときゃ良かった』って後悔《こうかい》してたから、思い立ったが吉日《きちじつ》ってことで。実際、トータルでみりゃ今日は良《い》い日になったし。里《り》穂《ほ》の素顔《すがお》も見れたし」

完全に呪《のろ》いを解くハードルは高いと分かったが、今までは本当にハードルが存在するのかすら不確かだったんだ。それに比べたら格段の進展と言えた。未来に希望が持てる。

「……連絡先《れんらくさき》を教えるのは構いませんけど。前より積極的なのは、私が初恋《はつこい》相手だと分かったからですか？」

「うん？　や、違《ちが》うぞ？　そりゃ、あの子が里穂《りほ》だと分かってテンションは爆上《ばくあ》がりしたけどさ、それとこれとはまた別で」

「……だったら、もっと優《やさ》しくて女の子らしい人にアプローチした方がいいんじゃないですか？　可愛《かわい》らしい子は他にたくさんいますし」

ありゃ、ちょっとぐいぐい行きすぎたかな？　暗に『面倒《めんどう》だから他の子にいってくれ』と言われてるっぽい。

とはいえ、里穂《りほ》の薦《すす》めに『そうします』とはいかないな。

「んー、難しいな。やっぱこっちが好きになった相手じゃないと、積極的にいけないわ」

「私が訊《き》くのも変な話ですけど、どういう人がタイプなんです？」

「だから真面目な話、そこが一番難しいところなんだよなー」

「どうしてです？　好みなんて、自分が一番分かるんじゃないですか？」

「やー、それがなかなか。だって俺が好きになったの、ゴリラに見える里穂《りほ》なんだぜ？　別にゴリラの外見が好きになった訳じゃないし、今でも至近距離《きより》だとちょっと怖《こわ》いわ」

「…………なら、私のどこがいいと？」

「んー…………それに答えるのは難しいなぁ」

好きなところを一つ一つ挙げていくのもやれなくはないが、たぶんその条件が当てはまる子は他にもいる。でも俺は他の子を里穂《りほ》程《ほど》は強く意識していない。

つまりそれは究極的に言うと、

「──里穂《りほ》だから好きなんだよ。見た目がゴリラでも好きになったのは、どこがどうこうじゃなくて、全部ひっくるめての里穂《りほ》だから。ただしゴリラじゃない方が億倍良し！」

「…………茶化してます？」

「いやいや大真面目よ？　ぶっちゃけゴリラ相手にキスとかエロいこととか無理っす」

「好きならば外見なんて関係ないと大見得を切るところではないんですか？」

「ふっ、リアルを経験していない人間の言いそうなことだぜ。……や、普通《ふつう》に考えて欲しいんだけど、ゴリラとか猫《ねこ》とか馬とかに異性的な繋《つな》がりを求める方が人としてアウトじゃね？」

「…………、確かに」

しっかり想像してみたらしく、里穂《りほ》は重々しく頷《うなず》く。ふざけていると思われたら面倒《めんどう》なのでちゃんと説明した甲斐《かい》があった。

話している間に校門まであと少しになり、別れの時を名残惜《なごりお》しく思っていると、

「昼も言いましたが、斎木《さいき》くんのことは嫌《きら》いじゃないですよ。子供の頃《ころ》の縁日《えんにち》での出来事も、実を言うと少し感謝していたんです」

「え、感謝？　ちょっといいなと思ってくれてたとかじゃなく？」

「それはないです。そもそもあの頃《ころ》は男の子が少し苦手でしたから。でも斎木《さいき》くんは強引《ごういん》に連れ回して、時々こっちのことも気にかけてくれて……あれは、楽しい一時でした。おかげで、

あれ以降は男子に対して変に構えずに済みましたし」

里穂《りほ》の声は普段《ふだん》より少しだけ柔《やわ》らかく感じた。顔もゴリラなりに優《やさ》しく見える。素顔《すがお》で見られないのがマジで残念だ。

「だから感謝はしていますし、好きとまではいかないまでも嫌《きら》いではないです。一度だけなら髪《かみ》を切ったりキスしてあげたりするのもいいかなと思う程度には」

「むう……嬉《うれ》しいけど、一回限りっすか」

それ以上を求めるのは無理だと言われてるのだとキツいものがあるけど、これぱっかりは気持ちの問題だからどうしようもないか。

むしろ一度だけでも体を張ってくれたことを感謝しまくるべきなんだろうなと……

「そうです。今のところは」

「…………えっ？」

意味ありげな言葉に思わず疑問の声を上げると、丁度大きな木の陰《かげ》に入ったせいか、暗くて里穂《りほ》の胸から上が見えなくなる。

そして——

「次があるとしたら、斎木《さいき》くん次第《しだい》です。無理だとは思いますが、頑張《がんば》ってくださいね？」

歩きながらどこか楽しげにそう話す里穂《りほ》の顔を遮《さえぎ》られていた明かりが照らし出すと、いつもの厳《いか》めしいゴリラフェイスだった。

けど、輪郭《りんかく》すら不明瞭《ふめいりよう》な暗闇《くらやみ》の中で、昼に一時だけ露《あら》わになった素顔《すがお》が見えたのは………気のせい、なんだろうか？

正解も真相も分からない……が、一つだけ確かなことがあるとすれば。

あの微笑《ほほえ》んだ素顔《すがお》を普通《ふつう》に見られるようになる日常は、俺にとって掛《か》け替《が》えのないものだってことだ。

一日でも早くその日が来るように、この夏を今までになく特別なものにするべく。

「──うん。俺、頑張《がんば》るわ」

「……えっ？　今の、真に受けたんですか？」

「当然。本当は里穂《りほ》が俺を好きになってくれる自信なんてなかったけど、もう言い訳なしだ。これから毎日アプローチしていくから、覚悟《かくご》しておけよっ」

「それやったら確実に嫌《きら》いになりますけどね。しつこい人は嫌《きら》いです」

「というと、最適な距離感《きよりかん》は？」

「週一から十日に一度、挨拶《あいさつ》程度で」

「ほぼ他人の距離感《きよりかん》じゃん!?　近付く気配まるでないな！」

ただ話しているだけでも嬉《うれ》しくなるこんなやり取りを、ゴリラじゃなくて素顔《すがお》の里穂《りほ》と出来る日を目指して頑張《がんば》ろうと、俺は心に決めた。

あとがき

皆《みな》さん、綺麗《きれい》な隣人《りんじん》（ゴリラ）は好きですか？

——ということで、初めましての方もお久しぶりな方も、この本を手に取って頂きありがとうございます。作者の上月司《こうづきつかさ》です。

なんというか、タイトルがほぼ全てみたいな本作ですが、構想から発売に至るまで色々とありました。

まずプロットを出した段階で「ヒロインはゴリラです」と言って『こいつ何言ってんだ？』と訝《いぶか》しがられ、その後「表紙はセーラー服を着たゴリラにしたい」と提案して当然のように難色を示され、さらに「挿《さ》し絵《え》とか口絵も基本全部アニマル状態にしたい」と言うも渋《しぶ》い顔をされ、ヒロインの価値は容姿なのかどうかという戦いを本編以外でもする羽目に。

ちなみに僕もどちらかといえば美少女なイラストが好きなので、その意味でも難儀《なんぎ》な話し合いでした。

他にも『推薦《すいせん》文を動物園のゴリラに頼《たの》もう』とか『いっそ美少女の表紙を帯で全隠《ぜんかく》しして、帯にゴリラのイラストでいこう』とか様々な話し合いが多々行われましたが、結果はご覧の通りです。

……というか、あとがき書いている時点では作者も分かってなかったりするので、どうなっているかドキドキするな……！

とまあ、面倒《めんどう》な作者に付き合って本を出すまで頑張《がんば》って頂いた担当編集の近藤《こんどう》さんと井澤《いざわ》さん、どうもお疲《つか》れさまでした。そしてイラストを描《か》いて頂いたがんこｃｈａｎさん、とても素《す》敵《てき》なキャラに仕上げてくださりありがとうございます！　変な作品でごめんなさい！

他にも制作に携《たずさ》わって頂いた人達には感謝の念が堪《た》えませんが、何よりこの本の読者の方に最大級の賛辞を。楽しんで貰《もら》えたのなら幸いです。

それでは、最後までお付き合い頂きありがとうございました！　またの機会があるのを楽しみにしています。

上月司《こうづきつかさ》

◉上月　司著作リスト

「カレとカノジョと召喚魔法①～⑥」（電撃文庫）
「れでぃ×ばと！①～⑬」（同）
「レイヤード・サマー」（同）
「らぶなどーる！①～③」（同）
「アイドル≠ヴァンパイア①～②」（同）
「堕天のシレンⅠ～Ⅲ」（同）
「だれがエルフのお嫁さま？①～②」（同）
「黒の英雄と駆け出し少女騎士隊《リリィナイツ》」（同）
「世界征服系妹1～2」（同）
「可愛い可愛い彼女《わたし》がいるから、お姉ちゃんは諦めましょう？」（同）
「隣のゴリラに恋してる」（同）

本書に対するご意見、ご感想をお寄せください。

ファンレターあて先
〒 102-8177　東京都千代田区富士見 2-13-3
電撃文庫編集部
「上月　司先生」係
「がんこchan先生」係

本書は、「電撃ノベコミ+」に掲載された『隣のゴリラに恋してる』を加筆・修正したものです。

電撃文庫

隣《となり》のゴリラに恋《こい》してる

上月《こうづき》 司《つかさ》

2025年3月10日　初版発行

発行者　山下直久
発行　株式会社KADOKAWA
〒102-8177　東京都千代田区富士見2-13-3
0570-002-301（ナビダイヤル）
装丁者　荻窪裕司（META＋MANIERA）
印刷　株式会社暁印刷
製本　株式会社暁印刷

●お問い合わせ
https://www.kadokawa.co.jp/（「お問い合わせ」へお進みください）
※内容によっては、お答えできない場合があります。
※サポートは日本国内のみとさせていただきます。
※ Japanese text only

※定価はカバーに表示してあります。

ISBN978-4-04-915443-6　C0193　Printed in Japan

電撃文庫　https://dengekibunko.jp/

電撃文庫DIGEST　3月の新刊

発売日2025年3月7日

ソードアート・オンライン プログレッシブ9
著／川原 礫　イラスト／abec

《アインクラッド》第七層をクリアするも、その代償としてキリトは《夜の民》——吸血鬼となった。太陽の下で活動ができないという大きなハンデとともに開幕する、新たな局面。キリトが人間に戻る方法は見つかるか？

新・魔法科高校の劣等生 キグナスの乙女たち⑦
著／佐島 勤　イラスト／石田可奈

九校フェスが終わり、それぞれの日常へと戻った魔法科高校生たち。だが、まだまだたくさんのイベントが控えている。ハロウィンにクリスマス、乙女たちの日常を短編集でお届け！

とある暗部の少女共棲《アイテム》④
著／鎌池和馬
キャラクターデザイン・イラスト／ニリツ
キャラクターデザイン／はいむらきよたか

秋が始まる新学期、フレンダが目覚めると、そこは新宿駅のホームだった。学園都市では『壁』を無断で越えてはいけなく、ルールを破る者には必ず罰が下る。その役を担うのが麦野たち『アイテム』で……。

わたし、二番目の彼女でいいから。8
著／西 条陽　イラスト／Re岳

東京で教育実習をしながら、桐島にはやるべきことがあった。京都の人間関係の修復。つまり、自分が泣かせた相手にもう一度笑ってもらうことだ。それがどれだけ傲慢でも。願ってしまうのはきっと罪なのだろうが——。

少女星間漂流記3
著／東崎惟子　イラスト／ソノフワン

地球人との再会、宇宙で会った星人との再会、そして新たな星や人々とも出会いながら、ワタリとリドリーはまだふたりぼっち。少女たちの星間旅行は、今日も続く。

汝、わが騎士として3 皇女反逆編Ⅱ
著／畑リンタロウ　イラスト／火ノ

バルガ帝国の刺客を撃退し、反逆の足掛かりをつかんだツシマとルプス。すべての憎しみの根源である皇帝を消すことに、もはや躊躇も迷いもない。世界を巻き込んだ二人の復讐は、もはや誰にも止められない——！

バケモノのきみに告ぐ、3
著／柳之助　イラスト／ゲソきんぐ

王都から逃げ出した《アンロウ》を捕えるべく会員制カジノへの潜入を行うノーマン。簡単な任務のはずだったが、そこに現れたのは薬物で強化された《アンロウ》。つまり仇敵・ジムの関与を匂わせるもので……。

千早ちゃんの評判に深刻なエラー3
著／氷純　イラスト／どぅーゆー

劇場型愉快犯の戦争屋ボマーが加わり、混沌へ向かう新界情勢。危ない戦闘系依頼から逃避するべく苦心する千早ちゃんだったが……？

営業課の美人同期とご飯を食べるだけの日常2
著／七転　イラスト／どうしま

仕事中でも、家に帰っても。にこにことご飯を口に運んでいるアイツを見ていると、こっちの気持ちも温まっていく。付き合っていないくせに半同棲のような状態を続けていたが、けじめをつけるために俺は……。

異能アピールしないほうがカワイイ彼女たち2
著／榛名千紘　イラスト／花ヶ田

思春期を異能をもって過ごす少年少女・ミューデント——彼女らの悩みに付き合う古森ら文芸部（）は、生徒会長でありヴァンパイアのミューデント・赤月カミラに目を付けられてしまい……!?

新作 隣のゴリラに恋してる
著／上月 司　イラスト／がんこchan

気になる隣のあいつは……ゴリラだった。呪いで異性が動物に見えてしまう俺が、呪いを解くために真実の愛を追い求める。そんな寓話みたいなナンセンスな笑い話だが、どうやら俺は隣のゴリラに恋をしかけている。